オペレーション雷撃

OKINAWA
N26.231408 : E127.685525

Operation
"léijī"

TAIPEI
N25.033333 : E121.633333

山下裕貴
Yamashita Hirotaka

文藝春秋

オペレーション雷撃…目次

装　丁　関口聖司
カバーイラスト　増田　寛
挿　画　吉原幹也
編集協力　川口貴子
写真協力　沼田　理
DTP作成　G-clef

オペレーション雷撃

（国家安全保障局）

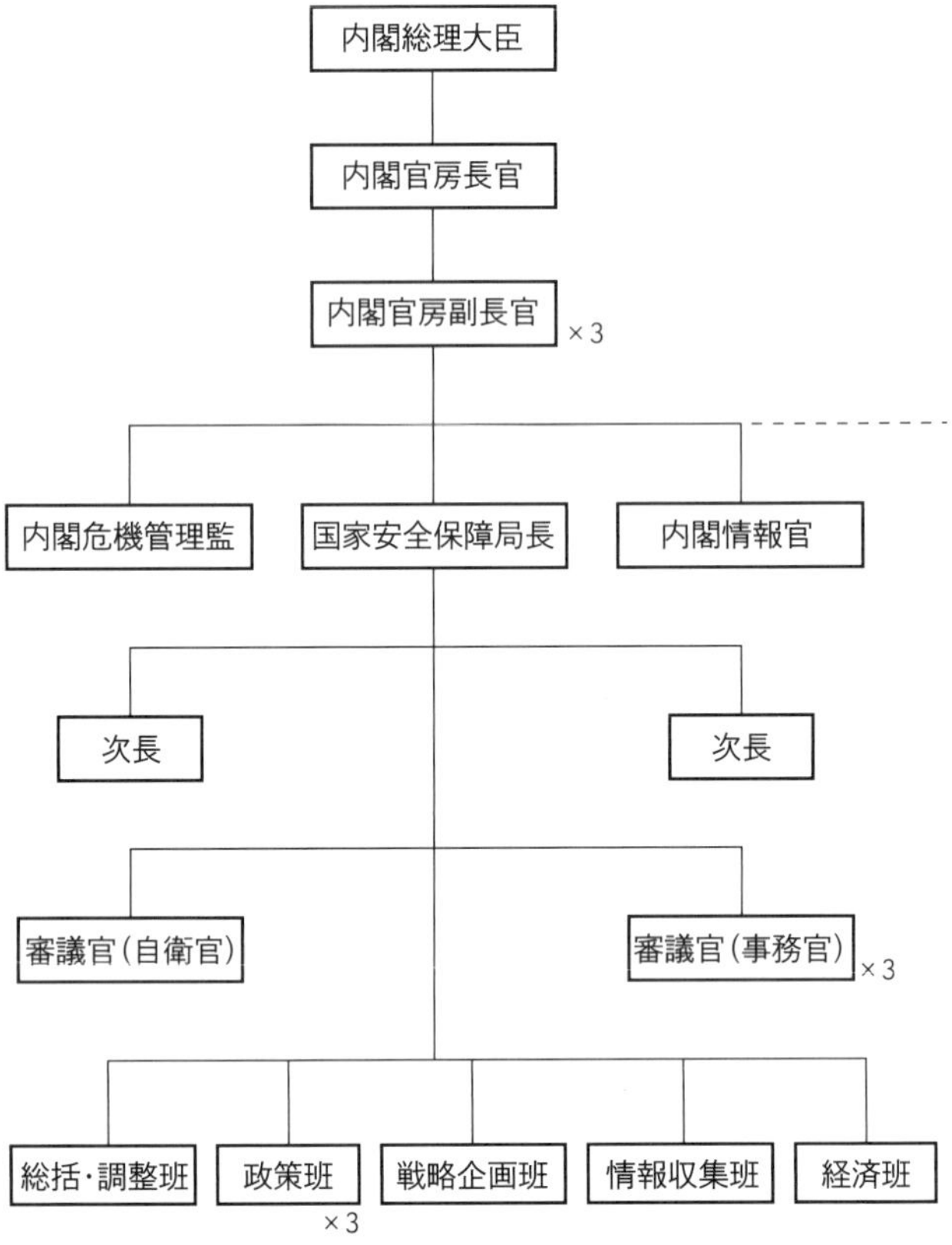
内閣総理大臣
内閣官房長官
内閣官房副長官
×3
内閣危機管理監
国家安全保障局長
内閣情報官
次長
次長
審議官（自衛官）
審議官（事務官）
×3
総括・調整班
政策班
×3
戦略企画班
情報収集班
経済班

日本（陸上自衛隊）

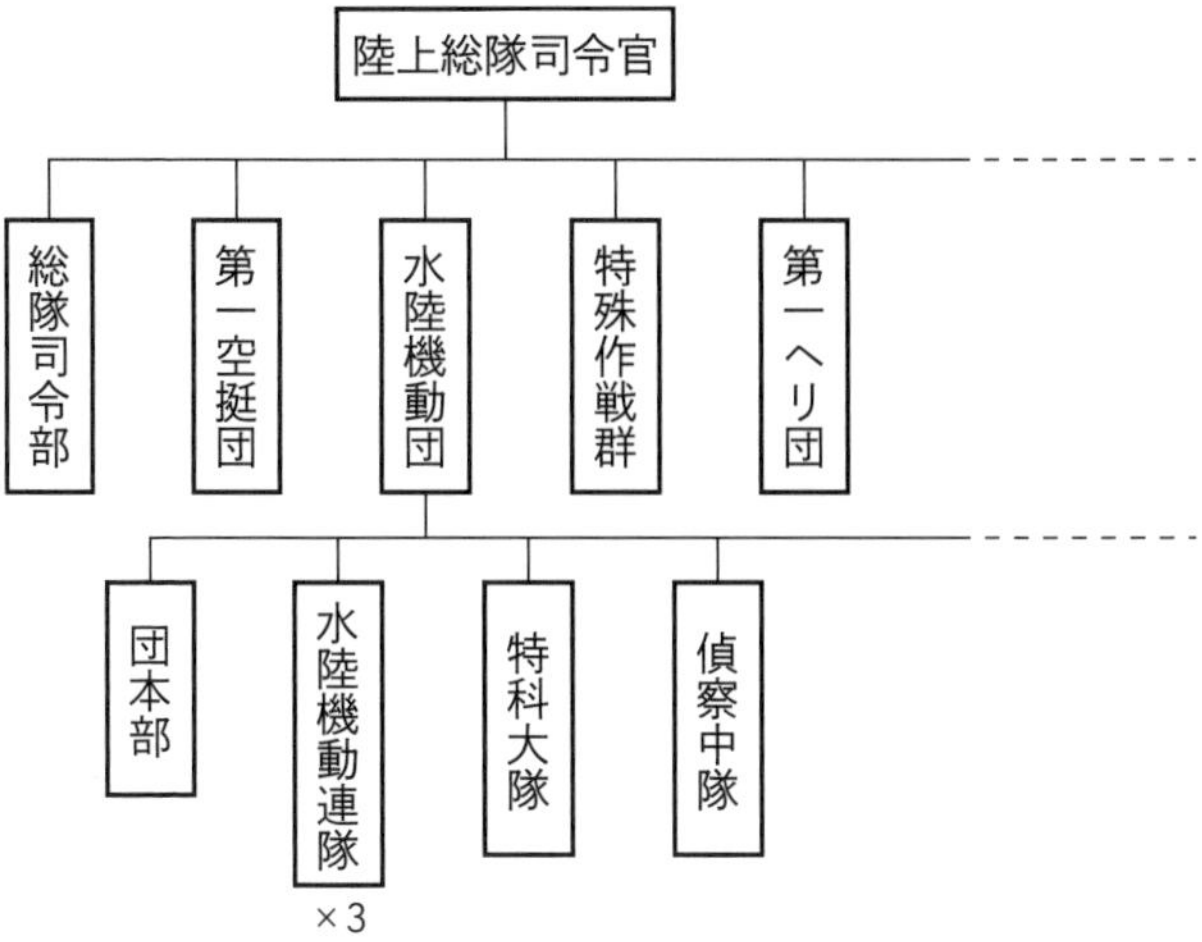
陸上総隊司令官
総隊司令部
第一空挺団
水陸機動団
特殊作戦群
第一ヘリ団
団本部
水陸機動連隊
×3
特科大隊
偵察中隊

中国軍

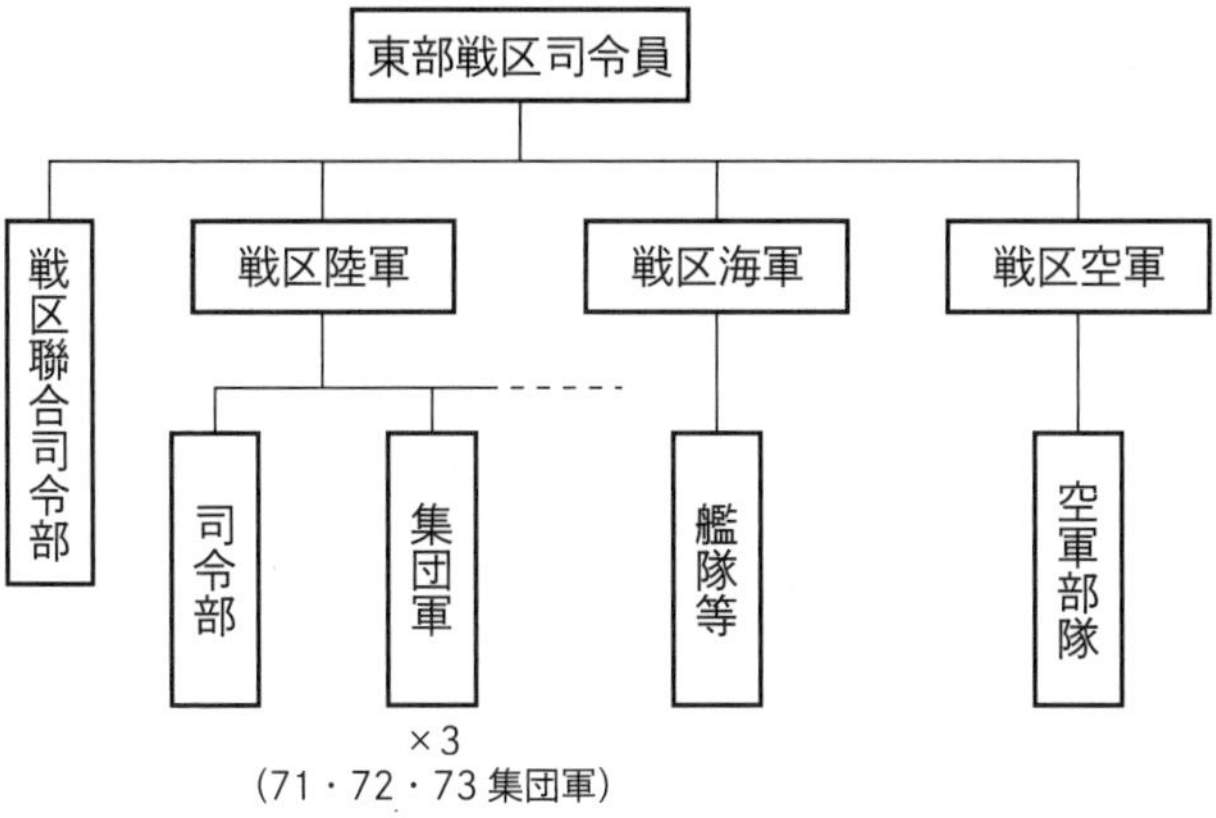
東部戦区司令員
戦区聯合司令部
戦区陸軍
戦区海軍
戦区空軍
司令部
集団軍
×3
(71・72・73集団軍)
艦隊等
空軍部隊

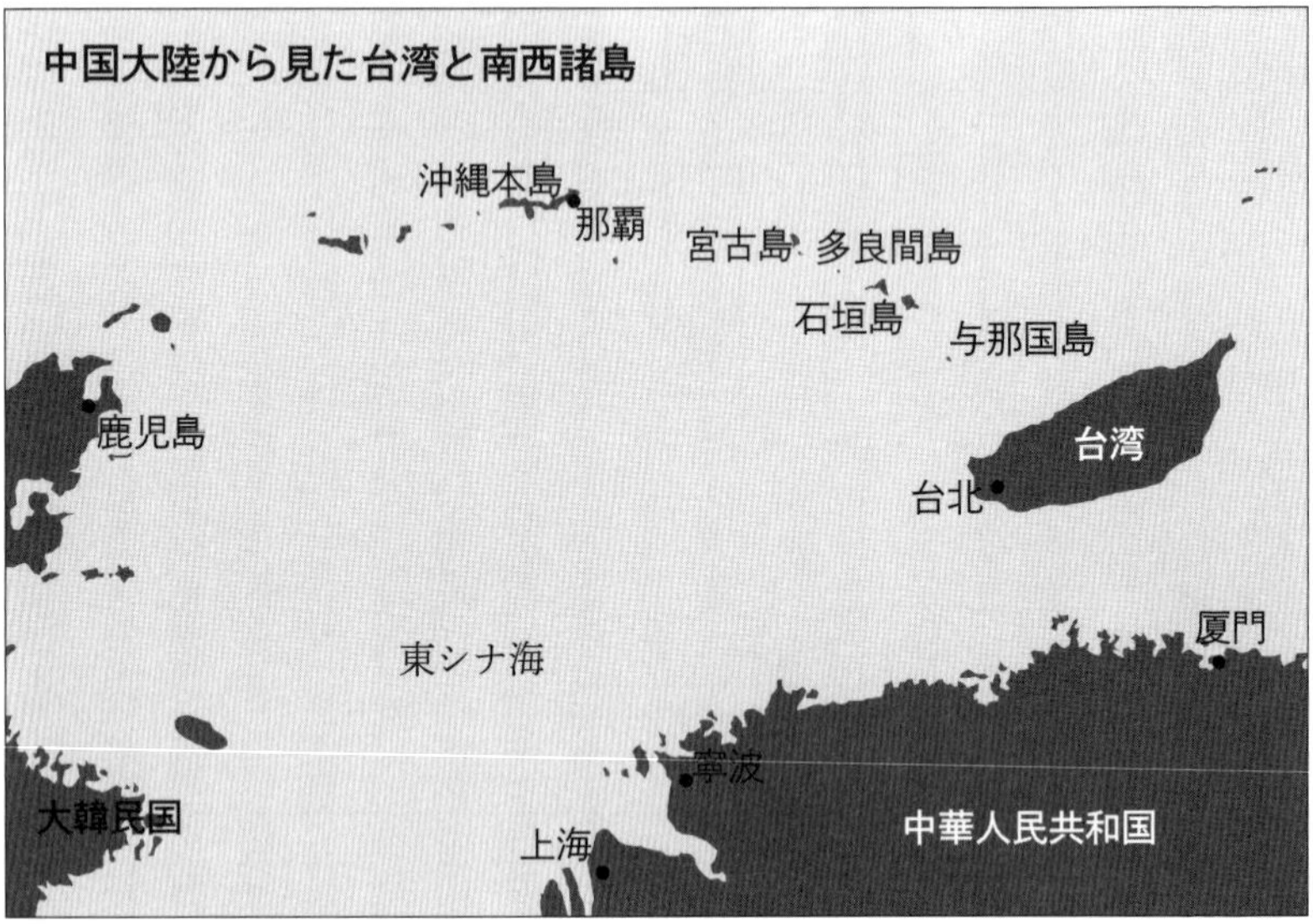
中国大陸から見た台湾と南西諸島
沖縄本島
那覇
宮古島
多良間島
石垣島
与那国島
鹿児島
台湾
台北
東シナ海
厦門
寧波
大韓民国
上海
中華人民共和国

プロローグ

それは沖縄県与那国町祖納《そない》の海岸に漂着した。

昨日までの嵐がうそのように静まり、雲ひとつない晴れ渡った空、海は波が少し高めだが穏やかなうねり程度であった。

与那国島（町）は沖縄県の八重山諸島に属しており、島の西端の西崎は日本の最西端にある。そこから台湾まで１１０キロほどしかなく、気象条件の良い日には台湾が肉眼で確認できるほどである。以前から嵐の後には、様々な物が与那国の海岸には漂着しており、台湾や中国大陸からの物も多くあった。

早朝、祖納集落の漁師が漁船の確認のために港に来てそれを発見し、あまりの大きさと異様さに驚き、すぐに祖納の駐在所に連絡した。島に２人しか配置されていない沖縄県警の警察官が通報を受け駆けつけた。

その漂着物は、祖納港の堤防から30メートルほど沖合の岩礁に乗り上げていた。全体的に黒い色をしており、長さは15メートル、幅は３メートルほど、船底から甲板までの高さは２メートルほど。船体は鉄製らしく、小型の舷窓《げんそう》が付いた楕円形の司令塔が後部に付いている。また、甲板にはハッチが確認でき、見るからに潜航可能な船である。

「祖納港北側の岩礁に、これまで見たこともない黒い船が漂着しています」とすぐに警察官は石垣の警察本署に報告、あわせて町役場にも通報した。

彼らは、警察に配布されている県警警備課船舶・艦船資料集を見ながら、海上自衛隊や米国海軍の艦艇ではなく、資料集にはない国籍不明の潜水艇であると判断し、緊張感と同時に背中に冷たい汗が流れるのを感じた。そして警察と自衛隊の取り決めに基づき、陸上自衛隊与那国沿岸監視隊に通報した。

第一章

予兆

防衛省情報本部岡山通信所（岡山県奈義町）

防衛省情報本部は、全国7カ所に通信所を設置し海外の電波情報を収集・分析している。岡山県の県北、奈義《なぎ》町の陸上自衛隊日本原演習場に隣接した5万平方メートルの敷地に所在する岡山通信所は最新の設備を持つ施設である。主に中国大陸の電波情報を収集している。広い敷地内には、本部庁舎と通信傍受や分析などを行う施設が配置され、また北側の那岐山《なぎさん》山頂付近には電波受信用の各種通信鉄塔も設置されている。

通信所長の石川二等陸佐は、中国人民解放軍の通信活動に異変を感じていた。例年、全国人民代表大会終了後、中央軍事委員会から総参謀部を通して各戦区司令部へ、各戦区司令部から集団軍・海空司令部へ通達や指示などの通信量が一時的に増加する。今年の通信量は、例年と比べて特異な状況を示していた。この状況が情報幹部から石川二陸佐に第一報として上がったのは3日前であった。

「ということは、例年にはない大幅な通信量が途切れることなく、東部戦区に集中しているということだな」

「はい。過去数十年のデータを確認しましたが、天安門事件以外にこのような通信量の大幅な増加は例がありません。総参謀部から東部戦区司令部へ、また同司令部から隷下部隊への通信です」と分析幹部がいった。

石川二陸佐は、赤い秘匿電話の受話器を取った。

「今朝、送りました中国軍東部戦区の特異な電波情報ですが、統合情報部の分析が必要だと思います」石川二陸佐は上司の電波部長に報告した。

「この件は、至急、情報本部長に報告し処置します。そちらでは具体的な通信内容の収集をお願いします」といって電波部長は電話を切った。

「人民解放軍東部戦区司令部から各部隊への音声通信を傍受すること。特に第73集団軍司令部の傍受を重視」と石川二陸佐は部下の情報幹部に指示した。

情報本部では、第73集団軍は台湾に対する作戦の主力部隊であることが知られていた。

神戸造船所（兵庫県神戸市）

兵庫県神戸市には、海上自衛隊の潜水艦を建造している大手重工業2社の造船所がある。隣接する両社は、通常型潜水艦では世界でもトップレベルの『そうりゅう』型潜水艦を建造している。

そのうちの1社が保有する神戸造船所内、潜水艦修理用乾ドックには、与那国島に漂着した国籍不明の小型潜水艇が運び込まれていた。この修理用乾ドックは屋根付き、というよりドック全体が建屋内にあり外側から見えない構造になっている。

小型潜水艇の調査には、防衛装備庁艦艇装備研究所の研究員、海上自衛隊の補給本部や艦艇開発隊・潜水艦隊司令部などの幹部のほか、内閣情報調査室、海上保安庁、警視庁からも調査官が派遣されている。また、潜水艦建造の民間技術者も協力していた。調査責任は内閣情報調査室であったが、調査対象が潜水艇であり、実質的には防衛省が行うことになった。潜水艇は乾ドックにチェーンで固定されており船体の調査はおおむね終了していた。

調査結果は次のようにまとめられた。

船体について、小型潜水艇は、全長15・5メートル、船体幅3メートル、船底から甲板まで2メートル、甲板から司令塔上部まで1・5メートル。船体は軽量高張力鋼、推進機関はディーゼルエンジン及び鉛蓄電池、排水量は140トン程度。船体後部の司令塔にはシュノーケルと潜望鏡を装備。バラストタンクの容量と耐圧構造船殻が一層の単殻式であり、総合的観点から潜水深度は50メートル程度と考えられる。さらに甲板上に3個のハッチが確認でき、乗員の出入用ハッチ・燃料タンク用・鉛蓄電池用と判断された。

外形上の特徴として、後方のハッチから司令塔まで長さ1・3メートル、幅2センチメートルの亀裂が確認され、爆発及びその後発生した火災のため操船不能となり漂着したものとの結論であった。

小型潜水艇

排水量　140トン（推定）、全長　15.5メートル、船体幅　3メートル、推進機関　ディーゼルエンジン・鉛蓄電池、潜航可能深度　50メートル（推定）

小規模の部隊を潜入させるための潜航艇。母船で作戦地域付近まで運搬され、運用する。

「爆発の原因は、何らかの原因により鉛蓄電池内に海水が混入した結果だと思われる。鉛蓄電池は、承知のとおり鉛と希硫酸の構造であり、水と接触すると発火し爆発に至る性質があるからね」と調査の指揮をとる艦艇装備研究所の主任研究官は結論づけた。

「上部甲板の亀裂は爆発が原因ですね。その後の火勢の激しさを考えても、よく沈まずに与那国に漂着したものです」と潜水艦隊司令部の幹部がいった。

「潜水艇の構造から長い航海には不向き。近くには母船がいたのでしょう。乗員4名の遺体の他に発見物はなかったのですか」と内閣情報調査室の調査官が聞いた。

「前部乗員室内に発見された2名のうち、1名のベルトに装着された小型ケース内から通信用端末（スマートフォン型）が1個発見されました」と主任研究官は手持ち資料を確認しながら続けた。

「外見や構造から、おそらく中国海軍の〝神鮫3型特殊潜水艇〟だと思われます。通信用端末などを解析すれば確定できると思います。通信用端末は解析のため防衛省情報本部へ、4名の乗員の遺体は解剖のため自衛隊中央病院に搬送しました」と艦艇装備研究所の研究員がいった。

他に発言者もなく、調査結果について参加者の了承を得た。

自衛隊中央病院（東京都世田谷区池尻）

東京都世田谷区の三宿駐屯地に自衛隊中央病院がある。

与那国島に漂着した小型潜水艇乗員の4遺体は、検死解剖のため自衛隊中央病院の地下2階解剖室に運ばれていた。検死解剖は、東京都監察医務院の監察医を責任者に、自衛隊中央病院の臨床検査医師・内科医師・外科医師などが協力する体制で行われた。地下2階解剖室横の臨床検査会議室に、検死解剖に参加した医師達が集合した。

「さきほど4名の解剖が終了しました。これから報告資料の調整を行います。まず遺体の死因は、爆発衝撃による臓器破裂としますがご意見はありますか」と監察医が参加者に確認した。特に意見はなく、次に各担当医師からの報告が行われた。

「遺体の状態は四肢が欠損し、頭部は半壊状態。腹部は内臓が原型をとどめておらず。爆発衝撃の激しさがうかがえます。おそらく爆発が近くで発生した結果でしょう」と臨床検査医師がいった。

「4遺体の欠損した四肢を含めてレントゲン撮影を行いました。遺体は骨折が多発している状態以外に、右上腕部内側に15ミリのマイクロチップが見つかりました。マイクロチップは先端から7ミリまでが液体の入ったガラス容器部、残り8ミリが金属部になっています。右腕のある遺体のマイクロチップは完全な状態ですが、ほかの遺体はガラス容器部が割れており、内部の液体は失われています」と外科医が報告。

「マイクロチップのガラス容器部と金属部を分離し、なかから薬物を取り出して検査を行っています。なお金属部については情報本部に提出しています」と内科医が報告した。

情報本部（東京都新宿区市谷）

東京都新宿区市谷本村町に大規模な政府施設がある。施設の中心にあるのは、グレー基調の外壁と緑青のイメージを表現した屋根部分のコントラストが人目を惹く、平安朝の文化財を思い起こさせる重厚な建物だ。それが防衛省本部庁舎のA棟である。情報本部長室はこの13階に置かれている。

本部長室において各部長の参加する緊急情勢報告が行われていた。

「すると電波部長は、中国軍の動きに異状があるとの意見だね」と情報本部長の山中海将は報告文書を見ながら確認した。

「ご承知のとおり、中国人民解放軍は統合軍として、5大戦区に区分されています。北部戦区は瀋陽《しんよう》に、西部戦区は成都に、南部戦区は広州に、中部戦区は北京に、東部戦区は南京に司令部が置かれています。ここで注目すべきは、東シナ海及び台湾海峡正面を担当する東部戦区内の通信内容です。東部戦区には第71・72・73の3個集団軍があり、このうち福建省厦門《アモイ》に司令部を置く第73集団軍への通信量が例年に比べて非常に多くなっています」と電波部長は資料を開きながら報告した。

「情報収集衛星及び米軍から提供された衛星画像を分析したところ、東部戦区の保有する10個の合成旅団（機械化旅団）のすべてが、第73集団軍の地域に、具体的には福建省の戦区演習場に移動を開始しています」と画像・地理部長が報告した。

「中国軍の活発な動きは、台湾の情勢と関係があるとの分析だな」と山中情報本部長は統合情報部長に確認した。

「そのとおりです。昨年の総統選挙で勝利した趙国欣《ジャオグオシン》総統は台湾独立を公約に掲げ、まさにその政策を積極的に進めています。国際連合への加盟申請、米軍の駐留要望など、すでに中国政府の虎の尾を踏み、中国政府としては我慢の限界かと思います。ちなみに、イランがホルムズ海峡封鎖の動きをしており、これに対処するためアメリカ海軍太平洋艦隊の主力がアラビア海に派遣されています。現在、東シナ海及び台湾海峡に対処できる米海軍の作戦用艦艇はほぼ皆無です」

「いやな流れだな」と山中情報本部長は溜息まじりにいった。

「次に、与那国島の小型潜水艇漂着事案について報告します」と統合情報部長は資料を見ながら説明を続けた。

「潜水艇は中国海軍の〝神鮫3型特殊潜水艇〟だと思われます。船内には乗員４名の遺体が確認されました。どの遺体も著しく損傷しており、爆発発生時に即死したものと推測されます。遺体解剖時に右腕に埋め込まれた長さ15ミリのガラスと金属部からなるマイクロチップが発見されました。これを解析した結果、彼らは海軍下士官２名と将校２名であることがわかりました。おそらく将校は特殊部隊の隊員ではないかと」

「兵士の識別データが入ったマイクロチップかね」山中情報本部長は念を押すようにしてたずねた。

「マイクロチップ先端部のガラス室に液体の薬物が少量内包されていました」

「毒薬か」

「薬物の分析を行いましたところ、神経毒かと思われます。おそらく、外部からの衝撃によりガラス部を破壊し、内部の神経毒を体内に吸収させる仕組みではと」と統合情報部長が写真資料を示しながら説明した。

「自殺用のマイクロチップだな」山中情報本部長は溜息まじりにいった。

「船内から発見された通信用端末は、損傷が激しく、また暗号化されていたためにデータの復旧などに手間取りましたが画像31枚、メール2件を解読しました」と統合情報部長がいった。

「画像と文書の内容は」と山中情報本部長は、画像資料と解読文書の束を確認しながら質問した。

「画像は台湾の花蓮市にある台湾空軍花蓮基地、第157航空連隊を撮影したものです。特に滑走路北側にあるのは建設中の格納庫らしきものがほとんどです。複数の米軍兵士が工事を監督している様子を撮影したものも数点あります」と統合情報部長が画像の説明をした。

「これは推測ですが、米軍が台湾空軍基地に何らかの施設を建設しているのではないかと」と統合情報部長は画像を確認しつつ思案げにいった。

「次にメールですが、司令部から工作員への命令かと思われます。メールのなかに2つの用語が使われています。ひとつは『台風作戦』という進攻作戦であり、行われる場所は潜水艇の偵察が花蓮基地だったことから、台湾の可能性があると考えられます。もうひとつは『雷撃作戦』であり、台風作戦の支作戦を表していると思われますが場所は不明です」と統合情報部長は机上に置かれている資料を示して報告した。

山中情報本部長は各部長からの報告を聞き、防衛大臣及び総理大臣への報告が必要だと判断した。

「計画部長。至急、防衛大臣に報告したいので大臣秘書官に時間を調整してもらいたい。また、総理大臣報告と国家安全保障会議説明資料の作成も頼む」と山中情報本部長が計画部長に指示した。

大連市（中華人民共和国遼寧省）

遼東半島の最南端に位置し、東に黄海、西に渤海、南に山東半島を望む大連市は、人口約590万人、観光地であるとともに、日本をはじめ多くの外国企業が進出している。中国東北地区の経済の中心であり、国際先進都市である。19世紀末に帝政ロシアと中国の間に旅順と大連を租借地とする条約が締結された。その後、日露戦争を経て日本の直接統治が始まった。第二次世界大戦の終了により日本の統治は終わりを迎えたが、今でもその時代の遺構が数多く残されている。

大連駅の近くに地上8階建ての遼東国際ビルがあり、その5階に日東商会は入っている。日東商会は中国との合弁会社で、日本考案の便利商品を中国で生産し、テレビショッピングで中国国内に販売している。年商は10億程度である。

「李さん。新製品の〝お掃除かんたん〟はいつ頃工場から出荷できますか」社長の三木和夫は副社長の李元雄《リユエンシャオン》に聞いた。

「掃除機のノズルに、蛸の足みたいな管を10本ほど取りつけるあの製品でしたね。工場に確認してみます。最近は中国も人件費が上がっていますから、そろそろベトナムあたりに生産を移したほうがいいかもですね」と流暢な日本語で李は答えた。

「次の新製品の売れ具合ですね。その時はベトナムとの調整を李さんにお願いします」と三木はいった。

日東商会の大連事務所は、日本人3人と中国人4人の小さな所帯であり、別に上海市郊外に工場、日本の大阪に商品開発部がある。社長の三木和夫は40歳、独身である。6年前にこの会社の親会社である日東貿易に中途入社した。その後、日東貿易の社長に実力を認められて、新規事業である今の会社の社長に抜擢された。以前の仕事は、本人曰く海外向け雑誌の編集をしていたとのことである。

三木には裏の稼業があった。裏というよりこちらが本業である。日本の内閣官房国家安全保障局情報収集班の調査官という顔である。簡単にいえば中国の情報を収集するスパイだ。

三木は埼玉県出身であり、両親は県庁勤務の地方公務員であった。その両親の影響からか早くから公務員を目指して努力した。都内の外語系大学で中国語を勉強し、卒業してすぐに外務省に入省、採用枠は二種（中国語）である。大学時代は空手部に所属し、三段まで進むとともに大学対抗の試合では優勝したほどの腕前だ。外務省では、総合外交政策局安全保障政策課で中国語関係資料の翻訳作業を担当。その後、官邸に内閣安全保障局ができると出向した。

彼に転機が訪れたのは、当時の局長の肝いりで調査官制度が立ち上がった時だった。調査官というものの実質はスパイである。戦後長らくわが国には国外で活動する情報機関は存在せず、外国情報は在外公館や現地の日本企業からの情報提供に頼っていた。脆弱な情報収集体制に危機感を抱いた局長が調査官を設け、彼らを在外公館や日本企業に派遣して、その国の情報を直接収集する体制を作った。その調査官に三木は志願したのである。もともと体育会系の三木には、資料の翻訳や整理が自分の性格に合わず満足していなかった。調査官に採用された後、公安調査庁研修所・警察大学校・陸上自衛隊情報学校などで調査官として必要な知識や語学を学び、５年前に中国に派遣された。酒は強く、いわゆる酒豪である。中国人と渡り合うには酒が必須の条件であり、三木は水を得た魚のように活動した。

「今から、大連日本商工会の井上専務理事に新製品の紹介をしてきます」と三木は秘書の関莉《グァンリ》にいった。

「社長、お帰りは何時頃になりますか」と関は日本語で聞いた。

「井上さんとお会いした後は直接自宅に帰ります」

「わかりました。何かありましたら社長のご自宅に連絡します」

三木は新製品の資料を鞄に入れると事務所を後にした。

大連駅は、戦前の日本統治下で上野駅に似せて作られた駅舎である。その駅南側の中山広場に面して、同じく戦前は日本の南満州鉄道が経営していたレンガ造りの4階建て高級ホテル、大和ホテルがある。現在もホテル〝大連賓館〟として営業しており、大連市のシンボルとなっている。

三木の会社はこのホテル近くにあり、会社から徒歩で大連賓館にやって来た。2階の喫茶室に入った三木は奥のテーブルに座り、給仕にコーヒーをたのんだ。10分ほどして日本商工会の井上が喫茶室に入ってきた。

「井上さん。お忙しいところにお呼び立てして申し訳ありません。新製品のことでご相談したいことがありまして」と資料を出しながら三木は話を切り出した。

「いえいえ、三木さんのところは商工会でも売り上げ好調な会社ですから」と井上が返した。

新製品と販売戦略について、三木から説明を受けた後、別の話題を井上が切り出した。

「それはそうと三木さん、おもしろい話を知り合いの中国人から聞きましたよ」と少し小声でささやくように話した。

「中国海軍系の大連造船所、その艦艇用修理ドックに民間の自動車運搬船が入っています。船の大きさは3万トンぐらいとのことです。おかしなのは軍の修理施設に民間船というだけでなく、噂によればそこで改修しているという話です。その船は中古車を香港からアフリカに運ぶリベリア船籍で、船主はマカオにいるとか。噂が本当なら、なぜ海軍が自動車運搬船を改修しているのか謎ですね」と不思議そうに話した。

「おもしろい話ですね。自動車運搬船をねえ」と三木はいった。


三木は井上と別れて大連駅北側の飲食店街に向かった。歩きながら、三木の今までの情報マンとしての勘から、この自動車運搬船の改修が気になり調査の必要性を感じていた。

大連駅北側は、中国人の外食文化が確認できるところである。駅前の勝利広場から西側の地下通路を通り、駅の北側に出て左に曲がると、そこは多くの飲食店が集まり、地元料理を安く食べられる市民の憩いの場所である。その飲食店街の奥まった路地裏に〝華宝〟という中華料理店がある。三木はその店のなかに入った。ちょうど昼食の時間帯が終わり客の入りが少なくなったところだった。

店は店主と長男の2人で経営しており、カウンターとテーブル席、奥に個室という小さな店がまえである。

「陳さん。好久不見了《ハオジョウブウジョンラ》、お久しぶりです。昼酒でも付き合ってください」と流暢な中国語で三木はいった。

華宝の店主、陳鉄生《チエンテイエシエン》は60代後半の台湾出身者である。大連にこの店を開いたのは30年前であり、常連客も多く、特に造船所関係の労働者が多く利用している。奥の4人用の個室に通された三木は、前菜と青島ビールを注文した。するとすぐにビールとザーサイの油炒めを盆にのせて陳が部屋に入ってきた。

「三木さん。最近来ないので仕事が忙しいのかと思いましたよ。店は長男に任せました。久しぶりに痛飲しましょうか」と陳がいった。

2人はビールで乾杯し、老酒《ラオチュウ》に酒を変えた。ここの店の老酒は貯蔵年数の経った紹興酒であり、アルコール度数は16度と飲みやすい。

「ところで陳さん。大連造船所に自動車運搬船が改修のために入っているらしいですね。何か知っていますか」と三木が切り出した。

「その話なら国営の造船所、開放造船公司の技師達が店で話していましたね。どうやら内緒でいろいろ手を入れているようだね」

「ネタ（情報）の交換をしますか。久しぶりに」と陳がいった。

陳の裏の顔は、中華民国国家安全局（台湾の情報機関）の連絡員である。三木と陳は互いの素性を承知し、折に触れて情報交換を行っていた。

「いいですね、陳さん。私のほうはイランと中国のネタです」と三木が陳の提案を受けて話した。

「私が仕入れているネタは先ほどの怪しい船のお話です。船名は〝パシフィック・オーシャン号〟2万9000総重量トン。RO—RO船、いわゆる自動車運搬船ですね。船籍はリベリア、船主はマカオの東洋公司です」と陳は話を始めた。

「香港から中古車をアフリカに運搬するのに使われていましたが、半年ほど前に中国海上石油公司がチャーターしています。中国海上石油公司とは、実質的に中国海軍が運営しているダミー会社ですね。何か大きな荷物を積載するための貨物スペースの拡張、甲板には航空機用格納庫を設置したりしているみたいです」と陳は声を落として話した。

「なるほど。中国海軍が秘密裏に何か計画しているようですね。台湾に関係している可能性もあるかなあ……」三木は老酒を自分のコップに注ぎながらいった。

「今の総統の趙国欣は台湾独立を掲げて総統選挙に勝利しましたね。最近は国連に加盟したいとか、米軍に駐留してもらいたいとか、中国からみると許せないでしょう」

「しかし中国も本気で台湾に手を出すとは考えられない。そうすると南シナ海で何かを計画しているのでしょうか」と三木が問いかけるようにいった。

「それも考えられます。ちらほらと空軍関係者の姿も見かけるそうです。出入りする軍関係者をもう少し観察する必要があるでしょう」と陳は老酒をあおりながらいった。

「造船所の労働者のなかに、私と親しい者がいます。もう少し探らせます」

「今度は、三木さんのネタをお願いしますよ」と陳が三木に促した。

「アフリカのジブチに日本の自衛隊が海賊対処で拠点を持っています。当然、陳さんもご存じだと思いますが。在ジブチの日本大使館に私と同業者がいまして、そこから入手した中国とイランの話です」と三木は老酒を飲み、好物のザーサイの油炒めをつまみながら話を続けた。

「中国軍も海外では初となる本格的な軍事基地をジブチに作りました」とひと口、老酒を飲みながら三木がいった。

「陳さんも承知のとおり、中国はジブチ政府と軍の高官達にワイロを渡し、ジブチ港からエチオピアの首都アジスアベバまでの新高速鉄道の敷設工事の権利を得ました。中国系企業が資金を負担して着工し、現在、鉄道はジブチ港からディヒルを経由して、エチオピアのディレ・ダワまで完成しています」

三木は箸を置き、上着の内ポケットからノートを取り出し、メモを確認しながら話を続けた。

「ディレ・ダワの近くに、希少金属《レアメタル》のタンタルやベリリウム鉱石が多く採掘できる鉱山があります。採掘した鉱石をディレ・ダワから鉄道でジブチに輸送して、そこから船で中国に運搬する計画です。また、その鉱山近傍に大規模なプラントを建設中です。中国のレアメタル戦略ですね」

「それとイランとどう関係するのですか」陳が聞いた。

「そこですよ。プラント工事関係者の中に、イランの技術者がかなりの数で出入りしているらしく、イランの革命防衛隊幹部の姿も見たとのことです。米国と厳しく対立するイランへ現地プラントで精製したレアメタルを渡す。イランへの国際的な経済制裁物資ですよ。何か匂いませんか」と三木は陳に同意を求めるようにいった。

「なるほど。中国とイランの共通の敵……アメリカですか」と陳は天井を見ながらいった。

「今日のところはこのへんで」と三木はタイミングを計ったように情報交換の終わりを告げ、再訪を約束して店を後にした。

「パシフィック・オーシャン号についてくわしく調べる必要があるな」といいながら三木は店を出た。

夕暮れ時になり、大連駅前は車や通行人でごった返していた。世界第2位の経済大国、中国は庶民生活も向上し、すでに先進諸国並みのモータリーゼーション時代に入っていた。ただし交通マナーは悪く、歩行者が横断歩道ではない所を平気で横断する。また車間距離もおそろしく近く、日本人ではよほど慣れていないと絶対に運転できない。

三木が華宝から出ると、すぐに男2人が後方の人ごみのなかに、反対側の歩道に男女2人が現れ、ピッタリと三木の尾行を開始した。むろん三木は帰宅中、いつも路地に入るなど尾行対処行動をとっていたが、相手が多人数では対処しきれない。自宅までの追尾を許してしまった。

在ジブチ日本国大使館（ジブチ共和国ジブチ市）

アフリカ北東部に位置する旧フランス領のジブチ共和国は人口約90万人、首都はジブチ市。公用語はアラビア語、アラブ連盟の加盟国である。エリトリア、エチオピア、ソマリアと国境を接し、紅海とアデン湾に面する小さな国である。

ジブチには、従来から米国アフリカ軍隷下のアフリカの角連合統合任務部隊及びフランス陸海空軍が基地を設けていた。この2カ国に加え、日本、イタリア、スペイン、中国が海賊対処活動のため新たに活動拠点を置いている。

ジブチ市内の中心地に在ジブチ日本国大使館がある。小規模な大使館ではあるが、自衛隊の拠点ができたことにより活動の幅が広がり、アフリカの日本大使館のなかでも一段と注目され、重要度が高まった大使館である。

早朝、会議室で小川大使が週一度の情報会同を行っていた。参加者は、大使と、情報担当の中岸一等書記官、自衛隊ジブチ支援隊情報幹部の後藤三等陸佐そして調査官の木村英夫である。

木村は42歳。独身。身長177センチ、体重70キロで均整のとれた身体をしている。防衛省から国家安全保障局情報収集班に、そこから外務省に出向の陸上自衛官であり階級は二等陸佐である。職種は普通科、レンジャーや特殊作戦の特技を持ち、英語と中国語を話す。出身は北海道旭川市、実家は市内で小さな鍵屋を経営していた。裕福とはいえない家庭であり、木村は高校卒業後、防衛大学校に入校した。防大を選んだのは、愛国心とか国防意識とは無縁の理由であり、ただ学費が無料で学生手当が出ることからだった。

卒業後、陸上自衛隊の普通科幹部として自衛官人生を歩み始めた。しかし木村は、寡黙で口数も少なく、組織内の歯車として動くのが苦手なタイプの人間であり、まわりからよく幹部自衛官が務まるな、などと陰口を叩かれていた。防大時代は陸上部に所属し体力だけには自信があった。ある日、部隊内の掲示板に特殊作戦群の隊員募集ポスターを見つけた木村は、迷わず応募した。少人数・単独で特殊任務を遂行する部隊の特性が自分に合っていると考えたからだ。

厳しい教育を耐えて特殊作戦員としての資格を取得した後、小平学校中国語課程に入りマンダリン（北京語）を学んだ。中隊長まで経験したところで、安全保障局に出向し調査官として特殊任務の実戦場であるアフリカの大使館勤務となった。任務は〝北アフリカにおける中国の活動〟についての情報収集である。

中岸一等書記官よりジブチ警察本部の市内治安情報、後藤三陸佐からは海賊対処関連の業務実施状況と米軍からの情報提供の説明があった。

「それでは、中国のジブチとエチオピアにおける活動について説明を行います」と木村は話を切り出した。

「皆さんもすでにご存じのとおり、中国はジブチ港からエチオピアの首都アジスアベバまでの新高速鉄道の敷設工事の権利を得ました。現在、鉄道はジブチ港からディヒルを経由して、エチオピアのディレ・ダワまで完成しています。ディレ・ダワの近くに、古い要塞都市として知られるハラル・ジュゴルがあります。この街の近郊アワ山に、希少金属《レアメタル》のタンタルやベリリウム鉱石が多く採掘できる鉱山があり、その近傍に中国系企業が大型石油化学プラントを建設中です。中国本土から労働者を５００名ほど連れてきて工事に従事させており、現在、工事は90パーセントほど完成しています。そのプラントにイラン革命防衛隊の幹部が頻繁に出入りしているとの情報です」

「エチオピアといえば、中国からの大規模な援助で国内のインフラ整備を行っており、なんでも中国のいいなりだからね」と小川大使がいった。

「ここで注目に値するのは、エチオピアのプラント施設にイラン革命防衛隊が出入りしている点です」と木村は話の核心部分に入った。

「米国中央情報局（ＣＩＡ）の情報によれば、中国がこのプラントに夜間を利用して大型資材を運び込んでいるとのことです。中国が援助して昨年開港したジブチ新港から、高速鉄道を利用してディレ・ダワまで、そこから車両でプラント建設現場までです」

「プラント建設の資材ではないのか」と小川大使が質問した。

「米軍から提供された衛星写真によれば、その資材はコンテナ状のものと円筒型のものが多数確認できます。またそれらの資材は、プラント内の大型の格納庫に搬入されており外部からは確認できません」と木村が答えた。

「木村さん。プラント建設資材ではないというのですね」と中岸一等書記官が確認した。

「そのとおりです。プラント建設資材であれば、夜間を利用して運ぶ必要も、格納庫に入れて外部から隠蔽する必要もありません」

「イラン革命防衛隊と秘密裏に運び込んでいる資材、この点についてくわしく調査する必要があります」と木村は小川大使の同意を求めた。

「どのように調べるつもりなのかね」と小川大使は質問した。

「プラント建設現場に潜入しようと思います」

「単独ですか。木村さん、大丈夫ですか。危険ですよ」と心配げに後藤は聞いた。

「プラント建設には、地元エチオピア人、在アフリカの中国人なども入っています。私は少々中国語が話せますので建設現場に潜り込んでみます」と木村は自信ありげに話した。

「木村さん。少し調整したいことがあります。会議の後に時間ありますか」と後藤は木村のほうに向き直り聞いた。

「今日は夕方まで大丈夫です。それから準備しますから」

「木村調査官には、くれぐれも危険な行動を避けてもらいたい」と会同の終わりに小川大使が念を押した。

日本国自衛隊ジブチ基地（ジブチ市国際空港北西地区）

ジブチの自衛隊拠点には海賊対処の海上自衛隊哨戒機部隊と陸上自衛隊主力の支援隊が配置されている。支援隊は、ジブチ当局などとの連絡調整や基地業務を行う部隊であり隊員数は約110名。支援隊長は佐藤一等陸佐である。イラク派遣も経験した国際活動のベテランである。支援隊の隊員は、海上自衛隊から約30名、陸上自衛隊から約80名がそれぞれ派遣されている。陸上自衛隊からは半年ごとに全国の部隊から派遣されており、現在は千葉県習志野市に駐屯する第1空挺団が担任している。

日本大使館での会同を終えた木村と後藤は支援隊の小型車で基地に向かった。車中で木村は後藤に会同では話せなかったと前置きして、

「どうやらプラント建設現場には人民解放軍の将校もいるらしい」と後部座席の窓から外を眺めながら話した。

「木村さん。危険な任務ですから今回はぜひ準備を万全にしてください」と後藤は後部座席を振り返りいった。

車両は大使館のある地区から市内を抜けて、ジブチ国際空港北西地区の自衛隊の活動拠点である通称自衛隊ジブチ基地の正門に到着した。基地の警備は警衛隊と地元ジブチ人の警備員からなる混成チームが行っている。木村たちは、正門に立哨する警備隊員の身分証確認を受け、それが終わると車両を本部の建物に進めて玄関に横付けした。

基地施設はＰ―３Ｃ哨戒機２機の格納庫と本部などの管理棟、隊員の宿舎や食堂・風呂、厚生センターなどの建物からなっている。

木村と後藤は本部の建物に入り、他国の部隊との交流などで交換した楯やペナント類の陳列ケースが置かれたエントランスを抜けて右手に曲がり、支援隊長室に向かった。

隊長室は12畳ほどの広さであり、執務机と椅子、それに本棚・書類ケース、５人用のソファーセットが置かれていた。

「後藤三佐入ります」と後藤はいいながら入室した。木村も後に続く。

隊長の佐藤一陸佐は、木村と同じ防大の三期先輩であり古くからの友人でもある。

「木村、なんか真剣な顔だな。とうとう女房に愛想を尽かされて逃げられたか」と笑いながらいった。

「佐藤さん。冗談やめてくださいよ。仕事ですよ、仕事。それに私は独身ですから」とソファーに座りながら木村がいった。

後藤は、朝の大使館での情報会同の内容を手短に佐藤に報告した。

「木村、大丈夫か。ハリウッドのスパイ映画じゃないぞ」と佐藤は心配そうに木村に話しかけた。

「佐藤さん。いちおう、情報学校で教育は受けています。英国での潜入訓練も終わっていますから、ご心配なく」

「そうはいってもなあ」

「隊長、私もたいへん心配しています。緊急事態用の装備をお渡ししてはどうかと考えてお連れしました」と後藤は佐藤にいった。

「木村が困った時には、俺に助けろということだな」

「そうです。同じ自衛官ですから」

「君らも十分承知していると思うが、自衛隊は、隊員が事故や襲撃などに遭遇した場合に限り救出のため出動することができる。保護下にある邦人も対象だが、情報要員の救出となると……」佐藤は思案しながら話した。

「情報要員といっても自衛官ですから」と後藤がいった。

「わかった。しかし、われわれはジブチ国内には出動可能だが、国境を越えてエチオピア領内には入れない。そこを覚えておいてくれ」と佐藤は付け加えた。

「ジブチ国境までは自力で脱出していただくことになります」と後藤も念を押した。

「通信器材庫で必要な装備を受け取れ。高い品だからちゃんと返せよ」と佐藤は笑いながら2人を見送った。

木村と後藤は隊長室を後にして、別棟の通信器材庫に向かった。建物に入ると後藤は通信機器の保管されている器材庫のドアを開けた。

「お待ちしていました。佐藤隊長から電話があり、必要な装備をお渡しするように指示されました」と器材庫内の事務机に座っていた通信陸曹が席を立ちながらいった。

「装備といってもお渡しするのは、位置情報発信装置です。木村さんの足のサイズは26センチとお聞きしています」とブラウンのデザートブーツを渡しながらいった。

「このブーツの右かかと部分に発信装置が組み込まれています。インソールを外し、土踏まず部分にある小さなボタンを右に1回転させて下さい」と実際にインソールを取り外し、赤い小さなボタンを右に回した。ボタンが赤く発光した。

「スイッチがオンになれば、自動的に木村さんの現在地が基地内の情報班にある捜索情報処理装置に標示されます。ただし、信号が発信された場合には、木村さんに異常があったということです。通信衛星を利用しており、捜索可能な範囲は約300キロです」と通信陸曹が説明した。

「この基地からエチオピア国境までが約100キロ、そして国境から目的地のエチオピアのデイレ・ダワまでが約150キロ。合計約250キロ、捜索範囲内だな」と木村はブーツを受け取りながらいった。

「いつ出発ですか」と後藤は木村に確認した。

「明日の夕方にはジブチを出たいと思う」と木村は答えた。

「木村さん。なぜそこまで危険を冒して調査するのですか」

「アフリカにおける中国の活動。これを調査するのが俺に与えられた任務だからさ。それにレアメタル鉱山の動きがどうしても気になってね」

「気をつけてください」

「ありがとう。皆さんにお仕事をお願いすることのないようにうまくやるよ」と自信ありげに付け加えた。木村は後藤に別れを告げタクシーで自衛隊基地を後にした。

大連市（中華人民共和国遼寧省）

この日、日東商会の三木和夫は旧ロシア人街近く、日系企業が管理する貿易ビルの展望室にいた。大連駅から路面電車で北東に進み勝利橋を渡ると旧ロシア人街がある。この地区は、ロシア統治時代の名残をとどめており、ロシア風建築物が多数並ぶ観光地となっている。

貿易ビルは地上12階建てであり、11階の展望室からは大連港が一望のもとに見渡せる。三木の関心は国営の開放造船公司大連造船所である。その艦艇用修理ドックに、黒い船体に白い上部構造物の見える〝パシフィック・オーシャン号〟はあった。すでに改修は終わっており、いつでも出航できそうな様子である。

三木は、1週間前に中華料理店〝華宝〟の陳鉄生から入手した情報に基づき、パシフィック・オーシャン号を徹底的に調べ上げた。まず、造船所の作業員から船橋《ブリッジ》に最新型の航海用ナビゲーション・システムを入れたこと、上部甲板に大型ヘリコプター用格納庫を設けたこと、5層からなる自動車積載スペースの船底から3層を車高が高いものを収容できるように1層に改修したこと、自動車搬出入の開口部を喫水線以下まで拡張したことを聞いた。また、日東商会の仕事であるテレビショッピングの関係から知り合った中国国営放送大連支社の記者から、パシフィック・オーシャン号の船長以下全員が解雇されて、新しい乗組員に入れ替わったことも聞いた。

三木はこの展望室の観葉植物の植木に、小型の監視カメラを隠して置いていた。赤外線カメラであり、この数日間の夜間作業が記録されている。三木は目立たないように植木に近づき、植え込みのなかのカメラを回収し貿易ビルを後にした。

大連駅南側の勝利広場に面した15階建てのマンション、その10階に三木の部屋がある。自宅近くのコンビニで缶ビールと食料品を買いマンションに帰宅した。部屋に入ると、缶ビールを飲みながらリビングにあるパソコンの前に進み、監視カメラを接続し早送りで再生を開始した。

しばらくして三木は思わず身を乗り出してパソコン画面を見つめた。記録2日目の深夜1時

13分、パシフィック・オーシャン号に車両が搬入され始めたのだ。

画像には、最初に8輪の軍用大型トラック、上部はシートに覆われているが円筒形の物が積載されている車が10両。荷台が箱型の軍用大型トラック15両、荷台が幌の軍用大型トラックが2両、最後に民間仕様のピックアップ・トラックが12台搬入されている様子が記録されていた。

「やつらは秘密裏に何かやろうとしているな」と缶ビールを飲みながらひとり言をいった。

三木は、とりあえずこの時点での情報をまとめ、大連領事事務所を経由して北京の日本大使館の情報担当官に報告することにした。


大連駅の南西側、1キロメートルほどの所に大連市民の憩いの場所である労働公園がある。労働公園北門から約400メートル西側に在瀋陽日本国総領事館大連領事事務所が置かれている。

翌日早朝、三木は会社には出社せずに車でまっすぐに領事事務所に向かった。事務所は日系企業が建設・管理するビルに日本の大手航空会社などとともに入っている。

三木はビルの駐車場に車を置き、正面玄関から3階の領事事務所に入った。事務所には会社関係の手続きや商工会の連絡事務で頻繁に出入りしており、三木にはごく自然な訪問であった。事務所の正面入口から入り、連絡係の竹本三等書記官が待つ奥の応接室に向かった。

「三木社長、ごぶさたしています。日東商会は商売繁盛ですね」と竹本書記官はソファーセットに座るようにすすめながら話した。

「いえいえ、次の商品を考えないとすぐに模倣品が出ます。日本のように知的財産の保護がなされないですから」と三木は座りながら答えた。

三木と竹本書記官は商品開拓についてしばらく歓談した。その後、三木は小声でいった。

「竹本さん。これを北京の赤坂一等書記官にお渡しください」と封筒に入ったUSBメモリを差し出した。

「わかりました。明日、クーリエ便（外交文書の運搬）がありますから、間違いなくお届けします」とUSBメモリを受け取りながら小声でいった。

「三木さん。安全部や公安局の動きも注意が必要です。十分に気をつけて下さい」

「そうですね。十分に注意します」

「何かあれば連絡してください」

「ありがとうございます。それではこのへんで」三木は立ち上がり、竹本書記官に別れを告げた。

三木は領事事務所のあるビルを出て、パシフィック・オーシャン号の改修目的を探る手段について思案しながら駐車場に向かった。

中華人民共和国国家安全部第八局大連市支局の斎兵《チービン》局員は、三木の行動確認責任者である。以前からマークしていた台湾の情報員である中華料理店〝華宝〟の陳鉄生と定期的に会う三木の姿に違和感を持ったからである。今朝は車２台と８名の局員で三木を尾行していた。

中国には中華人民共和国反間諜法及び軍事施設保護法があり、中華人民共和国国家安全部が取り締まりを行っている。斎の所属している第八局は対外国スパイの追跡や逮捕を行う部署である。

「陳鉄生に定期的に接触するなど、間違いなく三木は日本のスパイだな。陳は台湾のスパイなのが前々からわかっていたが、日台共同工作でもやっているのか」と斎は尾行車両のドライバーである部下の李局員に話しかけるようにいった。

「斎同志。日本人を捕まえて吐かせますか」李局員が車のエンジンを始動させながらいった。

「いやまだだ。いずれ尻尾を摑んで拘束することになるが、今はまだ少し泳がそう。奴の狙いを探ろう」

「了解しました」

「秘書の関莉には、奴の行動を逐一報告するように指示しろ」といって、三木の車の後方を追尾するように李に命じた。

翌日、三木から竹本に手渡されたUSBメモリは、領事事務所員がクーリエとして大連と北京を結ぶ中国の国内航空便を利用し北京の日本大使館に運んだ。

USBメモリを受領した赤坂一等書記官は、その情報内容が重要であり、すみやかに国家安全保障局に報告する必要があると判断し、東京行きの航空機を手配した。

日本政府国家安全保障局（東京都千代田区永田町）

内閣官房に設置されている国家安全保障局は、国家安全保障に関する外交・防衛政策の基本方針の企画立案・総合調整を行う組織であり、関係省庁から事務官と自衛官の出向者が合わせて100名ほど勤務している。

国家安全保障局の内部組織は、局長の下に2名の次長（外務・防衛からの内閣官房副長官補が兼務）及び4名の内閣審議官（外務・防衛・経産省から事務官3名、自衛官1名）が配置され、下部組織として総括・調整班、政策1班から3班、戦略企画班、経済班、情報収集班の各班が編成されている。

首相官邸の西側、外堀通りに面したビル内に内閣官房国家安全保障局がある。内閣審議官の増本孝弘は3階の審議官室において、次の国家安全保障会議4大臣会合の資料の取りまとめと報告要領について考えていた。

増本の前職は防衛省防衛政策局日米防衛協力課長であり、現在は内閣審議官として局内の防衛政策の総合調整を行っていた。増本の机上には、議題である与那国島に漂着した国籍不明潜水艇調査報告書と中国軍東部戦区の活動状況報告書の2種類の資料が置かれていた。

「福島総括・調整班長を呼んで下さい」と増本は秘書の事務官に指示した。

しばらくすると総括・調整班長の福島兼次参事官が審議官室のドアをノックした。福島は眠そうな顔で入室してきた。

総括・調整班の業務は、局内の業務総括と国家安全保障会議の事務である。

「おい、今日も眠たそうじゃないか。最近しっかり眠れているのか」と増本は福島の顔を観察しながらいった。

「不眠症は持病ですから」と執務机前のパイプ椅子に座りながら答えた。

「通院して薬をもらえよ」

「大丈夫ですから。ところで審議官、用件は何でしょうか」

「至急まとめてもらいたい案件があるのだが」

「どのような内容でしょうか」

「与那国島に漂着した国籍不明の潜水艇と中国軍東部戦区の活動状況の2件だ」といいながら増本審議官は机上の資料を指さした。

「次の4大臣会合で内閣情報官から潜水艇調査報告、統合幕僚長から中国軍の動向がそれぞれ報告される。このことは承知していると思うが。国家安全保障局としては、両方の事項を総合的に分析する必要がある」とひと呼吸を置いて話を続けた。

「他の班はホルムズ海峡やその他の案件で手がいっぱいだ。そこで情報の総合分析を福島の班にお願いしたい」と増本は福島に資料を渡しながら指示した。

「わかりました。局長が報告できるようにまとめます」と福島はいった。

福島は3階の審議官室を退席し、総括・調整班の入る2階の大部屋に戻った。

「福島班長。増本審議官の話は何ですか」と総括・調整班の先任である田所一等陸佐が聞いた。

「与那国島に漂着した国籍不明の潜水艇と中国軍東部戦区の活動状況の総合分析。具体的には次の4大臣会合時、うちの局長が行う報告文書の取りまとめです」と福島はいった。

「なるほど戦略企画や情報収集班の手がまわらないのでうちでまとめろ、ですね。いま私の係で各情報を分析中です。明日には福島班長に一度見ていただきます」

「さすが自衛官は仕事が早いね。私みたいな事務官では無理ですよ」と半分、自虐気味に田所一陸佐にかえした。

東京都内某所

福島兼次は48歳、九州の国立大学を卒業して国家公務員一種試験に合格し、外務省に入省。その後、北京大使館などの在外公館勤務を経験し、内閣参事官として国家安全保障局に配置された。

独身キャリア官僚として仕事一筋、女性と知り合うチャンスと時間がなかった。気がつけば50が目前、このまま退官まで浮いた話はないとなかば諦めていた。

彼の出身は大分県大分市であり、幼い頃に父親を亡くし、母子家庭で育った。母はひとり息子を溺愛し、その環境で育った福島はいわゆるマザコンである。日常生活すべてを母が支えてくれたおかげでなんの不自由も感じなかった。その母親も2年前に他界した。ひとり身の空虚な境遇に、改めて母の存在の大きさを痛感していた。そんな時に、密かな楽しみができた。

福島は3カ月に一度、東洋拓殖大学で安全保障関係の講義を担当している。東洋拓殖大学法学部政治研究所は全学部・学年共通の安全保障講座を開設しており、そこで国際関係を教えていた。

杉田京子と知りあったのは3週間前の講義の後であった。

その日、午前中の講義が終わり、役所に帰る前に学生食堂で昼食をとることにした。昼時であり学生食堂はたいへんな混雑だった。50を目前にした福島には、若い熱気で溢れる食堂は少し場違いに感じられた。カレーライスを注文し、それを受け取ると空いている窓際のテーブル席に座った。

「隣に座ってもよろしいですか、先生」と着席してすぐに女子学生が声をかけてきた。

混雑している食堂内だが他にも空席はある。福島はその学生の姿を見て、興味を惹かれた。

「杉田京子、大学院医学系研究科の院大生です」と微笑みながらいった。

「先生の講義を聞きました。〝日本の外交方針について〟はたいへんに参考になりました」

「私は先生ではないけどね。役人ですよ」

「知っています。でも私たち学生から見れば、教壇に立つ方はみんな先生ですよ」と少し小悪魔的な流し目で福島に話した。

福島は京子を観察した。小さめの顔立ちと透き通るような瞳、カールしたまつ毛は長く、スッキリとした鼻筋、黒いショートヘア、女優ではないかと思うほどの外見である。身長は160センチ少し、全体的に中肉だが衣服の上からもわかる豊かな胸、細いウエストから丸くカーブを描くように大きくなるヒップのライン。京子のはち切れるような若さと、女としての魅力的な姿が独身の福島にはまぶしすぎた。

「特に、日本における対中国外交の基本姿勢はおもしろく拝聴しました」

「ありがとう。役所に勤務していますから現状を皆さんにお話ししただけですけど」

「だから説得力あるお話ができるんですね」

「興味おありですか。たしか医学部だとか」

「麻酔学を勉強しています」

「勉強家ですね」

2人は意気投合し、数日後の夜に食事をする約束をして別れた。

福島に思ってもいなかった春が訪れた。京子の知識は、福島との会話を完全に成り立たせるほどのレベルの高さであり、24歳とは思えない学識であった。逢瀬を重ねるごとに2人の間の距離は近くなり、気づけば肌を合わせる深い仲になっていた。

その日、4大臣会合の資料作成を田所一陸佐に指示して、福島は国家安全保障局を退庁し、渋谷に向かった。行先は渋谷駅近くのイタリアン・レストラン「ミラノ」、午後7時に京子と待ち合わせをしていた。店に入り、ホールスタッフに名前を告げると奥の個室に案内された。

部屋に入り着席してしばらくすると京子が現れた。水色のワンピースに薄いカーディガン、初夏のこの時期にふさわしい服装である。

「お待たせ」

「僕も今しがた着いたばかりだよ」

「よかった」

「イタリアンで苦手なものはないかな」

「パクチーはだめだけど。それ以外はなんでも大丈夫」と京子は微笑しながらいった。

福島はメニューを見ながら前菜とメインのパスタと子牛のステーキ、それにトルコ・ワインを注文した。

「あら。イタリア産ではなくてトルコ産のワインなの」

「トルコはヨーロッパの食糧倉庫とよばれるほどの農業国。ワインの産地としても有名な国だよ」

「うーん。さすがの博識の京子も知らなかった」

「そうだね」福島は京子の茶目っ気ある受け答えに自然と笑みが出て、ひと時の恋の充実感と幸せを喜んでいた。食事とワインを楽しみながら、米国や中国の外交と安全保障の話題で会話が弾んだ。その後、円山町のホテル街へ行き「ホテル・シャトー」に入った。

福島は京子との燃えるような激しい行為のなか、幾度かほとばしる絶頂感をむかえた。きめの細かな絹のような肌、豊かで張りのある乳房、腰から尻にかけて大きくカーブするライン、しっとりと隠れるように茂みにつつまれた秘部。若い女の身体は福島には初めての経験であり、その男を誘惑する魔性に身も心も魅入られてしまった。

シャワーを浴びてバスローブをまとった京子がダブルベッド脇のソファに腰をかけた。

「福島さんって、そういえば不眠症でしたね」

「京子ちゃんと会えば少しはましだけど」

「私、麻酔学教室から試験薬をもらってきたの。もうすぐ市販される睡眠導入剤よ」

「へー。安全なの」

「大丈夫よ。私はこれでも医者の卵ですよ。騙されたと思って使ってみてください」

「わかったよ」と笑いながら福島はベッドから上半身を起こした。

「これなのよ。携帯吸入器型のお薬なの」といいながらハンドバッグから小型の容器を取りだして福島に渡した。

「口にくわえて、吸入器の上部を押さえながら1回だけ吸入して」と京子は使い方を教えた。

福島はいわれたとおり口に吸入器をくわえて上部を押し深く吸引した。薬は小さなボンベからL型に付けられたノズルを通り福島の肺の奥深くまで送り込まれた。

福島は体中に睡眠導入薬が回る感覚と同時に軽い眠気を感じた。起こしていた上半身をベッドに倒し目を閉じた。これまでの不眠とは比べられない心地よい感覚が幸福感をもたらした。

京子は福島の朦朧とした状態を確認して、必要な準備に取りかかった。

長さ5センチほどの超小型ボイスレコーダーを福島の枕元に置き、録音の準備を始めた。

杉田京子は中国国家安全部の日本人工作員である。京子の祖母は満州国ハルピン生まれの中国残留日本人であった。

昭和20年8月、怒濤のようにソ満国境を越えて侵攻して来たソ連軍は、関東軍の早期撤退と合わせてまたたく間に満州を占領した。満州に入植していた多くの日本人の帰国は困難を極め、避難の混乱のなかで家族を見失い、命を落とすなど凄惨な状況であった。そのなかには中国人に養子として渡された幼児たちが存在する。一般に言われている中国残留孤児である。京子の祖母は1歳に満たない時に中国人に引き取られて育てられた。26歳の時、ハルピン市内の中国人男性と結婚して一女をもうけた。それが京子の母である。祖母はその男性と離婚した後、平成2年の中国残留日本人帰国事業により、20歳になった母を連れ新潟県新潟市に移り住んだ。新潟を選んだのは、育ての親である中国人夫妻から本当の親は日本人で新潟出身だと聞いていたからである。

夢見た日本生活は理想と現実の違いを嫌というほど感じさせるものであった。親子は日本語も満足にしゃべれず、そのことから仕事もうまくいかずに極貧の生活を送った。

母が30歳の時に、水商売の関係で知り合った男性との間に生まれたのが京子である。平成13年に祖母は他界し、京子はこれまで母娘2人で生きてきた。生活は貧しく、また中国人とか片親とかで学校では凄惨ないじめに遭った。いつしか京子の心のなかには、祖国日本に対する憤怒の念が生まれ、悪性腫瘍のようにまわりの細胞を蝕み大きく育っていった。

貧困のなかで京子は必死で勉強した。勉強だけが自分を最悪の世界から救ってくれる手段だと思っていた。その努力の成果は実り、新潟県の名門県立高校に進学、大学は国や県の奨学金と祖母の国籍により優遇され北京大学への留学が叶った。

北京市海淀区にある北京大学は中国の国立大学であり、世界大学ランキングでも上位に入る大学である。祖母の故郷、中国への淡い憧れを抱いていた京子はこの大学の医学部に入学した。3学年も終わりになる頃、中国政府から日本の大学院への進学支援の話がきた。京子の優秀な成績からというのが表向きの理由であった。北京市奨学金支援センターに来るように連絡があり、そこに行くと待っていたのは国家安全部第二局（国際情報収集）の幹部であった。

彼は京子に日本の大学院への進学と国家安全部工作員への道を勧めた。工作員になるということは、日本国籍を持つ京子に対して、中華人民共和国に忠誠を誓い、日本に対するスパイ行為、すなわち反逆行為を行うことである。京子は日本に復讐する機会が来たことを喜び、迷うことなく二つ返事で幹部の誘いにのった。2年間、学業の合間に工作員として盗聴や尾行などの基礎訓練、格闘や射撃訓練、暗号作成、思想教育などが行われた。

北京大学を卒業後、日本に帰国した京子は東洋拓殖大学大学院へ進学し任務を待った。そして1カ月前、待望の工作員としての指令が京子に来たのである。

新宿区歌舞伎町、雑居ビル内の中華料理店に呼び出された京子は、初めて在日中国大使館の一等書記官・徐文秀《シュウウェンシュウ》に会った。

徐は、紺色の細身のスーツに黒のネクタイ、黒い革靴、髪はオールバックにしてポマードでしっかり固め、銀ぶちの眼鏡をかけ、手には茶色い鞄を持っていた。年齢は40代前半、大手企業の幹部社員といった風貌であった。

「杉田同志。いよいよ働いていただく時がきました」と徐は切り出した。

「お会いできて光栄です」と京子はいった。

「報道にもありましたが、わが国の神鮫3型特殊潜水艇が東シナ海を航行中に事故を起こして与那国島に漂着しました」

「そのことならテレビや新聞で大きなニュースになりましたので承知しています」

「じつは、その潜水艇は重要な任務の帰投中だったのです。その潜水艇から日本政府がどんな情報を摑み、またいかなる対策を考えているか探っていただきたいのです」

「どのように探ればよいのでしょうか」

「日本政府の国家安全保障局に福島兼次という内閣参事官がいます。彼はあなたの在学している東洋拓殖大学で定期的に講義しています。その彼と親密な関係を結び情報を得ていただきたい」

「身体を使えということですね」と京子は確認した。

「あなたには辛いことかもしれませんが」

「いえ、大丈夫です。覚悟はできています」

「今から特殊な薬品を渡します。鎮痙《ちんけい》剤の一種スコポラミンと催眠鎮静剤ジアゼパム及びモルヒネを主成分とする自白剤です。第二次世界大戦中にナチス・ドイツで開発され、戦後も改良が重ねられてきました。北朝鮮も使用していますが重篤な副作用が克服できていません。彼らは拘束した外国人学生に使用し失敗しましたね」

「たしか本国に送還されて死亡した学生の事件ですね」

「そのとおりです。取り扱いには十分な注意が必要です」

「わたしは麻酔科専攻ですから、薬の取り扱いについて問題はありません」

「そうでしたね。わが国は新疆《しんきょう》ウイグルやチベットの反政府活動家に使用してこの薬品の効果を高めてきました」と徐は8センチほどの携帯吸入器型の薬を鞄から出して京子に渡した。

「吸入は1回で十分です。3回以上吸入すると重篤な副作用、つまり意識不明か死亡に至ります。十分に注意してください」

「吸入後、意識が朦朧になったら質問を開始し、事実を淡々と聞いてください。効果は30分程度です」

「質問のやり方は」

「誘導質問はいけません。相手は誘導のとおりに答えてしまうことがあります。会議の内容や業務の指示内容を客観的に質問してください」

　京子は頷きながら携帯吸入器型の自白剤を受け取りハンドバッグに入れた。

「次にボイスレコーダーです。これに福島の自白内容を録音して下さい」と超小型ボイスレコーダーを京子に手渡した。

「最後に、少し辛いことですが。今からマイクロチップをあなたの腕に注入します。なかには薬が入っています。薬の使用方法はおわかりかと思います」と鞄から特殊な注射器型の器具を出し、京子の右上腕部内側に長さ15ミリのマイクロチップを注入した。

「いざとなったらチップのある腕の部分を強く圧迫して下さい。すぐに効果が出て楽になります」

「覚悟はできています」

「録音ができたら私に連絡をください。その際に受け渡しの場所や時間の指示をします。合言葉は〝ワインより白酒《パイチュウ》〟です。杉田同志、非常に重要な任務です。よろしくお願いします」

「わかりました」と京子はいった。

徐は京子への指示が終わると先に席を立って足早に部屋から出て行った。


ボイスレコーダーの録音準備ができると京子は福島に質問し始めた。

「福島さん。あなたの今のお仕事で中国関連のことがあれば教えてください」

「与那国島に漂着した潜水艇について調べています」と福島は秘密を保全するという意識が薬により消失した状態で答え始めた。

「何か判明しましたか」

「中国の潜水艇であること。台湾に潜入活動を行ったこと。事故で乗員全員が死亡したこと。そして遺留品の通信用端末から画像とメールが残っていたことです」

「画像とメールの内容を教えてください」

「画像は台湾の花蓮空軍基地を撮影したものです。メールは司令部からの命令みたいな……」

「福島さん、あともう少しです。がんばってください。メールの内容は」

「デ……データが不完全ですが、台風作戦と雷撃作戦という2つの作戦名だけが読めました。……どこかに進攻する作戦が台風作戦、そのための事前作戦が雷撃作戦です」

「どこかにとはどこですか」

「た……台風作戦は潜水艇が台湾に行ったことから……、台湾ではないかと思います」

「もうひとつの作戦は」

「まだ……わからない……」

「福島さん、福島さん」京子は質問を続けようとしたが、福島は薬の効果により深い眠りについた。

京子はボイスレコーダーのスイッチを切り、自白剤とともにハンドバッグに入れた。福島の寝姿を見ながら、またお会いしますと書いたメモを枕元に置き、服を着て、そっとホテルの部屋を出た。

ホテルを出ると京子は歩道を歩きながらスマホを取り出し、徐一等書記官に報告メールを打った。徐からの返信は、大学構内の学生掲示板にワインを楽しむ会の案内が掲示されているので明日9時に見にいくようにとのことであった。

翌日、約束の時間に学生掲示板の前に来ると、ワインを楽しむ会開催の文書が掲示されていた。京子はそれを見ながらその後の行動を迷っていた。その時、野球帽を被った男子学生が近づいてきた。

「すみません。杉田さんですか」と学生が聞いた。

「はい。杉田です」

「ワインより白酒のほうがおいしいですよ」と男子学生は笑っていった。

「杉田さん。この封筒に物《ブツ》を入れてください」とささやくと茶色い封筒を渡した。京子は無言でいわれたとおりにボイスレコーダーを封筒に入れて返した。男子学生はそれを受け取りながら別の封筒を京子にすばやく渡した。

「白酒を楽しむ会のご案内です。お待ちしています」と笑いながら男子学生は去っていった。京子は渡された封筒に新しいボイスレコーダーが入っていることを確認した。

「明日の夜も会いたい」と京子はすぐに福島にメールを打った。

ディレ・ダワ中国石油化学プラント（エチオピア）

その夜、在ジブチ日本国大使館調査官・木村の姿はジブチからディレ・ダワに行く高速鉄道の車内にあった。中国の援助で建設されたこの高速鉄道は時速250キロ、ジブチからディレ・ダワまでを1時間で結んでいる。

ジブチ市郊外をしばらく走ると、そこは荒漠とした乾燥大地が地平線まで続いている。砂漠化が進み草木1本見ることのできない荒れた土地である。ジブチからエチオピアまで似たような景色が続く。エチオピアに入り、ときおり通過する街は緑に囲まれたオアシスであり天国である。じつは本当にオアシスごとに街が造られていて、そこから水を引いて郊外の畑に小麦やトウモロコシを栽培している。

木村は、中国の石油化学プラントで働くため、現地に向かっている多くの中国人労働者とともに列車に乗っていた。車両の造りは、日本の新幹線車両とほぼ同じでありエアコンも効いていて清潔な車内である。木村のまわりには、上海や杭州からの出稼ぎ労働者が多く座っており、残してきた家族の話で持ちきりだった。中国は、アフリカ諸国に多額の経済援助を行い、その金で中国企業がインフラ施設などを次々と建設している。

ディレ・ダワ駅から近傍のハラル・ジュゴルまで車で1時間ほど、さらにハラル・ジュゴルの街から近郊のアワ山まで車で30分ほどかかる。

この鉱山近くに、エチオピアと中国の合弁企業であるエチオピア開発集団が石油化学プラントを建設したのが5年前である。中近東の石油をここに運び化学製品をアフリカ各国に輸出している。

現在、この石油化学プラント施設を拡張して、希少金属《レアメタル》を鉱石から精製する大規模な施設を建設している。

この建設現場では、日々500名ほどの作業員を働かせていた。技術関係者以外の単純作業員は、数カ月交代で本国から来る労働者や周辺地域の出稼ぎ中国人と入れ替えている。木村は出稼ぎ中国人に成りすましていた。

　ディレ・ダワ駅に着いた労働者たちは、駅の正面ロータリー西側に置かれているエチオピア開発集団雇用事務所に行き、受け入れ担当者からパスポートを確認されて、中国国内での採用通知または現地採用通知を提出する。木村はあらかじめ現地採用に応募して採用通知を受けていた。プレハブ造りの雇用事務所に入り、受け入れ担当者にパスポートを提示し現地採用通知を渡した。

「陶森《タオセン》。生まれはどこか」と中国人担当者が威圧的な態度で聞いてきた。

「吉林省長春市朝陽区です」と木村は中国語で答えた。陶森は木村の偽名である。

「ジブチで出稼ぎ中だったと記載しているが、どんな仕事をしていたのか」

「ジブチ新港の荷揚げ仕事です。南西交易公司の仕事場でした」

「それでは力仕事は大丈夫だな。資材部に配置するのでプラント施設に着いたらブロックD事務所に行くように」といいながら担当は臨時社員用カードを木村に渡した。

「謝謝《シェシェ》」といって木村はカードを受け取り、そのまま大型バスに乗車した。

　駅前には大型バスが5台駐車していた。労働者を化学プラント建設現場に輸送するためのバスである。今日は200名ほどの労働者が集められており、バスは、受付を済ませた労働者を乗車させディレ・ダワ駅前を出発し、ハラル・ジュゴル郊外の建設現場に向かった。

　車窓の景色はあいも変わらず荒れた大地の連続である。地平線には目的地のプラントのあるアワ山が見えていた。そこまでの道路は中国の支援が徹底されており、すべてアスファルト舗装になっていた。おまけに100メートル間隔でソーラー電池式の外灯が設置されている。1時間30分ほど走り、目的地の〝エチオピア開発集団石油化学プラント〟と表札のある大規模プラント施設に到着した。

バスが正門ゲート前で停車すると、すぐに2名の警備員が車内に乗り込んできた。1名は自動小銃で武装したエチオピア人、もう1名は武装していない中国人である。正面ゲートには、重機関銃を積載した警備車両1台と武装したエチオピア人警備員が3名ほど確認できた。警備員は全員のパスポートと採用通知をチェックし、その後、中国人警備員が臨時社員用カードを首からかけるように指示した。

1000万平方メートルほどの広大な敷地を有する工場の南側に、新たな施設の建設現場があった。バスは、正面ゲートから外柵沿いに進み、プラント建設現場のある地域に到着、工事事務所と書かれた建物前で労働者全員を降ろした。

木村は、3棟ある事務棟のうち、ブロックDと書かれた看板のある事務棟に進んだ。この事務棟はプレハブ3階建てで、1階の事務所に入ると多数の職員が事務をしていた。カウンターの前に行くと〝資材部新規受け入れ〟と机上札が置かれていた。

「陶森です。ここに行くように指示されました」と座っている女性社員に名乗った。

「パスポートと採用通知を見せてください」

「これです」と木村はパスポートと採用通知を渡した。

「確認しますね」といいながら事務の中国人女性は両方を確認し、名簿に必要事項を記入した。

「陶さん。事務棟を出て、左手の資材部と表示がある倉庫に行ってください。そこで仕事が割り振られます」

木村は頷くと事務棟を出て指示された倉庫に向かった。

木村はここまでに確認できたことを頭のなかで整理した。外柵にはソーラー電源型赤外線警備システムが設置されている。警備は自動小銃で武装したエチオピア人が行っている。正面ゲートには日本製ピックアップ・トラックに重機関銃を積載した警備車両1台が配置されている。

「今のところ、思ったより警備は厳重ではないな」と考えながら指示された倉庫へ向かった。

白玉山塔公園（中華人民共和国遼寧省大連市旅順口区）

午前中、大連の会社事務所で営業会議に出ていた三木は昼食を済ませた後、少し遠出だが旅順港まで出かけることにした。2日前にパシフィック・オーシャン号が大連の造船所から旅順の海軍基地に回航されており、その様子を調べるためである。

「関さん。午後から市内のお得意様に新製品の説明をします」と秘書の関莉にいった。

「わかりました。お車ですか」

「そうです。夕方には会社に戻ります」

「お気をつけて」と関は木村を送り出した後、すぐにスマホで安全部の斎兵に三木の外出についてメールを打った。

大連駅近くの遼東国際ビルに三木の会社が入居しており、このビルの地下が駐車場になっていた。三木の車はハイブリッドの黒い塗装の日本車である。その車から少し離れた駐車位置に安全部の斎の乗った車が停まっていた。斎はスマホが着信振動するのに気づき、背広の内ポケットから取り出して確認した。

「三木がもうすぐ駐車場に下りてくるぞ」と斎はドライバーの李局員にいった。

「わかりました」

「関のメールだと市内の得意先に営業だとある。どこに行くかだな」

「外の待機組に連絡します」といいながら李局員は携帯電話でメールを打った。

三木は地下の駐車場に着くと自分の車に乗りエンジンを始動させた。薄暗い地下駐車場を進み3階上の駐車場出口に向かった。彼は、まさか自分が尾行されているとは思ってもいなかった。


大連市中心部から40キロほどのところに旅順がある。旅順は日露戦争においてロシア軍の旅順要塞が造られ、この難攻不落といわれた要塞の攻防をめぐり日露両軍の激戦が行われたところだ。１９０４年11月26日に第３回旅順総攻撃が開始され、二百三高地をめぐり死闘が繰り広げられた。12月5日に日本軍が二百三高地を攻略し、そこから旅順港内のロシア艦隊を砲撃し、旅順要塞を陥落させた。

現在、旅順には中国海軍の基地が置かれており、軍の管轄地域は立ち入り禁止区域に指定されている。

三木は大連から高速道路に乗り旅順新港まで30分ほど車を走らせた。高速道路の旅順新港口で降りて、一般道を西に行くと旅順駅が現れてくる。そこが旅順港であり中国海軍旅順基地である。

さすがに基地の街であり、市内には出歩く中国海軍の水兵が多く見られた。港に沿った道路を進むとグレーの駆逐艦やフリゲート艦に交じって、パシフィック・オーシャン号の黒い船体と白い上部構造物が確認できる。２万９０００トンの巨体は他の軍艦に引けを取らない大きさと威容を誇っていた。三木は横目で船を確認しながら、旅順駅から北東に３００メートルほどの小高い丘にある白玉山塔公園に車を進めた。

白玉山塔は高さ66・8メートルの白い塔であり、戦死した将兵の慰霊のために日露戦争後に日本が建てた塔である。白玉山塔の狭い階段を上り、塔の上に行くと眼下の旅順港が一望できる。三木は車を公園駐車場に停めて塔に上った。最上部には２名の先客がいて、後から１名の観光客が上がってきた。三木は客を避けて距離をとり、隠れるように柱の陰に立った。

この日は快晴であり、旅順港は当然であるが、その先の黄海までくっきりと見渡すことができた。軍港内の見え方は抜群にここがいい。日本軍司令官が旅順攻略戦で命を落とした将兵に、目標とした旅順港を見せてやりたいと慰霊塔をここに建てた理由がわかる。

「ここは見晴らしのすばらしくいいところだな」と小声でひとり言をいった。

上着のポケットから小型のオペラグラスを取り出して、軍港内のパシフィック・オーシャン号を見た。艦艇用埠頭の岸壁に係留されており船からタラップが降りていた。民間作業員が忙しそうに船内外を行き来している様子と、ときおり海軍の人間が船内に入る姿が確認できた。

「いつでも出港できる状態だな」と船の現状を確認すると、オペラグラスを上着の内ポケットに入れ、替わりにスマホを取り出してパシフィック・オーシャン号を景色でも撮るように自然に撮影した。

三木は大連に帰り、中華料理店華宝の陳鉄生と情報交換を行うことにして白玉山塔を下りて駐車場に向かった。

斎は三木の車を尾行して白玉山塔まで来た。尾行車両は2台であり、もう1台には白玉山塔公園下の交差点で待機を命じ、自分の車だけで駐車場まで追尾してきた。

「白玉山塔に来るとは。旅順軍港が目当てというのがわかった」と斎はいいながら、李局員に車で待機するように命じ、車から降りて三木の後を尾けた。白玉山塔の最上部に上がると、斎は三木に尾行がばれないように先客に交ざり端に寄った。そして軍港を眺めつつ三木の行動を注意深く監視した。

三木がオペラグラスを取り出して軍港を見渡し、次にスマホで写真を撮るのを確認した時、斎には目的がパシフィック・オーシャン号であることがわかった。斎は三木が車に戻る前に踵を返して尾行車両に戻った。

「おい。至急、大連の支局に戻れ」と李局員に命じ、携帯で公園下の待機車両に三木の尾行続行を命じた。

「日本人スパイの目的はパシフィック・オーシャン号だ。上からの指示で、あの船に関することは最重要保全事項になっている」

「パシフィック・オーシャン号とはどんな船ですか」と李局員が聞いた。

「俺もくわしく知らない。とにかく上の指示を受ける必要がある」

「わかりました。支局に向かいます」といって李局員は急いでエンジンを始動させた。

内閣総理大臣官邸会議室（東京都千代田区永田町）

間もなく定例の安全保障会議4大臣会合が官邸5階の総理会議室にて開催されようとしていた。メンバーは総理、官房長官、外務大臣、防衛大臣であり、これに官房副長官、安全保障局長、内閣情報官、統合幕僚長が加わり、関係省庁局長、陸海空幕僚長、官邸幹部が陪席する。

「本日の議題ですが、統合幕僚長から情勢報告と情報本部の情報について、内閣情報官から国籍不明潜水艇についての2項目です。それでは田崎統幕長」と森官房長官がいった。

「まず緊迫するホルムズ海峡についてご説明します」と統合幕僚長の田崎敏男陸将が切り出した。

「2週間前、イランのロウーカレ大統領が、米国の経済制裁などの圧力に対抗する手段として、ホルムズ海峡封鎖も辞さないと宣言したことは、皆さんもご承知だと思います。しかしながら、イラン軍の海峡封鎖の動きはまだありません。米海軍の動向ですが、シアトル、サンディエゴ、横須賀の各基地に所在していた空母5隻は、サンディエゴ基地に整備中の2隻を残し、3個の空母打撃群としてアラビア海に派遣されました。現在、太平洋地域の米海軍戦力は極めて低下した状態です」

「横須賀の第7艦隊は残っているのかね」と内閣総理大臣の万城目良太《まんじょうめりょうた》が聞いた。

「横須賀の残留艦は駆逐艦4隻です」

「なるほど出払った状態だね。米国はイラン対応で手がいっぱいというところか……」

「そうです。次に中国軍の動きについてご報告します。中国軍の通信量が東部戦区に集中して増加しています。このような増加は今まで天安門事件以外には例がありません。この音声通信を分析したところ、多数の部隊が、東部戦区第73集団軍管轄地域に集合を命ぜられ、列車や車両で移動を開始しています。その命令や報告などが通信量増加の原因です」と田崎統幕長は説明をしながらスクリーンの画像投影スイッチをオンにした。

「情報収集衛星及び米軍から提供された衛星画像を分析したところ、東部戦区の保有する10個の合成旅団（機械化旅団）のすべてが、第73集団軍の地域に、具体的には福建省の戦区演習場に移動を開始しています」

スクリーンに投影された衛星画像をレーザーポインターで指しながら田崎統幕長は説明し

た。

「第73集団軍とはどんな部隊だね」と万城目総理が聞いた。

「台湾海峡防衛の部隊です。防衛といっても、実際には台湾進攻任務だと考えられます」と田崎統幕長が答えた。

「台湾の政治情勢と関係がありそうだな」と杉本外務大臣がいった。

「最近の台湾政府の動きについて、中国政府としても何らかの対抗措置を考えていると思われます」と田崎統幕長がいった。

「問題は、大規模な演習なのか、本格的な作戦なのかだな」森官房長官が溜息まじりにいった。

「揚陸艦船などが東海艦隊の寧波《ニンボー》基地及び厦門基地に集結しているのが確認できます。演習だとしてもかなり大規模なものです」といって田崎統幕長は自分の席に戻った。

「次に内閣情報官から報告をしてもらいたい」と森官房長官は土井内閣情報官に報告を求めた。

土井内閣情報官は、警察庁長官官房審議官から万城目内閣誕生と同時に官邸入りし6年目に入った警察官僚である。内閣情報官は内閣情報調査室の責任者でもあり、同室は各国の諜報機関などとの情報交換なども行う日本の情報機関である。

「7月2日に与那国町祖納港沖に漂着した小型潜水艇から発見された通信用端末から、二つの作戦名が確認されました。ひとつは台風作戦、もうひとつは雷撃作戦です」と土井内閣情報官がスクリーンのスライドを使用して報告した。

「両作戦の内容はわからないのかね」と万城目総理が聞いた。

「潜水艇が台湾を偵察したことと台風作戦は関連があると考えます。雷撃作戦はわかりません」と土井内閣情報官は答えた。

「先ほどの統幕長からの説明と内閣情報官からの報告、これを総合的に分析した結果を安全保障局長から報告させます」と森官房長官は黒部内閣安全保障局長に報告を促した。

「台風作戦は、今の報告及び小型潜水艇の調査結果から考えて、安全保障局としては台湾への進攻作戦の可能性が高いと判断します。次に雷撃作戦については、台風作戦開始前の作戦だと思われます。しかしながら具体的な時期や場所などについては判断できません。安全保障会議としましては、中国軍の台湾進攻が行われた場合のわが国の対処方針について早急に検討する必要があります。状況によれば重要影響事態、存立危機事態及び武力攻撃事態など極めて大きな判断事項になります」と黒部安全保障局長は簡潔に述べた。

「第73集団軍への大規模な部隊の移動が台風作戦の準備ならたいへんなことになる」と杉本外務大臣が厳しい口調でいった。

「台湾の花蓮基地で米軍は何をしているのかわかっているのか」万城目総理が石黒防衛大臣に質問した。

「横田の在日米軍司令官に潜水艇事案の情報提供を行う際、花蓮基地について確認しましたが、国防総省に確認するとの答えであり、いまだに返答がありません」

「外務大臣はどうか」

「申し訳ございません。国務省への確認は行いましたが国防総省に確認するとの返答でした」と杉本外務大臣が答えた。

「日本にはまだいえないということだな」

「花蓮基地とは別件ですが」と石黒防衛大臣は前置きして、

「統幕長。米軍からの兵器開発情報について説明してはどうか」と田崎統幕長に発言を促した。

「在日米軍からの情報提供によると、米空軍が電磁パルス（ＥＭＰ）兵器の開発に成功し、実戦配備目前だとのことです」と田崎統幕長が発言した。

「電磁パルス兵器とは」万城目総理が聞いた。

「電磁パルス兵器は、高性能パルス・コンデンサを使用して電磁パルスを発生させ、これを敵の電子機器に照射し過剰電流を流して電子回路を損傷させる兵器です。つまり敵航空機や艦船、ミサイルなどあらゆる兵器の電子回路にダメージを与えて機能不全にさせる兵器です」

「兵器を使えなくするということだね」森官房長官が確認した。

「仮定ですが、台湾の花蓮基地に配備されれば中国軍の台湾進攻はかなり難しくなります」

「なるほど。先ほどの〝雷撃作戦〟だが、中国軍の潜水艇の偵察活動から考えても花蓮基地に対して行われる可能性があるな」と万城目総理がいった。

「電磁パルス兵器を台湾に配備する可能性はあります。画像を見ると米軍兵士の所属が空軍の防空司令部であることが確認できます」と田崎統幕長がいった。

「花蓮基地の電磁パルス兵器を破壊し台湾本島に進攻する。それも米海軍がアラビア海に派遣されている間に行う」と石黒防衛大臣が自身の考えをいった。

「花蓮基地の工事の進捗状況から、仮に配備するとしてもまだ時間がかかると思われます」と田崎統幕長が発言した。

「本日の会合内容は極めて重要なものだった。ホルムズ海峡の情勢、中国軍の大規模な動きと台湾進攻の可能性など、わが国の安全保障に極めて重要なことである。各省は引き続き情報収集と分析に当たってもらいたい。また、安全保障局には米国と連携し、各種情報をもとに最悪の場合の対応についてまとめてもらいたい」と万城目総理が最後に発言した。


会合後、5階の官房長官室に統幕長、内閣情報官及び安全保障局長が入り、全員が応接ソファに着席した。

「米海軍が太平洋正面に対応できない状況下、仮に中国の台湾進攻作戦が行われた場合、わが国が受ける影響は計り知れないものとなる。皆さんには緊張感を持って情報収集と分析を行ってもらいたい」と森官房長官は全員に要望した。

田崎統幕長は官房長官室を退席し、官邸正面玄関の車寄せに停車していた公用車に乗った。外は午後五時だというのに、日差しは厳しく、近くで蟬の鳴き声がせわしく響いていた。今年は例年に比べて晴天が続き気温が高く、真夏日が28日間連続している異常な気象だった。

「今年は、日本にとって〝熱い夏〟になるな」と助手席に座る副官に向かってひとり言のようにいった。

日本政府国家安全保障局（東京都千代田区永田町）

４大臣会合に陪席していた増本審議官は、歩いて官邸西側の通用口から別館にある安全保障局に帰ってきた。

「福島班長と田所一佐を呼んでください」と入り口の秘書に指示して執務室に入った。

呼ばれた福島と田所一陸佐はすぐに審議官室にやってきた。

「増本審議官、本日の４大臣会合はいかがでしたか」と福島はいいながら田所一陸佐と執務机前に置かれているパイプ椅子に座った。

「うん。予定どおりの結果だよ。米ＮＳＣ（米国国家安全保障局）と連携し、自衛隊と内調（内閣情報調査室）の情報を総合して対処方針案を作れとの指示だ」

「台湾進攻が行われた場合、日本への波及をどの程度に捉えるかで違ってきます」と田所一陸佐がいった。

「そのとおりだ。局長と話したが、南西諸島の一部に中国軍の攻撃があれば武力攻撃事態になり自衛隊に防衛出動が命じられる。日本の領土に及ばなければ存立危機事態だ」

「それでは、中国軍の台湾進攻の波及が日本領土以外の場合の重要影響事態及び存立危機事態の対処方針、日本の領土に及んだ場合の武力攻撃事態対処方針に分けて検討します」と福島が答えた。

「参加された皆さんの認識では、雷撃作戦の目標は花蓮基地だとのことだ。現在の日中関係を見ても戦争になるような状態ではないと思う。重要影響事態及び存立危機事態の対処方針案を重点に作成してくれ。来週木曜日の４大臣会合に諮《はか》るので、それまでに関係省庁の合議を受けるように。時間がないがよろしく」

「了解しました」と福島は答えた。

福島と田所一陸佐が審議官室を退室しようとした時に、増本審議官が福島を呼びとめた。

「福島、少しいいか。最近、顔色もよく仕事もはかどっているみたいだが、何かいいことでもあったのか」

「いえ。特にありません」

「不眠症はどうだ」

「最近は熟睡できています。知り合いに医学生がいまして、そちらからよい薬をいただきました」

「医学生は処方できないだろう。大丈夫か」

「新薬の試供品です。大丈夫ですよ」と笑いながらいった。福島は、増本審議官に年若い医学生・杉田京子と付き合い始めたことを切り出せなかった。

福島は審議官室を出ると腕時計を確認した。今夜は京子との食事の約束があり、はやる気持ちが抑えられず思わず口もとがゆるんだ。審議官室の秘書は退出する福島のにやけた顔を怪訝な様子で眺めていた。

東京都港区南青山

南青山の外苑西通りに面したところにスペイン料理のレストランがある。魚介類を食材にした地中海料理がおいしいと評判の店である。福島は約束の時間より少し前に店内に入った。

予約席は一番奥のテーブル席だった。

京子とのデートは楽しく、食事中の会話は政治経済から国際情勢まで幅広く、話題には事欠かないものだった。京子の知識は現職内閣参事官の会話についていける高いレベルであり、その身体だけではなく知性までも福島を虜にしていた。

午後8時の約束の時間きっかりに京子はやってきた。白のワンピースに洒落たベージュ色の帽子を被った姿はファッション雑誌から抜け出たモデルのようだった。

「あら。早い」とおどけた仕草を見せながら京子は椅子に腰かけた。

「僕も今着いたばかりだよ」

「今夜は私の大好きな地中海料理と聞いて、とても楽しみにしていたのよ」

「喜んでくれてありがとう。いちおう、役所ではグルメ班長といわれているからね」と福島は満面の笑みで京子の顔を見つめた。今夜の化粧はアイラインを長く引き、唇にはオレンジのリップ、まるで福島の男心を挑発するようなメイクである。

それから2時間ほどの会食は、マクロ経済の捉え方についていという地中海料理には似ても似つかない内容だった。しかし京子と一緒ならどんな話題でも楽しい会話になり、食事も最高のものになった。

食事が終わると2人は青山のシティ・ホテルに向かった。広めのダブルルームの一室で福島は京子の火照る身体を抱き、ほとばしるようなその若さ、吸いつくような肌と女の香りに深く酔った。京子のしなやかな腰を抱き寄せ、うなじに唇を這わせ、そして茂みに囲まれた女芯に指を這わせた。京子はのけぞりながら、足を開き福島の愛撫を喜び受け入れた。福島は身体の向きを変えて、後ろから京子の弾む乳房を摑み、腰を密着させ秘部を突いた。京子の喘ぎが福島の興奮を誘引させ、そして果てた。行為の後、福島にとって解放感と気だるさが心地よさに変わっていった。

「福島さん。いつものお薬ですよ」と京子が優しい声で携帯吸入器を福島に渡した。

「京子ちゃん。ありがとう」

「1回だけ深く吸い込んでね」

携帯吸入器は試薬ということで管理は京子が行っている。薬の効能は1週間ほど持続するとの理由で、京子は週に一度は投薬の為に福島に会うことにしている。福島にとっても京子に会える必然性が生まれうれしかった。

「わかってますよ。この薬のおかげで体調がとてもいい」と福島は吸入器を口にくわえて上部を押し深く吸い込んだ。福島に虚脱感と解放感が押し寄せ意識が朦朧となった。

「福島さん。今日はどんな会議でしたか」

「安全保障会議4大臣会合……」

「どのような内容が議論されましたか」

「アラビア海への米海軍の戦力集中……中国軍第73集団軍の活発な活動と潜水艇事案の調査結果について……」

京子は小型ボイスレコーダーに録音しながら簡潔に質問を続けた。また、福島は京子の質問に次から次へと答えていった。

深い眠りに入った福島をひとり置いて、いつものように京子は先にホテルを後にした。歩きながらスマホをハンドバッグから取り出して徐一等書記官にメールを打った。すぐに返信があった。

警視庁（東京都千代田区霞が関）

この夜、警視庁公安部外事二課係長の田島警部は、在日中国大使館の徐一等書記官を尾行していた。

外事二課では、恒常的に中国大使館の動きに目を光らせており、特に国家安全部から大使館に派遣されていると見られている徐一等書記官に対して、必要な場合に行動確認作業を行っていた。

徐一等書記官は経済担当政務官であり、仕事は在日の華人ニューカマーのなかで実力を付けてきた者たちとの連携である。これまでの行動確認作業では、関西地区や京浜地区の商工業経営者との面談や会議への出席が中心であった。外事二課の田島係長が関心を持ったのは東洋拓殖大学関係者との接触である。赤坂にある10階建ての雑居ビルの最上階に〝瀋陽〟という高級中華料理店がある。徐一等書記官は公用車を使用せず、タクシーを利用して雑居ビルの地下駐車場に入り、タクシーから降りて地下駐車場にある直通エレベーターに乗り瀋陽に入店している。単に華人ニューカマーに会うだけならここまでやらない。何かあると田島係長の勘が働いた。現れたのは東洋拓殖大学法学部の黄海《ホアンハイ》教授だった。彼は、日本国籍を取得している帰化中国人であるが、徐一等書記官の担当する経済関係者ではない。

次に田島係長は部下に命じて黄をマークした。彼は同大学に在籍していない中国人学生と学内で頻繁に接触していることがわかった。また教授と接触した学生が中国大使館に出入りしていることも確認できた。

田島係長は徐一等書記官の活動目的を解明すべく、捜査の必要性を上司に報告し、外事二課中国班の主力を投入して張り込みと尾行を開始した。

夕刻、徐一等書記官は港区元麻布にある中国大使館からタクシーを利用して出た。田島係長は捜査車両をタクシーの後方に付け、尾行を開始した。陣容は、自動車2台と3台のバイク及び9名の捜査官である。

徐一等書記官のタクシーは新宿区歌舞伎町の区役所通りを通り風林会館前で停車した。この地区は、多数の飲食店と風俗関係店が狭い路地に密集している。日本人だけでなく中国人や韓国人の経営する店舗もかなりの数にのぼる。

田島係長は捜査車両から降りて、2名の捜査官と徒歩で徐一等書記官の後を尾けた。徐一等書記官は狭い小道に入り、古びた7階建ての雑居ビルにある中華料理店に入った。田島係長はひとりで店内に入りカウンター席に座る。この場所からは徐一等書記官が個室に出入りするのが確認できる。他の捜査官は小さな店内に入ることを避けて、非常階段付近で待機していた。

田島係長はウーロン茶と麻婆豆腐を注文し、棚に置かれているテレビのナイター中継を観ながら個室の様子をうかがっていた。

2時間ほど過ぎた時、徐一等書記官が個室から出てきて支払いを済ませ退店した。田島係長は、無線で雑居ビル前に待機している捜査官と車両組に徐一等書記官の尾行継続を命じた。自分は個室から出てくる面会していた人物の確認作業にあたった。数分後に若い女がひとりで出てきた。

田島係長は左袖口を口もとに運び「若尾。若い女が店から出てくる。白いワンピース、黒のパンプス、ハンドバッグはカーキだ。頼むぞ」と気づかれないように部下に命じた。

「係長。今出てきました。確認しました」と非常階段付近にいた若尾主任は、袖口のマイクで田島係長に報告した。若尾主任は2名で若い女の尾行を開始した。

翌日、皇居桜田門前にある警視庁本部公安部外事二課では田島係長の机の前に担当係員たちが集まっていた。

「若尾。徐一等書記官と会食していた女はわかったか」と田島係長が聞いた。

「はい。女は埼玉県和光市の賃貸アパートに居住しています。管理会社に確認したところ、東洋拓殖大学医学系研究科院大生の杉田京子、24歳でした。また大学事務局に聞いたところ、女は北京大学を卒業し大学院生として同大学に入学しています」と主任の若尾警部補が答えた。

「また東洋拓殖大学か。それも北京大学とはますます怪しい〝たま〟だな。徐は何か企んでいるな。東洋拓殖大学関係者から探ろう」と田島係長がいった。

「わかりました。私の組で杉田を洗います」と若尾主任がいった。

「それでは、私は黄教授を洗います」と若尾主任の後ろに座っていた牛島主任が続けた。

「おう、それで行こう。徐一等書記官は俺の方で張る。これは大きな〝やま〟の臭いがする。管理官には俺が報告しておく。みんな頼んだぞ」と田島係長がいうと係員はそれぞれ散っていった。

ディレ・ダワ中国石油化学プラント（エチオピア）

エチオピア開発集団石油化学プラントは荒漠たる原野に忽然と姿を現し、その大きさは縦が約2500メートル、横が約4000メートルもある。その敷地内に石油化学関連施設、発電施設、管理施設などがバランスよく配置されており、管理施設に連接して現場作業員の宿舎も建てられている。恒常的にプラントで働いている工員は約700名程度、半数以上を中国人が占めている。


エチオピアは、アフリカでもっとも古い独立国であり世界最古の国家でもある。紀元100年頃に成立したソロモン王の血筋を受け継ぐアクスム王国から、サグウェ朝エチオピア帝国へと発展、その後ソロモン朝へ、第二次世界大戦中のイタリア植民地期間を経て、1975年に最後の皇帝ハイレ・セラシエ一世が軍部のクーデターで廃帝されるまで帝国として存続していた。現在はエチオピア連邦共和国、人口は約1億人、大統領はサーレワーク・ゼウデ、首都はアジスアベバである。周囲をソマリア、ケニア、南スーダン、スーダン、エリトリアそしてジブチに囲まれた内陸国である。中国から巨額のインフラ投資を受けており、現在、国の債務額は国内総生産の60パーセントにも及んでいる。

高原に位置するエチオピアは6月から9月は雨季に入る。8月のディレ・ダワの気温は、日中は20度程度、夜間は10度まで下がる。建設現場には数日おきに雨も降っていた。

木村はこの日、レアメタル関連プラント現場に資材を運ぶ大型ダンプ・トラックの運転手をしていた。

資材はプラント東側の外柵近くに集積されていた。木村の仕事はここから500メートルほど離れた現場まで鉄パイプ、コンクリートブロックなど大型の資材を運搬することである。

「おい陶。その鉄パイプを降ろしたら、空のまま一次処理工場の廃材を積みに行け」と現場監督が木村に指示した。

木村は運転しているラインメタル・マン社製の30トン大型ダンプ・トラックに積載した資材を降ろして一次処理工場に向かった。この一次処理工場横にある倉庫を木村は怪しいと睨んでいた。木村の運転するダンプは２００メートルほど建設現場を走り倉庫の近くまで進んだ。そして倉庫の状況を確認するため速度を落とし、慎重に倉庫の全体、入り口など見回した。倉庫の大きなシャッターは閉ざされており直接警戒の武装警備員が２名立っている。このプラント全体の警備はエチオピア人が担っており自動小銃で武装している。施設ごとに警備員は配置されてはいないが、この倉庫には特別に警備員が配備されていた。

「やはりこの施設は特別な倉庫だな。大きさは羽田空港にある民間航空機用格納庫並みの規模はある。問題はなかに何を運び込んだかだ」と木村は心の中で呟いた。

倉庫を通りすぎようとしていた時、通用口からデザート色の迷彩服に黒のベレー帽を被った兵士３名が出てきた。イラン革命防衛隊の将校である。木村はハンドルを握る手に自然と力が入るのを感じた。

建設労働者用宿舎は20棟ほどあり、プレハブ３階建ての各階に個室が10室、エアコンも備えられ居住環境はたいへんよい。造りは各室が横に並び、建物端の外付け階段を利用し、部屋前の共用通路を通って入る。また階段とは反対側にトイレとシャワー室が各階に設けられていた。すべて中国人労働者用の宿舎であり、エチオピア人宿舎はプラント近くの部外の集落に置かれていた。食事は隣接して建てられている労働者用食堂で食べられるが、お世辞にもおいしいとはいえない中華料理である。日本人の口には合わないが、中国人ならおいしいのかもしれない。

建設作業は午後6時に終了し、翌日は8時から作業開始である。木村はその日深夜に倉庫を探ることにした。木村の部屋は1階であり階段を利用せずに外に出られる利点があった。夜間、施設内は要所に取り付けられた照明により、懐中電灯を使用せずに歩行できる明るさである。夜間のプラント稼働のためばかりではなく警備上の必要性からだと判断された。

午前2時過ぎに木村は宿舎の部屋を出た。部屋から倉庫まで300メートルほどあり、そこまでの間には、積まれた資材、建設途中の施設などがある。木村は資材や建物を利用して注意深く身を隠しながら倉庫に近づいていった。倉庫近く、空のドラム缶の積載されているところまで進み、その物陰に隠れて50メートルほど先の倉庫を見ると警備員が確認できた。夜間はどうやら警備は1名である。

しばらく監視していると車のエンジン音が聞こえ、ピックアップ・トラックが倉庫に近づいてきた。車の荷台に重機関銃とサーチライトが取り付けられ、射手が1名乗車していた。運転席には操縦している警備員が1名だけであり、合計2名が警備車両に乗車している。車は倉庫前の立哨警備員の前で止まり、運転席の警備員が二言三言話しかけ、会話が終わるとそのままゆっくりと移動していった。

倉庫の警備は、どうやら立哨1名と巡回車両のみだと木村は判断した。立哨警備員は出入口を直接警戒しており、倉庫の両側面の壁は見ていない。また、屋根のひさし付近に監視カメラが見えるが壁にある窓には向いていない。その壁際まで行けば、窓から内部が確認できそうだ。木村は見つからないように警備員と監視カメラの死角を探し、ドラム缶の山から横の建物に移動した。

次に、その建物からすばやく目的の倉庫の西側の壁まで音を立てずに早足で進んだ。木村は窓際に近づき、そっと内部をうかがった。

そこには驚くべき物があった。木村の目に飛び込んできたものは、ズラリと並んだ12輪の大型車両、それには大きな円筒型のランチャーが車両ごと1本積載されている。陸上自衛隊情報学校で教育を受けている木村には、それが中国軍の戦略兵器である対艦弾道ミサイルＤＦ26だとすぐにわかった。事前に米軍の衛星写真で円筒型の資材を積載した車両を見ていたが、その画像では車両の積載部分がシートで覆われていて輪郭しかわからなかった。木村はＤＦ26をじかに見てその大きさに圧倒された。

ミサイル本体は20メートルほど、車両はそれより少し大きく砂漠用に塗装されており、国籍や部隊識別の表示はどこにも見られない。ＤＦ26は個体燃料であり、射程約４０００キロメートルといわれている。米海軍の空母を目標とする中国軍の切り札である。

木村はミサイルの数をカウントした。倉庫内には確認できる範囲に15基の移動式弾道ミサイルがある。作業服の内ポケットからスマホを取り出して倉庫内部の全景とミサイルをすばやく撮影した。

中国はエチオピア国内の自国企業の運営するプラントに、対艦弾道ミサイルＤＦ26を密かに運び込み、イラン革命防衛隊に渡そうというのか。エチオピアは中国からの多額の経済援助で文句はいえない。イラン革命防衛隊の国内での動きも黙認するしかない。

木村は中国のミサイル搬入の理由を考えながら、今夜の探索目的は十分に達成したと思い、宿舎へ戻ることにした。入口付近の警備員を確認し倉庫から隣の建物に進み、来た時の逆順で宿舎を目指した。

木村は気づかなかったが、倉庫の上空に小型警備用ドローンが飛行していた。


翌日、木村は仕事の前に情報を整理した。化学プラント全体は金網のフェンスで囲まれており赤外線警報装置がある。警備は正面ゲートと東西の通用口に警備所と武装警備員、重機関銃積載の車両。問題のレアメタル関連倉庫には24時間配備の直接警戒の武装警備員1名と警備車両が巡回している。倉庫内には対艦弾道ミサイルDF26が15基搬入され、イラン革命防衛隊の兵士が出入りしている。倉庫内のミサイル関係兵士や警備員はまだ確認できていない。証拠写真もあり、これだけでも木村には十分な情報である。4日目にしては上出来である。木村は、次にイラン革命防衛隊と中国軍の関係、ミサイルの使用目的を探る必要があると考えた。

ジャマール・ハッサンは、エチオピア開発集団石油化学プラントの警備主任である。年齢は40歳、190センチほどの長身で痩せ型、黒い肌に彫りの深い顔、典型的なエチオピア人である。以前、彼はイスラム国(ISIL)の戦闘員として、イラクのモスルで戦っていた。モスルが陥落するとイスラム国から離脱してエチオピアに帰国、傭兵部隊を組織し様々な警備を請け負っていた。この化学プラントの警備は、傭兵たちが半年前から行っている。

ジャマールの、左の頰には7センチほどの傷がある。これはモスルの戦闘の際に、イラク兵から付けられた傷である。もちろんそのイラク兵はジャマールの素手で絞殺された。

プラント施設の警備は90名の武装警備員で行っていた。日々の警備は30名をもって三交代制、外周の柵には赤外線警報装置を配備している。車両は、中近東からアフリカ諸国の正規軍、非正規組織で広く使用されている日本製ピックアップ・トラックを改造した武装車両、これを20台ほど使用している。傭兵たちにはレアメタル関連プラントの警備ということで高額の手当が支給されていた。弾道ミサイル倉庫の警備は、出入口外側に常時1名と倉庫内に2名の警備員を配置している。また倉庫の出入りをチェックできるように監視カメラを設置していた。夜間は警備強化のためプラント施設内を車両で巡回し、小型の警備用ドローンも飛ばしていた。

午前6時に警備員が警備センターのドローン・カメラのモニターに不審者を発見し、すぐにジャマールに報告した。ドローン・カメラの録画画像には午前2時15分から2時40分までの間、男がひとりレアメタル関連倉庫の西側の壁に張り付き、倉庫内を見ている姿が映っていた。

「ネズミが潜り込んでいるな。誰か特定できるか」とジャマールは録画画像を見ながら操作員にいった。

「ドローン画像では不審者の鼻から上部、顔半分が確認できます。赤外線画像をクリアにし、顔認証ソフトにかけてみます」と操作員が答えながらパソコンのキーボードを操作した。

「建設作業員、非正規社員、プラント正規社員の順番に確認していきます」

パソコン画面の左半分には不審者の顔が四角の枠に囲まれ表示され、右半分には作業員の顔が恐ろしい速度で切り替わっていた。

「さすが中国製だな。人間を監視する技術は最高レベルにある」

ジャマールは、警備センター内の監視用ハイテク機器を見ながら中国の技術力に感心していた。

「建設作業員のなかでヒットしました。65パーセントの確率です」

「誰だ」

「陶森という中国人作業員です」

「おい。待機室の警備兵に命じて連行させろ。取調室に連れてこい」とジャマールは警備センター長の下士官に命じながら外に出ていった。


木村は作業服に着替えて作業現場に行こうと宿舎のドアノブに手をかけた。その時、外側から勢いよくドアが開かれ、武装した警備員4名が室内に飛び込んで来た。そのうちの1名が木村の腹に蹴りを入れた。不意を突かれた木村はなすすべもなく、苦痛に腰を折ってその場に倒れこんだ。警備員が木村に手錠をかけるとともに、強引に立たせて両脇を2名でガッチリと固めて外に連れ出した。木村が後ろを振り返ると、1名が木村の荷物を調べているのが見えた。

木村が連れて来られたところは、管理棟から少し離れた場所にあるプレハブの警備本部であった。建物の横の通用口から入り、すぐ右手の空き部屋に入った。パイプ椅子が中央にひとつあり、その椅子に無理やり座らされた。すぐにジャマールが入ってきた。

「陶。貴様は何者だ」流暢な英語で聞いた。

「ただの労働者です」と木村は英語で答えた。

「アメリカのスパイだろう」

「違います。何かの間違いです」

「おまえ。昨夜、レアメタル倉庫に近づいただろう」

「いえ、部屋から出ていません」

「嘘をいえ。お前は何者だ」

「吉林省長春市出身の陶森です」木村はさらに潔白を主張した。

「ほほーう。まだシラを切るつもりか」ジャマールが横にいる警備員に目配せした。警備員は思い切り木村の顎をなぐり、さらに腹部に一発強烈なボディブローを入れた。木村は一瞬息ができなくなり、次に腹部に強烈な痛みを感じた。ジャマールが何事か指示すると、同じ警備員が今度はスタンガンを木村に押し当てた。その電気ショックはすさまじく、全身の筋肉が痙攣し激痛が走った。木村は痛みと痙攣から失神しそうになったが耐えた。スタンガンが身体から離されるとジャマールの喜びの混じった声がした。

「エチオピアの楽しみはこれからだ。その前に白状するか」

「わ……私は何もしていません」それだけいうのが木村にはやっとだった。

警備員がもう一度スタンガンを木村の脇腹に押し当てた。再び強烈な電気ショックが全身を襲い、今度はさすがに木村も耐えきれずに失神した。

木村の目は、アフリカの大地を離れ、美しい自然の広がる北海道の原野を見ていた。初夏のこの時期はラベンダーの花が一面に咲きほこり、その見事な紫色の帯には現実を忘れさせる魅力があった。

どのくらい気絶していたかはわからない。木村が現実に引き戻されたのは、バケツの水を頭からかけられた直後である。痛みに耐えながら木村は顔を上げて正面を見た。

「ようやく目が覚めたようだな」とジャマールがいった。

「う………」木村は返事のかわりに嘔吐した。

ジャマールはプリントアウトしたドローン画像を木村に見せながら「じゃあ、これは誰だ。おまえだろう」笑いながらいった。

「監視カメラはわかっただろうが、さすがに上空を飛ぶ小型ドローンには気づかなかったみたいだな」

「………」

「まあいい。明日、中国人が〝お前ら〟を取り調べるといっている」と少し残念そうにいった。

警備本部から100メートルほど離れた駐車場の隅にコンクリート造りの建物があり、ここが留置施設として使用されていた。

木村は警備本部の建物から警備員に連れ出され留置施設に連行された。コンクリート造りの建物のなかには、鉄格子の付いた留置部屋があった。警備員は留置部屋の扉を開き、木村の手錠を外して背中を突き飛ばすようになかに押し込んだ。その弾みで木村は部屋の中央に倒れこんだ。

その部屋には先客がいた。眠っているように見えた先客は同じカーキ色の作業服を着ており、見た目は東洋人、酷く暴行を受けたのか顔は腫れて、唇は切れて血糊が乾いて付いている。左手はどす黒く腫れており、見た目からも指が骨折していることがわかった。彼はこちらを向いて話しかけてきた。

「おい。何かヘマでもやらかしたのか」と英語で聞いてきた。

「…………」

「口が利けないのか。英語が話せない中国人か」

「あんたが何者かわからないのでね」木村が英語で返した。

「英語が話せるじゃないか」

「かなり酷くやられているが、大丈夫か」と木村はしげしげと先客を見ながらいった。

「ジャマールの野郎はイスラム国（ＩＳＩＬ）の戦闘員くずれだ。拷問は十八番さ」と苦しそうに身体を木村に向けた。

「おれは蘇衛《スウエイ》だ」

「私は陶森《タオセン》、吉林省から来た」木村は蘇のことがまだ信用できないので本名は隠した。

「そうか、よろしく。明日、拷問のプロがジブチからやって来るらしいぞ。どんな拷問で喜ばせてくれるか楽しみだ」

「おまえはいつからここ留置部屋《こ》に」

「3日前からだ。ヘマして鉄格子入りだ」

「よく耐えているな」

「まあな。残忍さはエチオピア野郎かもしれんが。中国人はさらにその上をいくらしい」と蘇は不安そうにいった。

木村の関心は蘇から、留置部屋のドア錠に移っていた。よく見ると扉に付いている鍵は南京錠である。思わず木村は笑いがこみ上げてきた。木村の実家は鍵屋である。子どものころから鍵を開けて遊んでいた。南京錠を開けるくらい朝飯前である。

明日になれば中国人が到着するといっていた。そうなれば脱走のチャンスは限りなくゼロに近くなる。チャンスは今夜しかないと考え、夜が更けるのを木村は待った。

この建物は30畳ほどの大きさがあり、そのなかに便器がひとつ付いた10畳ほどの鉄格子の留置部屋が設置されている。留置部屋以外には警備員用の机がひとつあるだけの殺風景な造りである。

午後6時になる頃自動小銃を持った警備員1名が部屋に入ってきて机の前の椅子に腰かけた。プラントに着いた時からわかっていたことだが、警備をしている傭兵たちの士気のレベルは高くない。勤務中の煙草や雑談、居眠りなど、世界各国の兵士を見てきた木村には、その様子から彼らの規律、いわゆる士気のレベルが判断できた。

午前1時頃、その機会がやってきた。警備員が睡魔に勝てずに、ついにうとうとと居眠りを始めた。相部屋の蘇を見ると、暴行を受けた疲労感からか先ほどから熟睡している。

木村はジブチ出発前に靴のインソール下に隠した5センチほどの針金を取り出して、そっと扉に近づき南京錠の鍵穴に差し込んだ。針金を動かすと、ものの数秒でカチリと南京錠が開いた。木村は監視員が起きないように静かに忍び足でドアに近づいた。ドアノブに手をかけた瞬間、警備員が目を開いた。

「止まれ。撃つぞ」と警備員はいいながら銃を構えて木村の近くに歩いてきた。

木村は、熟睡していたとばかり思っていた警備員のすばやい動きに、千載一遇の機会を失ってしまった。素手と銃では、いかに木村でも勝ち目はないと諦めた。

その時、警備員が急にガクリと崩れ落ちるように倒れ込んだ。その場には蘇が笑いながら立っていた。その手にはクリスタル製の大きな灰皿が握られている。

「冷たいぞ。仲間を置いていくのか」

「眠っていたから、邪魔をするのも悪いと思ったのでね」木村はホッとするとともに、蘇が信用できる男に思えてきた。

「普通の労働者ならあんなに見事に鍵を開けられはしないぜ。お前、何者だ」と蘇は聞いた。

「そんなことより急いでここから出るぞ」木村には自己紹介の時間も惜しかった。

「わかった」

木村は警備員の自動小銃を手に取り、ドアを少し開き外の様子を確認した。外灯に照らされた駐車場には、ピックアップ・トラックが4台駐車している。近くには警備員の姿は見えない。

「蘇。そいつが車のキーを持っていないか調べろ」

蘇はハンカチを使い気絶している警備員に、使える右手で器用に猿ぐつわをし、手錠で机に拘束した。次にベルトのキーホルダーから車のキーを外した。キーには3番と書かれたキーホルダーが付いていた。

「手際がいいな。お前もただ者ではないな」木村は蘇のすばやい動きに感心した。

2人はそっとドアを開け、建物から出て手前の車体の〝3〟と書かれたピックアップ・トラックに近づいた。車を調べると車内には自動小銃1丁と銃剣、弾倉6個が、荷台には車両用工具箱とロープなどが積載されていた。蘇は銃剣を木村に渡して、荷台に上がり工具箱からピック（千枚通し）を取り出す。木村は警備員から奪ったキーをハンドル横の鍵穴に差し込み始動ランプが点灯することを確認した。

「陶、他の車のタイヤの空気を抜こう」といって蘇は荷台から降りて、隣の車に忍び寄った。2人は銃剣とピックを使い、次々に3台のピックアップ・トラックの後輪タイヤ2本の空気を抜いた。その後、2人は車に乗り木村が運転席に座りエンジンをかけて静かに駐車場からプラント敷地内道路に出た。道路は、駐車場から出て100メートルほど直線が続き、その後十字路があり右折すると500メートルほど先に正面ゲートがある。夜間は、当直や稼働しているプラント管理のため少数の社員が働いていた。車も少数だが敷地内道路を通行していた。

「陶、俺の本名はロバート・リン、アメリカ人だ。あの世で自己紹介は嫌だからな」と助手席から木村にいった。

「私は、木村英夫。日本人だ」と木村も本名を名乗った。

「木村、正面ゲートは強行突破だ。タイヤをパンクさせたので、少しは逃げる時間が稼げたと思う」

「そうだな。ロバート。片手で銃は使えるか」

「大丈夫だ。狙いはともかく撃つことはできる」と車内に置かれていたＡＫ47自動小銃を持ち上げてみせた。２人の車は静かに進み右折した。まだ留置所から脱走したことに気づかれていない。

「さあ正面ゲートが見えてきたぞ。用意はいいな」と木村はロバートにいいながら車のアクセルペダルを踏みこみ急加速させた。

大連市（中華人民共和国遼寧省）

国家安全部大連市支局の斎局員は、支局においてパシフィック・オーシャン号に関する三木の動向について上司に報告した。情報はただちに支局から北京の本局に伝えられ、本局からの指示は至急三木を逮捕せよとの命令であった。

逮捕当日、斎局員は日東商会の社長秘書かつ安全部の協力者である関莉に連絡して、三木の出社について確認した。この日は午前10時からの営業会議のため、8時には出社するとの返事であった。

早朝6時に斎局員は10名の部下を日東商会の入っている大連駅近くの遼東国際ビル周辺に張り込ませた。ビルの玄関及び通用口、地下駐車場出入口など完全な囲み配備で逃亡を防止した。逮捕の実行にあたる斎局員ほか5名の捜査班は、5階の日東商会と同じフロアの空き部屋に待機した。

午前7時50分に、三木は遼東国際ビルの地下駐車場に車を入れ、エレベーターに乗り5階の日東商会事務所に向かった。斎局員は張り込みの局員から逐次報告を受け、三木の入室を確認すると動いた。

「よし。やるぞ」と部下に声をかけ日東商会に乗り込んだ。

「社長の三木を呼べ」と受付に座っている秘書の関莉にいった。

「はい。お待ち下さい。社長を呼びます」と関は素知らぬ顔で同じフロアにある社長室の三木に電話で連絡した。すぐに三木が受付に現れた。

「日東商会社長、三木和夫だな」と斎局員は三木に高圧的な態度で確認した。

「は、はい。三木和夫ですが。何か」と困惑しながら三木は答えた。

「軍事施設保護法違反容疑で逮捕する。同行しろ」と斎局員は通告した。

「人違いでは……」と三木はいいかけた。

その時、すばやく1名の捜査官が三木に手錠をかけ、他の2名が両脇を固めるように挟み込み事務所から連れ出した。三木は外で待機する中国製ワンボックスカーの後部座席に乗せられた。

「これからお前を国家安全部に連行する」と助手席に乗った斎局員が三木にいった。

車は大連駅前を通過し、官庁街にある国家安全部大連市支局を目指して速度を上げた。

三木は、自分（調査官）からの定時連絡が東京の安全保障局に48時間過ぎてもない場合、安全保障局は何らかの事故に遭遇したと判断して、確認作業に入ることを思い返した。そして、これからの尋問や自分の取るべき対応などを考えて頭をフル回転させた。日東商会には二度と帰れないこともわかっていた。

ディレ・ダワ近郊（エチオピア）

木村とロバートの乗るピックアップ・トラックは急加速しながら正面ゲートに接近した。車は日本車であり、アフリカには左ハンドルに改造して輸出されるが、ここで使用されている車は右ハンドルだった。

正面ゲートを見ると金網フェンス扉が閉じられていた。左脇には警備哨所があり警備車両が1台置かれ、すぐ横に自動小銃を持った歩哨が1名立っている。ゲートに近づく車に気づいた歩哨が左手を上げて止まれの合図をした。

「いくぞ、ロバート」と木村はハンドルをしっかりと握り、大声でいった。

「イッツ・ショータイム」とロバートは叫び、自動小銃を窓枠に依託して安全装置を外した。

二人の乗る車が停車の素振りも見せずに速度を上げてゲートに迫るのを見た歩哨は、自動小銃を構えて車に連射した。銃弾は車の左フロントフェンダーから左フロントドアにかけて金属音をたてながら連続して着弾した。幸い防弾仕様の車であり運転には支障がなかった。

ロバートはすれ違いざまにＡＫ47自動小銃の弾丸を歩哨と警備哨所に撃ち込んだ。歩哨はもんどりをうって後方に倒れ、警備哨所の窓ガラスは砕け飛び電気が消えた。車はそのまま速度を落とさずにゲートの金網フェンス扉に激突し、その衝撃でフェンス扉を開き外に飛び出して行った。

プラント施設の外は夜空に星が輝き、荒涼たる原野が広がり、砂漠化の手前であることを示す硬い小石の大地が続いていた。

「ロバート。ジブチまで逃げきれば大丈夫だ」といいながら、木村は直線が続く国道を北に向かって車を走らせた。その時、初めて助手席のロバートを見た。ロバートの上着左肩部から赤い染みが広がっていた。

「ロバート、大丈夫か」と木村が聞いた。

「ああ。かすり傷だ」とロバートが苦痛に耐えながら答えた。

木村は数キロほど走り、後方に追手が見えないことを確認すると、車を道路脇に停車させ運転席を降りて後部の荷台に向かった。荷台に上ると工具箱を開けて目的の物を探し、箱の底にそれを見つけ運転席に戻った。

「ロバート。肩を見せろ」といいながら木村はロバートの上着を脱がせ傷口を見た。傷は銃弾が左肩をかすった時にできたものである。傷口は10センチほどの長さがあり、鋭利なナイフで切り裂いた様な形をしていた。そこからは血がにじみ出ていた。木村は工具箱から取ってきた瞬間接着剤のチューブ先を傷口に当て、なかの接着剤を押し出し、傷口を指でつまみ圧迫した。数秒後、指を離すと傷口はしっかりと接着されていた。

「もともと瞬間接着剤は、こういう時に使用するために開発された医療剤だからな」と木村は笑いながらいった。

「すまない」とロバートがいった。

次に木村は右足のブーツを脱ぎ、インソールを外して土踏まずにある赤いボタンを右に１回転させた。ボタンが赤く発光するのを確認した木村はブーツを履き直した。

「木村。それはなんだ」とロバートが聞いた。

「おまえ、アメリカ人だろう。西部劇ではこのシーンで騎兵隊の出番だ。今、騎兵隊を呼んだ」と木村はいった。

「騎兵隊……」

「われわれの騎兵隊はエチオピアには入れない。ここからジブチ国境まで約１５０キロ。捕まらずに逃げきれるかだな」といいながら木村は車のナビゲーション・システムをオンにして、ジブチ国境を入力し車を再び走らせた。

「ナビを入れると自動的に自己位置を発信する。追跡者にこの車の位置がばれるぞ」とロバートが心配げにいった。

「わかっている。しばらく走ったら道路を外れ、荒野を最短距離で走る。ナビがないとジブチ国境までの道がわからない。早ければ3時間ほどで行けるぞ」と木村は答えた。

2人の乗る車は星空の下、砂塵を上げながらジブチ国境を目指して国道を北に爆走して行った。


ジャマールは怒りで頭に血が上り部下を撃ち殺しそうになった。まさか2人が脱走するとは。それだけでなく警備車両のタイヤをパンクさせたとは許せない奴らだと興奮していた。

「急いでタイヤを交換しろ」とジャマールは叫び部下の作業を急がせた。

「隊長。奴らがナビを使っています」と部下が報告した。

「よし。ドローンのジャッカルとモスキートで追跡させろ」とジャマールは部下に命じた。

3台のピックアップ・トラックのタイヤ交換は20分ほどで終わった。殺気立った傭兵たちを率いるジャマールは、ジャッカルとよばれるナビゲーション電波追跡ドローンを使用し後を追い、モスキートとよばれる自爆ドローンで攻撃するつもりだった。

ジャマールは20名の部下を3台の車に分乗させ追跡を開始した。木村たちに遅れること30分。しかしエチオピア人傭兵の彼らには地の利があった。

日本国自衛隊ジブチ基地（ジブチ市国際空港北西地区）

午後7時5分、位置情報発信装置のスイッチがオンになった瞬間、自衛隊ジブチ基地支援隊当直幹部が電話で佐藤隊長と情報幹部の後藤三陸佐に報告した。佐藤と後藤は基地内の幹部宿舎からすぐに支援隊本部に向かった。支援隊本部作戦室には当直幹部、作戦幕僚、通信幕僚と緊急即応部隊（ＱＲＦ）の隊長がすでに到着していた。

「隊長。木村二佐からの位置情報発信はエチオピアのディレ・ダワです。移動速度から車両を使用しているようです」と通信幹部が情報班席の捜索情報処理装置の表示装置を見ながらいった。

「ディレ・ダワからジブチ国境まで約１５０キロ、ここからエチオピア国境まで約１００キロある」と佐藤がいった。

「今から出ればエチオピア国境で収容できます。同じ自衛官を見殺しにはできません」と後藤は興奮していった。

「木村は防大の後輩、当然だ」と佐藤はニヤリと笑いながら後藤にいった。

「三浦。すぐに出発できるか」と佐藤は緊急対応部隊長の三浦大輔三等陸佐に確認した。

「先任陸曹が隊員の点検中です。10分もあれば出発できます」と三浦が答えた。

支援隊には、隊員の事故など緊急事態に備えて、緊急対処部隊（ＱＲＦ）が編成されている。今回の陸上自衛隊ジブチ派遣部隊は第1空挺団から派遣されており、ＱＲＦは第1普通科大隊第2中隊が担当していた。

ＱＲＦの編成は、隊長以下10名であり、3個の班から編成されている。使用車両は軽装甲機動車（ＬＡＶ）2両、輸送防護車（ＭＲＡＰ）1両の計3両である。

ＱＲＦ待機室のある隊舎前には、車両とＱＲＦ隊員が集合していた。車両の前に隊員が一列横隊で整列し、隊列前の中央に立つ先任陸曹の点検を受けていた。

「よーし。装具点検を行う。鉄帽、防塵ゴーグル、防弾ベスト、暗視装置、小銃、拳銃、銃剣、防護マスク、30発入り弾倉4個、9発入り拳銃弾倉3個、水筒、救急品入れ、携帯無線機。全員点検し報告しろ」と先任陸曹の田村曹長が大声で指示した。

「確認。準備よし」と隊員たちは一斉に報告した。

「よし。日頃の訓練のとおりだ」と田村曹長が気合を入れて大声でいった。

その場に佐藤たちがやって来た。三浦は部隊の中央に進み、田村曹長から準備完了の報告を受けて佐藤に向き直った。

「部隊出発準備を完了しました」と三浦は佐藤に報告した。

「ＱＲＦ隊員諸君、大使館の木村調査官が危険な状況におかれ緊急救出要請が入った。今から出発すればエチオピア国境で収容できる。木村調査官は不明なグループに追跡されていると予想される。武器使用を伴う任務だと覚悟し、現場では三浦隊長の命令で行動してもらいたい」と佐藤が訓示した。

「了解しました。出発します」と三浦がいった。

「木村は我々の仲間だ。〝最悪の場合〟には俺が責任を持つ。頼んだぞ」と佐藤が三浦に握手を求めていった。

「出発」と三浦は田村曹長に命じた。

「よーし。全員乗車、もたもたするな」と田村曹長が全員に指示した。

ＱＲＦは全員が乗車すると、正門を目指して動き出して行った。

「無事に帰隊してもらいたいものです」と後藤は佐藤に緊張していった。

ＱＲＦの車列は基地を出て、南のエチオピア国境を目指し全速力で国道を走っていった。

先頭車には三浦と操縦手及び機関銃手、２両目には同じく隊員３名、最後尾の輸送防護車には田村曹長以下４名の隊員が乗り込んでいた。

「隊長。実戦ですよね」と操縦手の荒木二曹が軽装甲機動車を操縦しながら、隣に座る三浦に聞いた。

「そうだな。訓練だと思え」と三浦が答えた。

後部座席で身を出して車載機関銃を操作する中西三曹が腰を屈めて車内に顔を入れた。

「荒木二曹。ビビッてるでしょう」と中西三曹が笑いながらいった。

「馬鹿野郎。ただ聞いただけだ」と荒木二曹が怒っていった。

「こちら1号車、全車に告ぐ。部隊行動基準《ROE》は危害射撃」と三浦は車両無線機で武器の使用基準を伝えた。危害射撃とは任務遂行時に妨害をする者があれば、射撃して危害を与えてもよいとの最大限の武器使用規定である。

「こちら2号車了解」「こちら3号車了解」とすぐに各車両から確認の報告があった。

「荒木二曹。木村さんの位置情報はどうなっている」と三浦が聞いた。

「現在地は、ディレ・ダワから北に約50キロの国道上、かなりの速度で移動中です」と荒木二曹が表示器を確認して答えた。

「無事に国境を越えてくれればいいが」

「北部の街アイシャの手前を北東に進路を変えると、近道で20キロは短縮できますが」

「国道を外れて荒れ地を進むことになるな」

「エチオピアの大地は固い礫《れき》砂漠です。路外機動は大丈夫だと思います」

「木村さんのコースが変化したら報告してくれ」

「了解」

　ＱＲＦの車列は、閑散としたジブチ市街を抜け、星空のジブチ国道を時速１００キロの速度で南に走っている。北アフリカの大地、特にジブチは、日中は気温が高く40度を超える。夜は、日中から20度ほど下がり過ごしやすい気候となる。市街地を抜けると民家はほとんど存在せず、アスファルト舗装の道路が荒漠とした大地に直線に続いており、舗装道路がなければ、太古の景観を残す地球か他の惑星にでも行ったような景色の連続である。

エチオピア礫砂漠（エチオピア）

木村たちの車は星空の下、行き交う車もなく、道路沿いに疎らにある民家を通りすぎながら、ひたすらジブチ国境を目指して国道を時速80キロ以上で北に走っていた。

「プラントを脱出して2時間だ。いいぞ、ここまで順調に来た」と木村がいった。

「木村。お前はいったい何者だ」とロバートが聞いた。

「ロバート。それよりバックミラーを確認してくれ。追手が心配だ」

「わかった」

「残弾も確認してくれ。俺の銃は看守から奪って撃っていないから30発だ」と木村がいった。

「ここに弾倉が6個あるから１８０発、俺の銃は11発だ」とロバートは座席の弾倉と自分の銃の弾倉を確認していった。

「２２０発か。命の綱だな」

「後ろは大丈夫だ。何も来ていない」

「パンクさせて時間を稼いだが、彼らは地元の地形にはくわしい、すぐに追いつかれるぞ。今から国道を外れて国境まで近道だ」といいながら木村は右にハンドルを切り、道路から外れて砂塵を巻き上げながら荒野を疾走した。

木村たちから200メートルほど離れた上空にジャッカルとよばれるドローンが現れた。このジャッカルは直径1メートルほど、垂直回転装置が4個あり時速120キロで飛行ができる。相手の電波を探知して追跡できる装置と赤外線カメラを搭載している。また、小型誘導装置により後続の自爆攻撃ドローンのモスキートを目標近くまで誘導できる。

ジャッカルは木村たちの後方に一定の距離を保ち張り付き、後続のモスキートに誘導電波を送るとともにジャマールに現在地を送信した。

「隊長。奴らを見つけました」と傭兵がジャマールに報告した。

「よし。どこだ」とジャマールが聞いた。

「われわれから5キロ足らずの距離です。国境まで30キロです」

「どんなことがあっても国境は越えさせるな」

「奴ら、国道を外れて走行しています」

「モスキートの位置はどこだ」

「ジャッカルの後方1キロです」

「モスキートが追いついたら攻撃させる」

ジャマールたちの車両も国道を外れ、獲物を狩る狼のように追尾の足を速めていった。

モスキートは時速100キロでジャッカルの誘導電波を追っていた。どこまでも獲物を追い詰めるジャッカルと執拗に血を求める吸血昆虫のモスキート。木村たちは獰猛なＡＩハンターに狙われていることにまだ気づいてはいなかった。

木村たちの車はかなりの荒れ地を走行していたが、オフロード仕様のピックアップ・トラックであり、運転には支障はなかった。ただし速度がかなり落ちていた。

「木村。ナビだと前方に丘があり、その北側に国境がある。２キロほど先だ」

「後方に自動車の光が見える。追手だな」と木村がバックミラーを確認していった。

その時、ピックアップ・トラックの左後輪近くで大きな爆音と衝撃が走った。モスキートの一機が木村たちの車をかすめて大地に当たり爆発したのである。木村はハンドルをしっかりと握り、車の安定を保った。

「ロバート。攻撃だ」

「木村。なんの攻撃かわかるか。後方から射撃された形跡はない。地雷か」

「わからない。このまま逃げ切るぞ」

木村は敵の攻撃をかわすために、砂利を左右に撥ねながら車をジグザグに走らせた。

「くそ。しくじったか」ジャマールはモスキートの攻撃が失敗したのをジャッカルのカメラを通して確認し、歯ぎしりした。

ジャッカルは１機目の失敗から目標の位置及び走行の規則性を計算し、２機目の攻撃方向を決めモスキートに誘導信号を送信した。

モスキートは、目標である木村たちの車の未来位置にめがけて50メートル上空からまっすぐに急降下した。木村たちの車は右に曲がり斜めからモスキートの目指す地点に近づいていった。ジャマールは、モスキートが目標を捉えて自爆したのを、ジャッカルのカメラ画像で確認した。

「やったぞ」とジャマールは笑いながらいった。

「国境まで300メートルです」と傭兵がいった。

「急げ」


閃光と爆音があたりに響きわたり、車は後部が持ち上がり大きくスピンした。木村は運転感覚を喪失し、あっという間に走行の安定性を失った。回転は免れたが荷台後部が大破してリアサイドから炎を上げながら車は停止した。

「くそ、やられた。車から出るぞ」と木村が叫んだ。2人はドアを蹴り開けると外に転がり出た。よろめきながらも起き上がり、車外に落ちた銃を拾った。

「あの丘の後方に国境がある」とロバートはいいながら3個の弾倉を木村に渡した。

2人は車を捨てて銃を持ち走り出した。その時、近くに機関銃弾が着弾し始めた。大地を這うような弾着が確実に2人に近づいてきた。

「あの丘の上の岩陰に入れ」とロバートは木村にいった。2人はよろめきながらも全力で走った。

ジャマールは目視で2人が車から降りて丘に走るのを確認した。

「機関銃手、撃て」とジャマールは荷台にいる射手に重機関銃の射撃を命じた。ジャマールの追跡グループの1台にロシア製NSV12・7ミリ重機関銃が装備されていた。

「機関銃手以外は車を出て散開して追え」とジャマールは命じた。

狩人たちは目標まで100メートル付近まで近接した。彼らは確実に獲物を追い詰めていた。


木村とロバートは丘に上がり、岩陰から追手の車と徒歩で展開する傭兵に自動小銃の射撃を開始した。木村の発射した銃弾は1台の車のタイヤを撃ち抜き、運転席の傭兵の頭部を粉砕して斃《たお》した。ロバートも応戦するが、右手しか使えないため正確な射撃が困難だ。それに比較して木村の射撃は正確であり、立ち撃ちの姿勢をした傭兵の胸板を連射で撃ち抜いた。

傭兵たちの撃ち返しも激しくなった。重機関銃の射撃は凄まじく、木村たちが隠れている岩を吹き飛ばす威力を見せた。自動小銃の弾丸もあたりの小石や砂を巻き上げ、機関銃に負けないスコールのような激しさだ。

「木村、あの向こうが国境だ。100メートルぐらいだが、ここから動けない」と後方を振り向きロバートがいった。

「がんばれ。もう少しだ」と木村が応戦しながら答えた。

ロバートは負傷したらしく右大腿部から出血していた。木村も車から出てつまずきながらここまで来た。顔や身体が擦り傷だらけになっていた。

「逃がすな。ＲＰＧ（携帯対戦車ロケット筒）で撃て」とジャマールはいいながら徒歩で木村たちに近づいて行った。ジャマールの部下の１名がＲＰＧを肩にしてロケット弾を発射した。

発射音とほぼ同時に木村のすぐ近くの岩肌に弾着した。鼓膜が破れるような弾着音と衝撃が木村を襲い、砕け散った岩や砂が木村の頭から降り注いだ。一瞬、木村は放心状態となり死んだような空虚な感覚にとらわれた。

「木村、木村。大丈夫か」とロバートの叫んでいる声で我に返った。上空を見上げるとドローンの飛行灯が点滅しているのが見えた。木村はドローンに追跡され、上空から車両が攻撃されたことに気づいた。

その時、国境方向から車両が近づいてくる音が聞こえ、敵が退路を遮断するため先回りしたことがわかった。

「ロバート、敵に回り込まれた。残念だ」と木村が２メートルほど横に伏せているロバートにいった。

「万事休すか。よくここまでやれたよ。ＣＩＡ（米国中央情報局）から礼をいうよ」とロバートが答えた。

「やはりな。ＣＩＡだと思ったよ。おれはプラント施設を調べに来た日本のＮＳＳ（国家安全保障局）調査官だ」と木村がいった。

「NSSか。俺はジャマールを追ってイラクから来た。あいつは多くの人間を殺した犯罪者だ。捕まえられずに残念だ。木村、奴らをできるだけ多く道連れにしよう」とロバートはいいながら、新たに現出した敵に銃口を向けた。国境方向から進出して来た車両は停車するとすぐに射撃を開始した。新たな敵の銃撃は曳光弾《えいこう》が横殴りの雨のように見えるほど激しいものだった。

しかし射撃は木村たちの頭上を越えて傭兵たちに集中していた。〝射撃目標〟は木村たちではなかった。

QRFの三浦は、木村の発信する位置情報から、木村の車が国道から外れ路外を国境方向に進んでいることを把握した。そして、木村と最短でコンタクトできるコースを猛スピードで進んだ。

「隊長。間もなくエチオピア国境です」と荒木二曹がいった。

「全車停止」と三浦が無線で命じた。全車両が停止した。走行音が無くなると国境の方角から連続した銃撃音と爆発音が聞こえた。三浦は直感で木村であることを確信した。

「全車、射撃準備」と三浦は命じた。

「1号車、こちら3号車。残念ですが規則で越境はできません」と田村曹長が残念そうに無線機で通話してきた。

「隊長どうしますか。ここで待ちますか」と隣の荒木二曹が三浦に確認した。

「3号車。田村、お前には国境線が見えるか」と三浦が田村曹長に無線機で聞いた。

「1号車。いいえ、ナビだと30メートルほど先になっていますが。柵も何もありませんから」

「田村。俺には、はるか彼方に国境線が見える。全車。突撃するぞ」と三浦は無線機で命じた。

「こちら2号車。空挺の力を見せましょう」

「3号車了解」

「そうこなくっちゃ」といいながら荒木二曹は、軽装甲機動車の駆動ギアを入れ直して、銃撃方向に急発進した。機関銃手の中西三曹が、右手で機関銃の槓桿《コッキングレバー》を強く引き5・56ミリ徹甲弾を弾薬ベルトから薬室に送り込んだ。


ジャマールと傭兵の群れに、不意に予期しない方向から銃弾が一斉に浴びせられた。

「敵だ。隠れろ」とジャマールは叫びながら伏せた。傭兵たちは混乱しながらも、国境方向から射撃してくる新たな目標に対して応戦した。

ＱＲＦ隊員は夜間射撃に備えて、88式鉄帽に個人用暗視装置（ＪＧＶＳ—Ｖ８）を装着し89式小銃には赤外線レーザーサイトを取り付けている。そのため、彼らの射撃は傭兵たちに比べて極めて正確だった。下車し展開したＱＲＦ隊員の放つ銃弾により、頭部や胸を撃たれて次々に傭兵が斃れていった。

１名の傭兵の発射したＲＰＧのロケット弾が輸送防護車の手前に弾着し、爆音とそれに続く激しい衝撃が車体に伝わった。輸送防護車は耐爆性に優れ、車載の12・7ミリ重機関銃もＲＷＳ（リモートウエポンステーション。テレビカメラ式の照準装置を使用し、車内からリモートで射撃する）であり、乗員には爆風や衝撃の影響はほとんどなかった。

輸送防護車の重機関銃がＲＰＧを発射した傭兵に応射し、弾丸が命中した傭兵の身体は周囲に四散した。後退する傭兵たちに対して、軽装甲機動車から中西三曹が5・56ミリ機関銃を集中して射撃した。中西三曹の放った機関銃弾は傭兵１名の頭部半分を吹き飛ばし、もう１名の腹部に命中し即死させた。


木村は国境方向に新たに現出した車両が敵だと思ったが、5・56ミリ機関銃の軽快な射撃音が聞き慣れた音であることに気がついた。

「ロバート。味方だ。撃つな」と木村が叫んだ。

「わかった」とロバートが力なく答えた。

ジャマールは自身の車に引き返し、荷台に乗ると12・7ミリ重機関銃を発射し、弾丸を木村たちの潜む岩陰に集中した。木村とロバートの周囲に12・7ミリ機関銃弾がうなりを上げて着弾しはじめた。

ＱＲＦ隊員が84ミリ無反動砲Ｍ3をジャマールの車に発射した。無反動砲から発射された榴弾は、直線を描き、２００メートルほど前方にあるジャマールの車を直撃した。夜空に閃光を放ち大地を揺るがす爆音が響き、車は5メートルほど跳ね上がり、引き裂かれて燃えながら落下した。ジャマールが最後に見たのは、ＱＲＦ隊員の撃った無反動砲の発射光だった。

傭兵たちは隊長のジャマールが絶命するのを見た途端に戦意を喪失し、残る車両１台に我先に乗り込み、南に向かい全速力で逃げて行った。

「撃ち方やめ」と三浦は携帯無線で全員に命令した。

命令と同時に激しい射撃音が消え、戦場にはそれまで何事もなかったかのような静寂が訪れた。

「田村曹長。隊員の異常の有無を確認して報告せよ」と三浦は田村曹長に命じ、木村のいる岩陰まで歩いて行った。

「木村さん。大丈夫ですか」と三浦が木村に声をかけた。

「おう。遅かったじゃないか」

「すみません。来る途中に評判の店がありまして、皆でバーガーを食べていました」と三浦が笑いながらいった。

木村は戦闘直後に冗談がいえる三浦の豪胆さにつくづく感心した。ＱＲＦ隊員の肩に付けている日の丸の識別章を見て、木村の胸には母国の軍隊に救出されたうれしさと熱いものが込み上げてきた。そして彼らを見ているうちに、それまでの張りつめていた緊張感が徐々に解けていくのがわかった。

「木村さん。お隣の方は」

「俺の仲間だ。負傷している。手当てを頼む」

「了解しました。救急救命士がいますから応急処置をさせます」と三浦はいって衛生救護隊員を呼んだ。

「隊長。ＱＲＦ、人員・装備異常ありません。なお敵の遺棄死体は11体です。生存者はいません。遺棄車両は２両です」と田村曹長が携帯無線で報告した。

「了解。撤収準備」と三浦が指示した。

「木村。これがおまえの騎兵隊か……。陸上自衛隊に助けられたな」とロバートがいった。

「お互い様だ」

「ありがとう。この恩は必ず返すからな」と涙ながらにロバートがいった。

衛生救護隊員と２人の隊員が担架を持ってロバートのところに駆け付け、手当てをしながら輸送防護車に運んでいった。木村は三浦から衛星携帯電話を借りてジブチの日本大使館に連絡を入れた。

「ジブチに着いたら、報告書を作成し、すぐに日本に帰国しろとのことだ。ゆっくり休ませてくれないな」と木村がいった。

「さあ。木村さん帰りましょう」と三浦がいった。

「熱い風呂に入りたいな」と木村は立ち上がりながらいった。

国境の空には薄明かりが広がり、エチオピア高原に朝の始まりを告げていた。朝もやのなか、木村とロバートを収容したＱＲＦの車両は、ジブチの自衛隊基地を目指し前進を開始した。

第二章

勃発

沖縄県警本部（沖縄県那覇市泉崎）

沖縄県警本部は、国際通り入り口近くの沖縄県庁南側に位置し、警察官及び職員数約２５０0名、離島の宮古島警察署と八重山警察署を入れて14の警察署からなる。午後3時すぎ、県警本部長室において警備部長からデモ事案に関する報告が行われていた。

「それで逮捕者は何人だ」と県警本部長の小木曽警視長は警備部長に確認した。

「23人になります」と警備部長は答えた。

「デモ参加者の負傷者は50人以上。機動隊員の負傷は重傷6名、軽傷21名です」

「そんなにか」本部長は絶句した。

「申し訳ありません」

「ただでさえ辺野古基地増設に反対している県知事だ。デモ隊側に50人もの負傷者が出たとなると警察にいい顔しないぞ」

10日ほど前から、辺野古基地増設に反対する一部の過激派の活動がエスカレートしており、火炎瓶や手製迫撃砲弾を使用した武装闘争になっていた。この日は早朝に、普天間基地に約1000人の大規模なデモが行われ、警備の機動隊と衝突し逮捕者や負傷者が出ていた。

「今朝7時から始まったデモは、普天間基地ゲート前の交差点において機動隊が阻止線でブロックしました。その後、機動隊側にデモ隊から火炎瓶10数本が投げ込まれ、それに続いて爆薬付きドローンの攻撃。これに興奮したデモ隊が機動隊と正面衝突。混乱のなかで負傷者が続出しました」と警備部長がいった。

「それで、どこの組織が火炎瓶やドローンを使ったのかわかっているのか」

「過激派のなかに〝琉球独立団〟と名乗る組織が確認されています。彼らの仕業ではないかと、現在捜査しているところです」と警備部長が資料を見ながら報告した。

「何者かね」

「東京のサッチョウ（警察庁）も初めて聞くグループとのことです」

「公安調査庁も知らないのか」

「そちらへも照会しましたがやはり同じです。いずれにしましても、現在判明しているところ彼らの組織はまだ小規模ですので、抑え込めると確信しています」

「そうあってほしいところだよ」

「情報を摑みましたらガサを入れて、凶器準備集合罪で逮捕します」

「わかった。雑草は早いうちに刈ってくれ」と小木曽本部長はいった。

沖縄県多良間村（多良間島）

毎朝新聞文化部記者の加藤真一は、この日も遅い朝の目覚めだった。

昨夜も多良間村内の民家に呼ばれ、集落の歓迎夕食会が行われて、泡盛をたらふく飲まされたからである。

島には〝御通り《おとお》〟と称する儀式がある。泡盛の水割りを参加者全員が手に持ち、順番に口上を述べ、その話が終わると皆でコップを空ける習わしである。琉球王朝時代に貧富の差なく酒を飲める方法、島民たちの知恵だった。今はしかし、短時間に酒を多量に飲み、翌朝に反省する来島者歓迎の通過儀礼となっていた。

沖縄県宮古郡多良間村は、宮古島と石垣島のほぼ中間に位置し、面積19・39平方キロメートルの楕円形をした多良間島と、約8キロ離れた面積2・15平方キロメートルの水納島からなり、人口は１１８０人である。多良間島は隆起サンゴ礁の島であり、北側の標高34メートルの八重山遠見台を最高点とした平坦な地形の島である。島全体にサトウキビや葉たばこの畑が広がり、肉牛が放牧されている牧歌的な雰囲気が漂う平和な島である。

加藤は3日前から希少生物の取材で多良間島に来ていた。文化部担当の日曜特集記事〝先島諸島のいきもの〟の取材である。先島諸島の昆虫や動物、植物を紹介する夏の子ども向け記事である。

二日酔いで重い頭を正常回転させるため、加藤はベッドに寝たままタバコに火を点けた。吸っているタバコは学生時代から、とはいってもじつは高校生の頃からだが、ゴールデンバットだ。緑色の外装紙に金色のコウモリが印刷されている。そのレトロ感に惹かれて今も愛煙している。少し重い味だが、これがいい。短かく切られているので気休め的に他の銘柄より健康的だと信じている。

紫煙をくゆらせながらベッドから起き上がった。今日はホテルで借りた原付バイクを利用して、島内の生物探索を行う予定だ。狙っているのは〝ヤエヤマオウコウモリ〟である。

ヤエヤマオウコウモリは、体全体が黒く、首のまわりに首輪のような白または黄色い体毛がある。宮古島から西の多良間島や石垣島、与那国島など広く分布している。羽根を広げると60センチにもなる大コウモリである。このコウモリは、食べ物は果実や花粉などであり、人に危害を加えないおとなしいフルーツコウモリの一種に分類されている。

「さて、ゴールデンバット好きがオウコウモリ（バット）取材か。笑えるな」と加藤は半分自虐気味にいった。

加藤が宿泊しているのは、独立したゲストルームとそれに囲まれた中庭のあるラテンアメリカの住宅に似せたホテル〝パティオ多良間島〟である。島で数軒しかない宿泊施設のなかでも四つ星だとパンフレットには書かれていた。たしかにリゾート気分が満喫できる雰囲気だ。フロントの建屋を中心に10室が円を描く様に建てられている。シングルが6室とツインが4室。加藤はシングルを借りていた。

朝の目覚めの一服を終えた加藤はTシャツとジーンズ、スニーカーと野球帽の、どこから見ても観光客と思える出で立ちで、カメラを手にして部屋を出た。8月の多良間島は、すでに亜熱帯の気候である。時間は10時過ぎ、加藤は背伸びをしながらフロントに向かった。

「おはようございます」とフロント係の中年女性に声をかけた。

「しゃーかんからやー（おはようさん）。今朝の目覚めはいいかね。昨日はご機嫌だったね」とフロント係はこたえた。3日もいると、数年来のなじみのようになるのが島人の特性である。

それにしても沖縄の方言は難解である。方言は沖縄本島、八重山列島、宮古列島などで大きく分類され、この多良間島は宮古列島ではあるが宮古島とも違う方言が使われている。沖縄全体に日本本土とは異なる発音であり、琉球独特の文化を感じさせる方言である。フロント係の女性は宮古島出身とのことで、宮古島の方言を話しているが、加藤には違いがまったくわからない。

「朝食はいりません。バイクで島内を取材します」といって、加藤はフロントの建屋横に置いてある原付バイクに乗った。

多良間島は楕円形の平坦な島であり周囲は約20キロ、原付バイクを利用すれば30分程度で回れる。島の中心部にはさとうきび畑、北部に町役場や小中学校などの施設と住居が集中し、西側には多良間空港がある。多良間空港には１５００メートルの滑走路が１本と小さなターミナル施設があり、琉球エアーコミューター（ＲＡＣ）が50人乗りの双発機で宮古島から１日２往復している。

港は、北部に前泊港、東部に普天間港があり、宮古島からのカーフェリーが１日１便、天候などの状況をみてどちらかの港に着く。また南部に多良間漁港がある。道路は島の外周を県道がとおり、碁盤の目のように東西には中央道及び第２中央線が、南北には高穴線、旧飛行場線などが整備されている。電力については、沖縄県の特性として離島ごとに火力発電所が設けられ、多良間島には北部に最大総電力１１８３キロワットの火力発電所が、また３００キロワットの風力発電装置も設置されている。北部の最高点、八重山遠見台には高さ10メートルほどの展望台があり、島全体を俯瞰することができる。また、遠見台近くの３本の電波塔は観光客が島で迷った時の目印になっている。

加藤は遠見台を目指して走り始めた。パティオ多良間前の一車線道路を北に進み、島の外周道に出て左折、右手に美しい海岸を楽しみながらのツーリングである。海風が肌に心地よく当たる。

「とても取材とは思えないな」と加藤はバイクを運転しながらいった。

２週間ほど前、文化部デスクからこの企画の話を聞くと、加藤は二つ返事で引き受けた。

加藤はもともと政治部記者であった。大学を卒業し毎朝新聞社に入社し15年、社会部記者から始まり政治部へと進んだ。政治部での担当は、外務省から防衛省へと変わり、昨年末まで市谷の防衛省記者会で3年ほど取材に追われていた。

加藤は37歳、2つ年下の妻百合子と6歳になるひとり娘の真奈美がいた。新聞記者の仕事は昼夜の区別なく、ひたすら記事ネタを取るため東奔西走するのが常態であり、加藤もその例に違わず家族サービスに時間を割けなかった。加藤と妻との間には、いつしか隙間風が吹くようになっていた。

そのよくない関係に拍車をかけたのが昨年末の出来事であった。同じ政治部の外務省担当記者である沢田由紀子との関係である。

沢田由紀子は、加藤と同期入社、37歳独身である。大学時代には、ミスキャンパスに選ばれたこともある。端整な顔立ちと均整のとれたプロポーション、成績もよく多くの学生の憧れだった。三十路に入っても美形の容姿は変わらずそれを武器に取材をしていると揶揄《やゆ》されることもあった。仕事においては、時に挑発的な態度でインタビューを行い、有力政治家から疎まれることも多い。同期ということもあり加藤と沢田は時おり、情報交換を兼ねて居酒屋などで酒を飲んでいた。沢田は酒が強く、いつも加藤はタクシーで自宅まで送ってもらっていた。

加藤と沢田は担当する役所は違うが、昨年末に海上自衛隊のソマリア沖・アデン湾における海賊対処活動を共同で取材した。

海賊対処活動とは、ソマリア沖・アデン湾において人質を抑留し身代金の獲得などを目的とした武装海賊事件が続発したことを受けて、各国がこの海域における海賊行為を抑止するため、軍艦及び航空機の派遣を要求されたことに始まる。２００９年にはこの国際軍事活動を指揮する第151連合任務部隊（CTF151）が設置され、この指揮下で米国をはじめ約30カ国が活動している。

海上自衛隊も2009年3月から護衛艦と哨戒機を派遣して海賊対処活動を行っている。派遣されている航空隊はP－3C哨戒機2機を保有し、その基地業務を行う支援隊とともにジブチ共和国に拠点を置いている。

加藤と沢田は共同でジブチの現地取材を行った。加藤は自衛隊の活動、沢田は日本大使館の自衛隊への協力についてである。宿舎はジブチ市内中心部、紅海の入り口に位置する高級ホテルのパレス・ケンピンスキーに取った。

現地の滞在期間は3日間であり、それぞれ日中は部隊と大使館を、夜はホテルで記事のすり合わせを行うスケジュールだった。

目の前に広がる紅海、沈みゆく太陽の日差しによりその海は紅く染まり、ホテルの庭に造られた噴水と椰子の木が、夕日の逆光により影絵のようなシルエットになった。美しいアフリカの夕日を眺めながら、いつしか2人は同僚から男と女に変わった。アフリカの熱い大地と自然が2人を包み込んだのか。

2人の関係が社内に発覚したのは、最終日の日本大使へのインタビューの時である。その日は大使のスケジュールの関係で朝8時からの予定であったが、加藤と沢田は寝過ごして二人とも取材時間に遅れてしまった。結局インタビューはキャンセルとなったが、外務省から政治部に厳重な抗議が入り、幹部が謝罪に行くはめになった。遅刻の理由が発覚したのは、同じケンピンスキー・ホテルに宿泊していた民放テレビ局の取材チームからだった。彼らは中国軍ジブチ基地の取材で滞在していた。夕食後に加藤と沢田が同じ部屋に入り、朝食前にその部屋から2人が出てくるところを取材クルーが目撃した。また、ホテル前の海岸で2人が抱擁しているところも見られていた。この取材チームの責任者が毎朝新聞政治部デスクの大学時代の後輩であり、帰国後に通報されてことが発覚した。

外務省からの抗議により少なからず会社側に迷惑をかけ、またその原因が男女関係である。ましてや加藤は既婚者で、会社の内部規則により、加藤と沢田の両者には始末書処分が出された。また加藤にはもうひとつ政治部から文化部への配置転換が追加処分として下された。事実上の左遷というべき処分が追加されたのである。

妻の百合子は激しく怒り、罵詈雑言を加藤に浴びせ、娘を連れて実家に帰った。現在、加藤は8カ月間の別居生活を送っている。

加藤は政治部を出されたこと、娘に会えなくなったことで精神的にかなり落ち込んでいた。そこに今回の企画である。自分の心の傷を癒せるのは亜熱帯の島、透きとおるような空、どこまでも青い海、美しい自然に触れることによる治癒効果だと願った。

遠見台に着いた加藤はバイクのエンジンを止め、展望台に上った。

「何もかも忘れさせてくれる景色だなぁ。真奈美は元気だろうか。いつかこの島に連れてこよう」と島内を見渡しながら心のなかで誓った。

島の北部、集落の中心部に多良間の村役場がある。村長の宮里健吉は73歳、3期目に入っている。村の経済を支えているのは、サトウキビと子牛の繁殖などの農業収入と、数は少ないが自然を求めて来島する観光客からの収入である。

「内地の毎朝新聞のなんとかいう記者が来ていたよな」と宮里村長は総務課長の伊良部に問いかけた。

「はい。加藤さんですね。動物の取材とかなんとか、いっていましたよ」と伊良部課長は答えた。

「総務課長。今夜は村として〝御通り〟をやろう。島を内地にうまく紹介してもらい、観光客を増やさなくてはならんからな。ここは総務課長の出番だね。得意の料理を頼むよ」

「わかりました。多良間小学校の校庭でバーベキューやりましょうね」

「おお、いいね」

「ヒージャー（山羊）料理でも準備しますよ。役場の裏で飼育している村長のヒージャー。今からヤツをさばいてきますね」と伊良部課長は喜んでいった。

「課長。わしのかわいい羊はいかんよ」

第15旅団司令部（沖縄県那覇市）

8月31日。

沖縄県の防衛警備を担任する陸上自衛隊第15旅団司令部では、昨夕からの石垣島駐屯地及び宮古島駐屯地に発生した警備事案の対応に忙殺されていた。また、この事案のため司令部は勤務態勢を第一種の非常勤務に引き上げていた。

陸上自衛隊の非常勤務の態勢は、予想される事態の切迫度から、一部の要員を呼集する第一種から全隊員呼集の第三種までに分かれている。昨日、午後3時に石垣島駐屯地北側にある車両整備工場近くの外柵に火炎瓶が投てきされた。幸いにも外柵フェンスと芝生が一部焼けただけで、駐屯地の施設には被害がなかったが、石垣警備隊長は部隊に非常勤務態勢第三種を発令した。また、同じく昨夜午後7時に宮古島駐屯地でも正門への無人軽自動車の突入及びドローンによる車両整備工場への攻撃が発生し、宮古警備隊長により非常勤務態勢第三種発令と武器防護のための警備態勢に入っていた。

「旅団長。石垣島駐屯地及び宮古島駐屯地との連絡が取れません」と第三部長（作戦担当）が旅団長室に駆け込んで来た。

「どういうことかね」と旅団長の早淵陸将補が聞いた。

「本日午後5時以降、防衛マイクロ回線、衛星回線、AM・FM通信、すべてを使用しましたが、両部隊との連絡が取れません。現在、沖縄本島と先島諸島の間に大規模な通信障害が発生しています。この通信障害は自衛隊だけではなく自治体や民間すべての通信インフラにも発生していますす」と第三部長がいった。

「海底ケーブル使用のNTT回線もだめか」

「NTT回線も一般の携帯電話も通じません」

「西部方面総監部に至急連絡しろ」

「了解しました。旅団の非常勤務態勢を第三種に上げたいと思います」と第三部長が旅団長に裁可を求めた。

「わかった」

「司令部連絡班をいつでも両駐屯地に派遣できるように、第15ヘリコプター隊に準備させろ」

と旅団長は命令しながら、西部方面総監に報告するため、机上の秘匿電話のプッシュボタンを押した。第三部長は旅団長室を退室し、準備にかかった。

沖縄県多良間村（多良間島）

8月31日午後5時、夏休みの多良間小学校の校庭では村役場主催の毎朝新聞加藤記者の歓迎会が盛大に行われていた。夏の亜熱帯の気温も夕暮れになるとやや和らぎ、海風が肌に心地よい涼しさを運んできていた。

校庭の中央にキャンプファイヤー用の薪束が積まれ、それを中心に6台のテーブルが扇形に配置され、料理用のテントが後方に張られていた。まんなかのテーブルの前面にキャンプファイヤーを背にしてスタンドマイクが立てられていた。宮里村長がマイクの前に進み開始の挨拶をした。今夜のメイン料理は〝ヒージャー料理〟（沖縄の郷土料理のひとつ。山羊の肉を鍋で煮たもの、刺身にしたもの）である。好きな人にはこのうえなく極上の味であるが慣れない人には、その重い肉の臭いが耐えられず食べられない。

加藤は体育会系を自任していた。大学時代は空手部であり、三段の腕前である。その加藤にもヒージャーだけは避けて通りたい料理であった。

「村長。多良間島のＰＲのために、この料理をインスタグラムに投稿しましょう」と加藤は宮里村長に提案した。

「それはいい考えだ」

「まず、私のお椀の肉から写真を撮り投稿しましょう」と加藤はスマホで写真を撮りインスタグラムに投稿しようとした。

「あれ、スマホの調子がおかしい」

「伊良部課長にやらせましょう」と宮里村長は総務課長の伊良部を呼びスマホで写真を撮らせた。

「私のスマホもダメです。すべてのアプリが使えないし。アンテナが立ってない」と伊良部課長がいった。

「おい。ほかのスマホはどんな具合だ」と宮里村長が周囲の参加者に声をかけた。周囲の村人たちのスマホも不調だった。

「電波障害か何かでしょう。どこかにパソコンはありますか」と加藤は伊良部課長に聞いた。

「小学校の事務室にあります。ご案内しましょう」といいながら、加藤を会食の行われている場所から西に30メートルほど離れた校舎の事務室に案内した。2人は事務室に入りパソコンのスイッチを入れた。パソコンは起動したが、やはりネットに接続できない。

「どうしたんでしょうね」と伊良部課長が不思議そうにいった。

「ちょっと固定電話をお借りしますね」と、事務室から毎朝新聞文化部に電話をかけたがつながらない。

「おかしいな」加藤も困惑した。

「ちょっとテレビを観てみましょう。事故かもしれませんから」といいながら伊良部課長は事務室にあるテレビのスイッチを入れてみた。3つある放送局すべて白い嵐の画面のみであった。

「変ですよね」と伊良部課長は不安げに加藤にいった。

「異常ですよ。ネットも携帯電話も固定電話も。テレビまで」加藤は異変を感じ取っていた。

加藤と伊良部課長は事務室から校庭に戻り、宮里村長に電話もネットもつながらず、テレビも観られないことを報告した。

「多良間空港の事務所に宮古島の空港と連絡ができる無線機があります。それで確認しましょう」と宮里村長はいった。参加者のなかに、島にただひとり配置されている沖縄県警宮古警察署多良間駐在所の外間巡査部長がいた。

「駐在さん。パトカーで加藤さんと総務課長を乗せて空港までお願いします」と宮里村長は外間巡査部長にいった。

「わかりました。私は酒を飲んでいないので大丈夫です」といいながら外間巡査部長は、加藤と伊良部課長を校庭入り口近くに駐車してある軽乗用車タイプのパトカーに案内した。３人は乗車して島の南側にある多良間空港を目指した。車は村の集落地区を抜け空港道を走り、すぐに多良間空港に到着した。空港施設の建物は事務所と待合所を併設した小さな管理棟である。３人はパトカーから降りて空港事務所に向かった。

多良間空港の管制や管理は離発着時間だけ委託を受けた村の職員が行っている。伊良部課長が管理棟ドアの鍵を開けて電気をつけた。加藤と外間巡査部長も後に続いて事務所に入った。伊良部課長は、管制用無線機のスイッチを入れてダイヤルを宮古空港管制室に合わせて呼び出した。

「宮古空港管制室、こちら多良間空港です。応答お願いします」といくら呼び出しても空中を電波が流れる音だけしか聞こえてこない。

「こんなこと初めてだ。異常だよ」外間巡査部長がいった。

「他に島から外に連絡する手段はないのでしょうか」と加藤が外間巡査部長に聞いた。

「固定電話もだめ、空港の無線機もだめとなると、ほかはないな」と外間巡査部長は伊良部課長に指示した。

「困ったな。緊急患者が出たら飛行機も呼べない」と伊良部課長がいった。

その時、かすかに航空機の音が聞こえてきた。その飛行音はだんだんと大きくなり、多良間空港に近づいてきた。

「あれ。飛行機が来る」と伊良部課長は不思議そうにいった。

「ジェット音だ。しかし、ここには着陸できないよな」と外間巡査部長は窓を開けて外を見ながらいった。2人も窓から顔を出して上空を見た。3人には航空機のランプが見え、徐々に高度を下げてきている様子がわかった。

「おい。危ないぞ。ジェット機の着陸は滑走路が短くて無理だ」と伊良部課長がいった。

「故障しての緊急着陸かもしれない。飛行場の誘導灯をつけて」と外間巡査部長がいった。

慌てて伊良部課長は滑走路の誘導灯や空港施設の外灯などのスイッチを入れた。途端に滑走路の中央と両側の誘導灯、空港外周の外灯などが点灯し、夜間の離発着が可能な空港に変わった。航空機の爆音は多良間空港の夜の静寂を破り、今まで静まり返っていた島の空気を激しく振動させた。

多良間空港の滑走路は1500メートル、50人乗りの双発機が宮古空港から飛来して離発着しているが、ジェット機の着陸には短い。3人が見守るなか、そのジェット機は高度を下げ北から滑走路前方に進入し着陸態勢に入った。タイヤがスリップし軋む音とエンジンを絞る音が響き、数回バウンドして滑走路に着陸し南側に停止した。そしてゆっくりと滑走路中央部分に移動して機体は完全に停止した。

「すごい。ジェット機が着陸できるなんて」と伊良部課長は感嘆の声を上げていた。

「タラップが必要なんじゃないか」と加藤はいった。

「ジェット機用のタラップはない」と伊良部課長は加藤にいった。

空港の照明に照らされた航空機は全体が白く塗装され、国籍や航空会社を示す標識もまったくなかった。その航空機は全長37・6メートル、全幅34・1メートル、座席数166席の民間航空機、エアバスA320だった。

「とりあえず助けが必要かもしれないので、飛行機のそばまで行きましょう」と外間巡査部長が2人にいった。3人は管理棟を出て、急ぎ足で停止している航空機まで近づいていった。

3人が機体の30メートルほど前まで近づくのとほぼ同時に、航空機前方のハッチが開きロープが2本垂らされ、そのロープをつたい3名の人間が降下した。そして彼らは加藤たちのそばまでゆっくりと歩いてきた。迷彩服に身を包み、迷彩覆いを付けたヘルメット、防弾ベストに弾倉ケース、拳銃を腰に付け、AK47自動小銃を携行していた。1名は顔を出し、他の2名はフェイスマスク（目出し帽）を着けていた。迷彩服にもヘルメットにもどこにも階級章や部隊章などの識別章を付けていない。加藤には防衛記者会に所属していた経験があり、すぐに彼らは陸上自衛隊員ではないとわかった。

「出迎えありがとう。我々は琉球独立団だ。多良間島を管理下に置く」とフェイスマスクを着けていない男が流暢な標準語で宣言した。

彼の背後では、航空機から垂らしたロープを利用して、次から次へと武装した人間が降下していた。

内閣総理大臣官邸総理大臣執務室（東京都千代田区永田町）

8月31日午後6時、総理大臣執務室において黒部安全保障局長と土井内閣情報官が万城目総理に沖縄県に関する報告を行っていた。

「沖縄県の普天間基地ゲート前において行われている反基地運動は、一部過激派によるゲリラ攻撃で、警官隊とデモ参加者、双方に多数負傷者が発生する事態となりました。過激派は〝琉球独立団〟と名乗り、犯行声明をマスコミ各社に送りつけるとともにインターネットにアップしています。また、彼らは宮古島及び石垣島の自衛隊駐屯地にも攻撃をかけています」と土井内閣情報官が報告した。

さらに「本日午後5時頃に発生した宮古島及び石垣島を中心とする先島諸島の原因不明の通信障害は現在も続いています。すべての通信手段を試しましたが連絡がとれません」と黒部安全保障局長も報告した。

「沖縄県で過激派の行動がエスカレートし多数の負傷者が発生した。また、同時に先島諸島と連絡が取れないとは……」と万城目が驚きながらいった。

「通信障害ですが、琉球独立団のサイバー攻撃の可能性が考えられます」と土井内閣情報官が補足した。

「土井君。琉球独立団とは何者だね」と万城目が聞いた。

「彼らの組織については現在捜査中です。犯行声明文では、第二次世界大戦において沖縄県民に犠牲を強いた日本政府及び戦後から続く基地負担からの解放を唱え、沖縄の独立を目指すグループと自称しています」

「彼らは、沖縄本島の米軍基地警備の警察、宮古島及び石垣島の自衛隊駐屯地への攻撃などの武装闘争を行い、また攻撃にドローンを使用するなどかなり組織化された団体だと考えられます」と黒部安全保障局長が土井内閣情報官の後に続けた。

「沖縄本島はもちろんのこと宮古島警察署及び石垣警察署への増援についても考えなければなりません。沖縄県警の現在の勢力では困難でしょう」と土井内閣情報官が総理の判断を求めた。

万城目は執務室の机から中庭の見える窓際に移動して窓越しに外を眺めた。中庭を埋め尽くす緑が美しく、池には清らかな水が注ぎ込んでいる。この中庭は官邸内の喧噪を離れ、安らぎを与えてくれる空間でもあった。気分を落ちつける必要がある時には、いつもこの中庭を見るようにしている。万城目はゆっくりと振り返った。

「内閣情報官には、沖縄県警への増援など警備態勢に万全を期すよう、警察庁に指示してもらいたい。また安全保障局長には、通信障害について総務省、防衛省と連携してその原因解明と復旧に努力してほしい」と2人に指示した。

万城目には、この夏が例年とは違う暑さになりそうな予感がした。

日本政府国家安全保障局（東京都千代田区永田町）

増本審議官は、局長及び次長、審議官ほか関係参事官が出席する局長ミーティングに参加していた。このミーティングは局内幹部の情報共有のために行われる。

会議室にメンバーが集まるとすぐに黒部局長が話を切り出した。

「先ほど総理から、先島諸島に発生している通信障害について早急に原因を究明すること及び復旧することを指示された」

「現在、総務省を通じて通信事業者に調査を依頼しています。また防衛省と内閣官房サイバーセキュリティ室でサイバー攻撃の可能性についても分析中です」と審議官の上田陸将補が報告した。

「上田審議官。よろしくお願いする」

「それではミーティングを開始します。報告がある部署はお願いします」と向田次長が全員を見まわしていった。

「大連の三木調査官からの定時連絡が途絶えたため調査した結果、10日ほど前に中国国家安全部に逮捕された模様です」と最初に情報収集班長が報告した。

「三木調査官は何を追っていたのか、報告が上がっているのか」と黒部局長が情報収集班長を見て聞いた。

「在北京日本大使館の赤坂一等書記官が帰京報告を私に行いました」と増本審議官がすぐに答えた。黒部局長は怪訝な面持ちで増本審議官のほうに顔を向けた。

「報告が遅れて申し訳ございません。まさか逮捕に至るほど中国側には重要な情報だとは思いませんでした」

「それはいい。追っていた情報内容はなんだね」

「パシフィック・オーシャン号というリベリア船籍の２万９０００トンの自動車運搬船です。船主はマカオの東洋公司、香港からアフリカに中古車を運搬するのに使われていました。現在は中国海上石油公司がチャーターしています」

「その船が、我々の関心を引く船なのかね」

「中国海上石油公司という会社は中国海軍が運営しているダミー会社です。その船を大連の造船所で改修し、軍用車を積載して旅順軍港に回航しています」

「民間船を改修して何をやろうとしているのかわかっているのか」

「そこまではわかっていませんが、大型ヘリコプター用格納庫の増設や自動車搬出入口の拡張など大規模な改修を行っています」

「秘密作戦か」

「例の〝雷撃作戦〟との関係も考慮すべきかと思います」

「中国海軍の潜水艇から発見されたメールにあった計画だな」と黒部局長は考えを巡らせながらいった。

「前回の４大臣会合では、台湾の花蓮基地への攻撃の可能性が議論されたが、まだ断定はできない」

「三木調査官の身柄確認と引き渡し交渉はどうするのか」と向田次長が聞いた。

「在北京日本大使館に、民間人の不当逮捕事案として本人確認と身柄返還の交渉をさせます」と増本審議官が答えた。

「雷撃作戦も重要だが、当面は沖縄県の通信障害が最重要案件である。上田審議官のところで関係省庁と緊密な調整を行ってもらいたい」といって黒部局長がミーティングの終了を告げた。


増本は会議室を退出すると、審議官室に戻り福島を自室に呼び込んだ。増本が審議官室のソファに座るのと同時に福島が入室してきた。

「福島。今日の局長ミーティングの件だが、どうもパシフィック・オーシャン号と雷撃作戦の関係が気になる」

「そうですね。まだ、在日米軍司令部から花蓮基地での工事について情報提供がありません」と福島が答えた。

「点と線を結ぶと中国軍の侵攻を阻害する花蓮基地の電磁パルス（ＥＭＰ）兵器を、台湾進攻前に破壊する。手段はパシフィック・オーシャン号の攻撃部隊」と増本は腕を組んで静かに福島を見ながら同意を求めるようにいった。

「審議官のお考えのとおりだとして、雷撃作戦の開始時期ですが電磁パルス兵器をいつ配備するかですね」

「そのとおりだな。すでに運び込まれていたら雷撃作戦がすぐに行われる。アラビア海に派遣されている米空母群が台湾沖まで戻るのに最短で20日間。その間に台風作戦が開始されて成功すれば、台湾は中国領に編入されるわけだ」と増本が福島の様子を観察しながらいった。

「イランが本当にホルムズ海峡を封鎖するのか。これも重要なイシューですね」と福島がいった。

増本は福島の様子が最近少し変化しているのを感じていた。それまでは、霞が関の独身官僚にありがちな疲労感と不健康さを身体全体で表現していた。さらには持病の不眠症が重なり、通院をすすめるほどの不健康体であった。それがここ最近は、顔色もよく急に元気な様子に変わったのである。知り合いの医学生から新薬の試供品をもらい飲んでいるといっていたが、そんなに急に変わるものだろうか。元気になるのはよいが、増本には何か引っかかるものがあった。

毎朝新聞東京本社（東京都中央区）

毎朝新聞東京本社は皇居が見える東京駅近くの15階建ての新築ビルに入っている。数年前に、それまであった戦前からの古い建物を取り壊して、新たにスマート・ビルとして生まれ変わった。全国紙では朝刊の発行部数約８００万部と最大手の新聞社である。

毎朝新聞政治部デスクの大滝は、記者の第六感から先島諸島の通信障害が何か大きな事件の前兆ではないかと感じた。

「おーい。園田こっちへ来い」

「今、記事書いています」とベテラン記者の園田が答えた。

「どうせベタ記事だろ。ちょっと来いよ」

「わかりました」といいながら、園田は席を立ってデスクの前までやってきた。

「園田。夕方始まった沖縄県先島諸島の通信障害だけどな。変だと思わないか。宮古島から石垣島まで広範囲に通信ができないなんて」

「テレビのニュース速報で流れている沖縄の停電ですね」

「馬鹿。停電じゃない。電話も携帯もネットもつながらない。俺は重大事件の前触れだと思う。おまえ、担当して取材しろ」

「取材ったって、どこですか。沖縄に飛びますか」

「官邸だよ。安全保障局。宮古島と石垣島への航空便は軒並み運航休止中だ」

「わかりました。そういえば、たしか文化部の加藤が夏の特集記事の取材で先島に行っています」

「あの不倫騒ぎで、文化部に行った加藤か」

「そうです。多良間島で標本採集しているとか。連絡取れればスクープ記事ですね」と園田は笑いながらいった。

「のんきなことをいってないで、加藤となんとか連絡取れ。『政治部に戻してやる』といえ」

「本当ですか。了解です」と園田は自分の席に戻っていった。

園田は席に戻ると、官邸担当の記者に電話で現状を聞くとともに、なんとか加藤と連絡が取れないか思案していた。

大滝デスクは旧知の毎朝テレビ放送の政治部デスクの古田に、取材調整のため連絡しようと机上の電話を取った。

毎朝テレビ放送本社（東京都港区）

毎朝テレビ放送は毎朝新聞グループの関連会社であり、娯楽番組やドラマ制作で他社に抜きんでていたが、ニュース部門はやや低迷していた。

毎朝テレビ放送報道局政治部デスクの古田は2時間前から発生している先島諸島の通信障害について、午後9時台のニュースでくわしく流せないか考えていた。

「デスク。毎朝新聞政治部の大滝さんから電話です」と庶務の女性から声がかかった。

「古田さん。先島諸島の通信障害の件で話をしたいんですが」と大滝がいった。

「おお。私も次のニュースで放送できないか考えていたんです」と古田はいった。

「じつは先島にわが社の記者が取材で入ってまして。夏の子どもむけ記事の取材ですが」と大滝は社内秘扱いになる情報を話した。

「先島に入っているんですか」と古田は驚きの声を上げた。

「そうです。加藤という記者です。スクープになりますよ。現在、民間航空機も飛んでいませんから、テレビレポーターも入れません。共同取材と行きましょうよ」と大滝は古田に持ちかけた。

「条件は」

「緊急事態発生時の緊急優先電話の回線を使わせてください。それで現地の記者と連絡を取りたいと考えてます」

「それは総務省から局に割り当てられた1回線しか使えない緊急回線だから……上と相談してみないとなんともいえませんね。確認してのちほど連絡しますよ」と古田は緊張しながら答えて電話を切った。

古田は別室にいる女性記者の沢田由紀子を呼んだ。沢田は毎朝新聞から出向中であり、新聞社との共同取材には打ってつけの役だと古田は考えた。

「デスク、なんのご用でしょうか」と沢田が聞いた。

「先島諸島の通信障害の件、君に担当してもらいたいのだがね。毎朝新聞政治部と共同取材になる。君の会社だから人脈を活かして取材してもらいたい」

「わかりました」

「もうひとつ、じつは毎朝新聞の記者が偶然、先島に入っているそうだ」

「すごいですね。現地レポートができれば最高ですね」

「そのとおり。文化部の加藤記者だ」

「えっ。加藤さんですか」と由紀子は少し躊躇《ちゅうちょ》しながらいった。

それにしても加藤とまた一緒に仕事をすることになるとは思ってもいなかった。驚きながら毎朝新聞と連絡をとるため自分の部屋に戻った。

沖縄県多良間村（多良間島）

加藤と伊良部課長、外間巡査部長の3人は多良間空港の管理棟内の事務所にいた。事務所内には机が3個と椅子、4人用応接セットが置かれ、入り口はカウンターで仕切られていた。カウンターは端の一部が跳ね上げ式であり、ここから出入りできるようになっている。3人は滑走路から武装兵士になかば強制的に連れてこられて応接セットに座っていた。武装集団のリーダーは鈴木と名乗った。

「君たちの名前と職業を教えてほしい。年配のあなたは、その服装から警察官だね」と鈴木が聞いた。

「本官は沖縄県警の多良間駐在所警察官、外間巡査部長」

「私はここの村役場の総務課長の伊良部です」

「私は、毎朝新聞の記者、加藤です」

鈴木と名乗る男はカウンターの外越しから3人に向かい合っていた。

「伊良部課長にお願いしたい。多良間空港及び多良間漁港地域への立ち入りの禁止である。具体的には現在時をもって、県道233号線と中央道の交差点から、同じく県道233号線終点までの西側、多良間漁港及び報恩之碑まで。以上の地域について島民の立ち入りを禁止する」

と鈴木がいった。

「そんな権限は君らにはない。そもそも自動小銃の保持は銃刀法違反だぞ」と外間巡査部長が興奮して右腰付近を触りながらいった。

外間巡査部長はこの日拳銃を所持していなかった。

「外間巡査部長は現状を正しく理解していないようだね。我々は日本から独立するために行動している琉球独立団だ。日本の法律は適用されない」と笑いながらいった。鈴木の隣に立っている武装兵士が外間巡査部長に自動小銃の銃口を向けた。

「伊良部課長には、ここにいる兵士が同行するので、先ほどの立ち入り禁止について村長に説明してもらいたい。我々の指示に従っていただければ島民に危害は加えないことを約束する」

と鈴木はいった。

伊良部課長は事務所内にいた武装兵士2名に付き添われて事務所から出て行った。そして外に止めていたパトカーに乗車して村長のいる多良間小学校グラウンドに向かった。入れ替わりに2名の武装兵士が事務所内に入ってきた。やはり全員がフェイスマスクを着けて顔を隠している。

「さて、外間巡査部長だが、我々の活動の障害にならないように当分の間拘束する」

「……」外間巡査部長は言葉がでなかった。

「加藤記者には、我々の活動を広く世界に知らせてもらいたい。その時が来るまでここにいていただく」と鈴木はいうと、部下に命じて外間巡査部長を外に連れ出した。

鈴木は部下1名を監視役として事務所内に残して外に出た。


航空機からすべての兵士が地上に降りて、航空コンテナ（荷物）を下ろし開梱作業をしていた。数名の兵士が駆け足で事務所前にやってきた。

「張隊長。部隊総員異状ありません。空港は安全確認を終了しました。現在、各小隊は予定の行動に移っています。予備小隊は野外指揮所の開設及び警備装置の準備中です」と杜輝《ドウフイ》少校が特別攻撃隊長の鈴木こと張志強《ジャンジーチン》上校に報告した。

航空機から降りた90名の兵士たちは、空港を確保するチーム、空港南側地域を確保するチーム、管理棟周囲で活動するチームの三個小隊に分かれて、テキパキと行動していた。

空港チームの曹明川《ツアオミンチュアン》少校の第2小隊は、滑走路内の幅40メートル、長さ800メートルの区域に赤外線警戒装置を設置していた。この装置は高さ約2メートル、直径15センチのFRP製の棒状のものであり、三脚を使用し直立して設置すると地上5センチから1メートル60センチまでの幅で赤外線を相手側の警戒装置に送り、その間を横切る物体を感知するセンサーが付いている。第2小隊は、この装置を40メートル間隔で設置していた。

空港南側チームの羅宵《ルオシャオ》少校の第3小隊は、砂浜に幅30メートルの上陸誘導路を確保するためドラム缶などの障害物の撤去作業と誘導灯の設置を行っていた。

予備の杜少校の第1小隊は、管理棟の警戒と指揮所用の野外天幕を展張し通信機、警戒監視装置などの設置を行っていた。

「張隊長。羅少校から誘導準備完了の報告がきました」と杜少校が報告した。杜少校は副長を兼務している。

「杜少校。司令船の王司令員に第一段階完了の報告をしろ。ここからが訓練成果を発揮する正念場だ。着陸が少し遅れた、時間がないぞ」と張上校がいった。

夕闇のなか、多良間空港の沖合0・6マイル(約1キロメートル)の海上に大きなシルエットの貨物船が停船していた。その船の舷側には船名が書かれていた。その船名は〝パシフィック・オーシャン号〟であった。

パシフィック・オーシャン号(東シナ海多良間島沖合)

司令船パシフィック・オーシャン号は、改修により新たにデッキの真下に戦闘指揮所(CIC)が新設されていた。戦闘指揮所とは各種作戦情報システムの端末が配置され、艦艇の戦闘情報中枢として自艦の情報や戦闘指揮、作戦全般の状況が把握できる器材が設置された場所である。

戦闘指揮所内には、作戦状況スクリーン、レーダースクリーン、射撃指揮装置などが設置され、各装置にはオペレーターが位置し、作戦担当士官、情報担当士官、電子戦士官、航海士官、通信士官などが配置されていた。

作戦部隊の司令員である王文力《ワンウエンリー》大校は戦闘指揮所において、特別攻撃隊の多良間空港地区確保の報告を受けた。

「電子戦の状況を報告せよ」と王は電子戦士官に命じた。

「現在1810、本船を中心に半径100キロメートル、高度300キロメートルの電磁ドームを1700に構成。ドームは正常に機能しています。サイバー攻撃については、戦略支援部隊のサイバー戦旅団が予定どおり実施しています」

「計画どおりだ。ただし、いつまでも本船が電磁ドームを構成するわけにはいかない。この船はあくまでも民間貨物船として偽装する必要があるからな」

この時、パシフィック・オーシャン号は舷側及びマストなどの夜間照明を点灯し全灯火状態、マストには黒いボール状の籠を2つ掲揚していた。灯火は停船していることを他船に示し、黒い2つの籠は故障対応中の形象物であり海上衝突予防法で規定されている。外見上、この船は故障して停船している民間船である。

「よし。第二段階に入る。雷撃砲と電子戦装置を多良間島に送り込め」と王は作戦担当士官に命じた。

パシフィック・オーシャン号は自動車運搬船を改修した特設艦である。船首付近の自動車搬

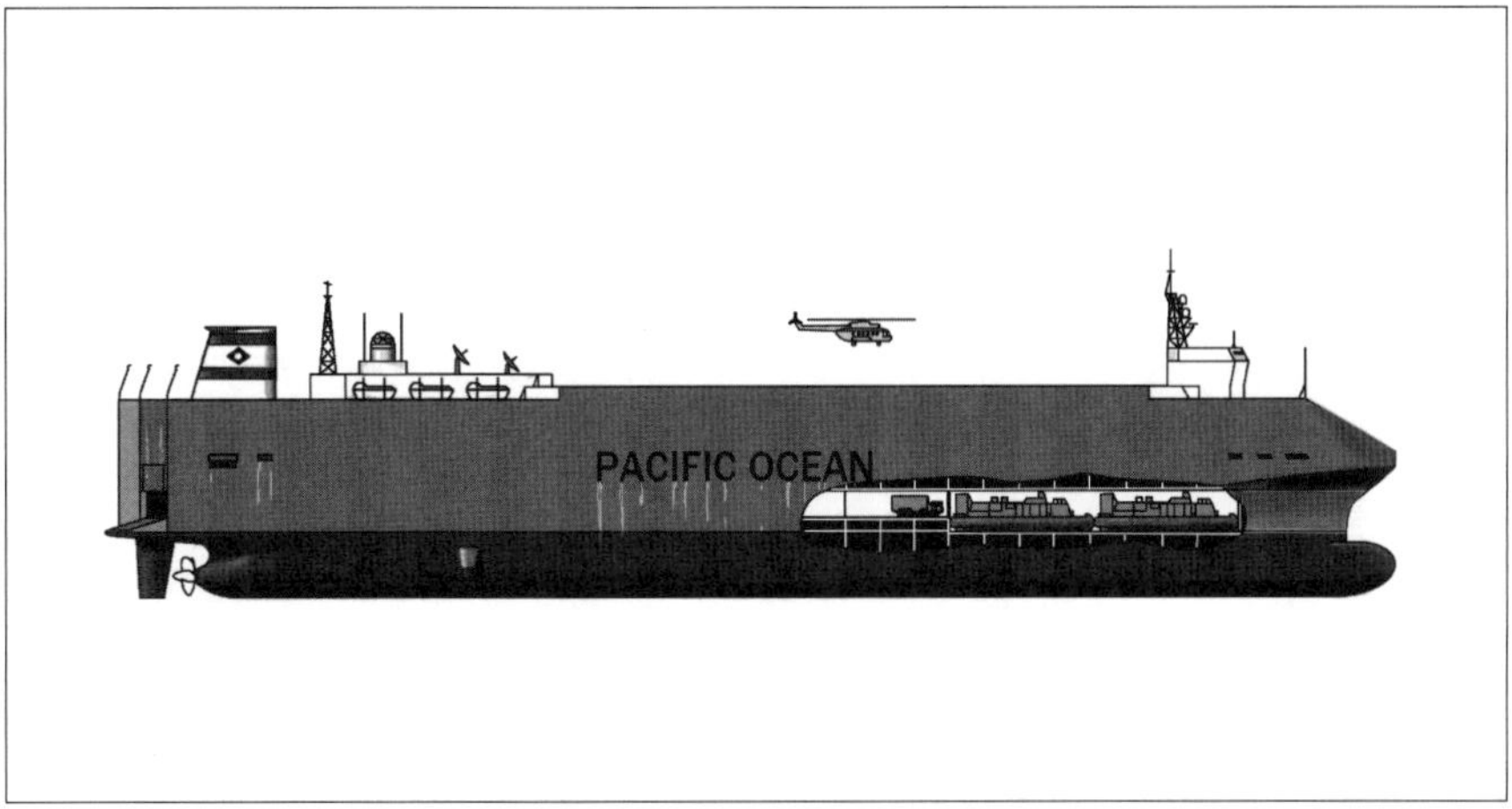

司令船「パシフィック・オーシャン」

排水量　29,000トン（改修前）、ヘリコプター格納庫（Mi17 × 2）、エアクッション揚陸艇× 2、大型多用途電子妨害装置、レーダー妨害装置（半径100キロメートル、高度300キロメートル）を装備。
リベリア船籍の自動車運搬船を改修した特設揚陸船。船首開口部から、エアクッション揚陸艇を用い、部隊装備を揚陸させることができる。また、レールガンの射撃指揮能力を持つ。

出入口を大規模に改造し、海水面と同じ位置に開口部が来るように拡張された。海面と開口部の高さは船内のバラストタンクに注排水して調整する。

王の命令が出されると、すぐに船首部の開口部が開き、726型改エアクッション揚陸艇が現れた。

激しいプロペラの回転音と水面にエアーを噴出する爆音をたてながら2艇のエアクッション揚陸艇が滑り出てきた。搭載されているのは両艇とも大型トラックが4両である。エアクッション揚陸艇はそのまま海上を進み、多良間空港南側の砂浜を目指した。

同時にブリッジ後方甲板のヘリ格納庫からMi17輸送ヘリコプター2機が引き出された。この格納庫も改修時に設置されたものであり、輸送ヘリ2機を収容できる。ヘリは飛行準備が完了すると、小型車をスリングして多良間空港へ発進した。

この作戦の成功要件は、時間との戦いであることを王は準備訓練で痛感していた。

中南海（中華人民共和国北京市西城区）

――雷撃作戦開始一カ月前。

中国は経済成長の減速と国内景気の後退により深刻な不況に陥っていた。米国との貿易戦争の後遺症、発展途上国の安価な労働力による国内生産基盤の流出、技術開発分野における台湾などの追い上げ、新型肺炎による経済活動の低下、香港問題、これらの影響を受けて中国の経済成長は大きく後退した。さらに農村地帯の干ばつ、多発した地震や台風災害のために、穀物などの農産物生産が大打撃を受けた。このままでは、人民の不満が頂点に達して共産党一党支配の基盤が崩壊しかねない。中国の最高指導者にとって国民の不満をよそに向ける必要があった。身内にも虎視眈々《こしたんたん》と主席ポストをうかがう敵がいた。政府の経済政策の失敗を理由に現執行部の失脚を狙う共産党幹部たちである。

中国国家主席李学軍《リシュエジュン》は、台湾の趙国欣《ジャオグオンシ》総統の独立発言、国連加盟や米軍駐留要望などが、すでに中国の許容限度を越えていると判断していた。このまま台湾の行動を放置すれば、必ず政敵の動きが出てくる。また人民の不満を共産党政権に向けてはならない。そこで李学軍は大きな決心をした。

北京市の中心部、故宮西側の地区を中南海と呼ぶ。高さ5メートルほどの壁に囲まれて一般社会から離隔されている。見上げるような大木と芝が張られてよく手入れされた邸内の公園、楼閣や石碑など清朝時代からの遺構の数々。静寂に包まれた中南海は壁の外の喧噪など忘れるほどの別世界である。

ここには中国政府や共産党本部の幹部の居住区などが置かれている。中南海の正門である新華門から入ると南海とよばれる大きな池がある。中南海にある池は北側に中海、南側に南海の2つである。その南海の北側に静谷とよばれる施設があり、それに隣接して2階建てのレンガ造りの建物がある。これが中央軍事委員会中南海事務所であり、この地下に秘密会議室がある。軍事政策の基本や最高軍事機密案件などの審議はここで行われる。

今日の会議には軍事委員会の主席、副主席、委員のメンバー11名のほかに東部戦区司令員が参加していた。

李学軍主席は中央軍事委員会主席も兼ねている。中央軍事委員会は午前10時に開会され、かれこれ3時間が過ぎようとしていた。空軍第15空挺軍団特殊作戦旅団長の王文力《ワンウエンリー》大校は会議室の手前にある委員応接室で待機していた。王はなぜ呼ばれたのか、皆目見当がつかなかった。

王は山東省済南市に生まれた。父親は人民解放軍の中校で退役、祖父もまた軍人であった。軍人一家に生まれた王は空軍士官学校に進んだ。卒業後は、駐仏大使館付き武官補佐官としてパリに赴任した。フランス軍はもとより他国の武官や国際機関に派遣されている諸外国の軍人たちと交流し視野を大きく広げることができた。幾度となく戦争を経験し、現在は繁栄のなかにある西欧の軍人たちの思考過程から、人民の幸福を第一と考え、目先の成否ではなく長期の視点で成果をとらえる必要性をこの勤務間に培った。その後、士官学校教官・部隊勤務を経た後、特殊作戦部隊に配置になった。部下たちの信頼の厚さは、目先のことにとらわれない大きな包容力ある彼の魅力によるところが大きかった。

午後1時、王は会議室に呼び込まれた。委員応接室を出ると赤い厚みのある絨毯が敷かれている広い廊下に出る。左に進むと廊下の突き当たりに両開きの大きな扉があり、その奥が会議室になっている。王は片方の扉を開き会議室に入った。

会議室はかなり広く会議室というより軍の作戦室に近かった。室内には扉を後方にして半円形の高級な会議テーブルが置かれ、中央に主席が、その両側に副主席と他の委員が両翼に広がるように着席していた。バックシートもあり、かなりの数の高級将校が陪席していた。会議室の正面には3面のスクリーンがあり、世界地図とアジア地域、東シナ海の地図が投影されており、その右端に説明員の演台が置かれていた。


王は扉の内側に立っていた警備将校から会議テーブルの左端の空席に案内された。

「王大校。さぞ驚いたことだろう。第一線部隊指揮官が中央軍事委員会によばれたのだから」

と李主席が王を見ながらいった。

「今から重要な軍事作戦について聯合参謀部から説明させる」と李主席が説明員に向いて命じた。

「まず、台湾解放作戦、コードネーム〝台風作戦〟について。敵台湾軍は、陸軍3個軍団10個旅団基幹の総兵力約13万。海軍、戦闘艦20隻。空軍、戦闘機320機をもって防勢作戦を行うことが見積もられます。これに対して、わが軍は、上陸部隊3個集団軍6個機械化師団、18個合成旅団及び3個水陸両用旅団基幹の総計30万。海軍、戦闘艦40隻。空軍、戦闘機1000機をもって攻勢作戦を行います。

X月Y日。

第一段階、大規模サイバー攻撃及び電子攻撃による作戦準備電磁打撃の後、第一次攻撃として巡航ミサイル及び戦域ロケット攻撃を敵の戦略目標に行います。引き続き第二次攻撃として敵機甲部隊に対し気化爆弾等による航空せん滅攻撃を行います。以上が上陸前準備打撃です。

第二段階、これらの戦果のもと、東部戦区第73集団軍の3個水陸両用旅団基幹が第一波として新竹から苗栗にわたる海岸に上陸し、台北市と台中市を分断。第二波上陸の合成旅団及び機械化師団・旅団群をもってさらに南北に進攻させ戦果を拡張させます。

この際、一部の機械化師団を台南市北部海岸に上陸させ、台湾の防衛組織の〝背骨をへし折り〟崩壊させます」と聯合参謀部の作戦部長である何偉《ハーウェイ》少将が作戦方針を一気に説明した。

この間、前面のスクリーンには中国大陸からの戦力移動、台湾海峡を渡り台湾内陸への進撃経路などの作戦図が投影されていた。

「作戦の発動時期ですが、情報によれば、台湾の花蓮市にある空軍基地に米空軍が秘密裏に電磁パルス（ＥＭＰ）兵器を配備しようとしています。この電磁パルス兵器が配備される前に発動する必要があります」と情報部長の景少将が補足した。

「台風作戦を成功させるためには、米海軍戦力を努めて長く作戦戦域以外に牽制抑留すること及び第一列島線以東に阻止することが重要になります。このため、イランと秘密協定を結び、わが国の射程４０００キロの対艦弾道ミサイルＤＦ26を革命防衛隊に供与します。イランによるホルムズ海峡封鎖に伴い、アラビア海に進出した米空母が軍事作戦を実行すれば、イランがＤＦ26を使用して反撃することができます。つまり、イランに対する米空母の脅威がなくなることを意味します。エチオピアにあるわが国の化学プラント施設にＤＦ26を搬入する予定です」と何作戦部長が説明した。

「イランがホルムズ海峡を封鎖し戦闘が始まれば供与したＤＦ26で空母を沈める。封鎖しなくても米空母はアラビア海から離れられない。一石二鳥の牽制抑留策だよ。虎の子のＤＦ26を渡すのだからイランにはがんばってもらわねば」と李主席が笑いながらいった。

「作戦部長。次の作戦を説明してくれ。王大校、ここからが君の出番だ」

「米空母群を第一列島線以東に阻止するための作戦が海上阻止作戦、コードネーム〝雷撃作戦〟です。ご承知のとおり、日本の南西諸島から台湾まで半円弧状の線が北部第一列島線です。この列島線にわが軍の前進陣地を設け、台湾支援の米海軍を列島線以東に阻止します。アラビア海に派遣されていない残留の米艦艇は、サンディエゴ及び横須賀在泊の10隻程度の水上艦艇だと思われます。そのなかでも脅威になる空母はサンディエゴの米海軍基地で整備中です」と何作戦部長が説明する。

王は、説明を聞きながら自分が台湾解放という大きな作戦のなかで、重要な役を任されることに大きな感激を覚えていた。

「具体的な作戦内容について説明します。目標は日本の沖縄県多良間島です。島の西側にある多良間空港は１５００メートルの滑走路が１本と小さなターミナル施設があり双発機が使用しています。この島に対艦弾道ミサイルＤＦ15改を配置して米空母を列島線以東に阻止します。

ＤＦ15改の射程距離が約１０００キロ、米空母の艦載機Ｆ35Ｂの戦闘行動半径が最大約８００キロです。したがって、このミサイルの脅威があるかぎり、米空母は近寄れず航空作戦ができなくなります。ＤＦ15改は迎撃しにくい複雑な軌道を描きますので、艦隊防空のイージス艦では撃墜できないでしょう。また、防御用に電磁砲《レールガン》を配備します」と何作戦部長が続けた。

「王大校には電磁砲という兵器が初耳だと思うが、わが国の科学技術の粋を集めた極超音速兵器だよ。コードネームは〝雷撃砲〟といい、発射薬を使用せず電磁力で弾丸をマッハ15で１６０キロ先まで撃ち出す兵器だ」と装備発展部長の楊上将が王大校を見て、胸を張っていった。

「Ｄｄａｙ（作戦開始日）マイナスＸ日、先島諸島全域にサイバー攻撃を行い、同時に多良間島を中心に半径１００キロ、高度３００キロの電磁ドームを構成します。電子的に先島諸島を完全に孤立させて、この間にＤＦ15改及び電磁砲を多良間島に搬入します。この作戦のため自動車運搬船を改修して各装備を海上輸送します。また上陸誘導部隊として民間航空機により特別攻撃隊を空路で送り込みます。装備の展開場所は多良間空港です」と何作戦部長が作戦の概要を続けて説明した。

「王大校にはこの雷撃作戦の指揮を執ってもらう」と李主席がいった。

「台風作戦を隠蔽するためにも、わが軍の作戦であることがわからないように偽装する必要がある。したがって雷撃作戦はハイブリッド作戦で行う。最後まで、わが国が日本を攻撃したということを隠さなければならない」と政治工作部主任の許暁平《シュシャオピン》上将が補足した。

「ハイブリッド作戦は、破壊工作、サイバー戦、電子戦、情報戦などを組み合わせて秘密裏に行い武力攻撃とは日本に思わせない作戦だよ」と李主席がいった。

「作戦開始前から、沖縄本島の米軍基地及び石垣と宮古島の自衛隊基地に、日本の過激派がテロ活動を行う計画をしている。この過激派組織は〝琉球独立団〟という名称を使用する。わが情報部の特殊工作班が行う予定だ。王大校の部隊もこの琉球独立団の一部ということになる」と許上将がいった。

「多良間島は自衛隊の配備されている宮古島と石垣島の中間にある。わが国が進攻するとは日本政府は夢にも思わないだろう。〝チェックメイト〟だ」と李主席が笑いながらいった。

「台風作戦が開始できるかどうかは、王大校の雷撃作戦の成功にかかっている。細部は統合作戦指揮センターで指示を受けてくれ」と李主席が最後にいって会議は終了した。


中央軍事委員会の秘密会議は終了し、各委員は黒い国産高級車「紅旗」に乗り込み、中南海を後にした。

王は何作戦部長とともに会議室を出て、長い廊下を歩き会議室とは反対側の突き当たりにあるエレベーターを利用した。

「王大校。このエレベーターを初めて見るだろう。地下3階に降りると軍専用地下鉄があり、それに乗ると中南海から北京市街の地下を通り、郊外の人民解放軍基地まで短時間に移動できる」

「北京市の地下に人民解放軍の部隊や対空ミサイルが移動できる地下トンネルがあるのは承知

していました。しかし中南海から移動できる地下鉄があることは知りませんでした」と王は驚きを隠せなかった。

「中南海にお住まいの共産党や政府幹部の〝逃げる〟手段だよ」と笑いながら何偉作戦部長がいった。

２人は地下３階の軍用地下鉄のプラットフォームに着いた。エレベーターから出るとすぐに警備兵２名が立哨しているホーム入り口があり、何作戦部長は身分証明書を警備兵に見せてホームに入った。上下線が停車できるホームであり、すでに作戦部長副官や関係将校たちがいた。しばらくすると銀色のアルミ合金製の地下鉄車両が滑るようにホームに入ってきた。王と何作戦部長たちがその地下鉄に乗り込むと、車両は静かにホームから出ていった。

北京飯店（中華人民共和国北京市東城区東長安）

政治工作部主任の許上将は、中央軍事委員会の秘密会議が終わると、そのまま政治工作部に立ち寄り、所要の指示をした後に公用車で北京飯店に向かった。

北京飯店は北京市中心部の長安街と王府井大街に面して建っている、清朝時代から営業されている数少ない15階建ての高級ホテルのひとつである。その地下に位置する中華礼儀餐庁という中華レストランは、政府機関も使用する高級店である。

許上将は北京飯店の玄関に車を付けるとホテルロビーに入り、右手にある階段を利用して地下1階の中華礼儀餐庁に向かった。中華礼儀餐庁に入るとそこは円卓のテーブルが30卓ほど置かれた広間があり、その広間の奥に一般客用個室とVIP専用個室があった。許上将は給仕に案内されて一番奥のVIP専用個室に入った。

「遅れて申し訳ございません」と許上将が詫びながらいった。

「おお、来たか。待っていたよ」と国務院総理の呂洪文《リュウホンウェン》がいいながら許上将に席に着くように促した。

「先にいただいています」と東部戦区司令員の孫成衛《スウンチェンウェイ》上将が白酒の入ったグラスを見せるようにいった。

「おお四川料理ですか、まだ夕食には少し早いですが。私もいただきます」といいながら許上将が席に着いた。

呂総理の大好物である四川料理は、唐辛子や花椒などの香辛料を効かせる辛い中華料理として知られている。

「どうだ、李主席は台湾に本当に攻め込む気か」と呂総理が許上将の顔を見ながら確認した。

「午前10時からの党中央軍事委員会で決定されました」と許上将が答えた。

「馬鹿な。進攻作戦を開始すれば、必ず米国との戦争になる。そして世界中から非難を浴びて経済制裁を受ける。ただでさえ中国経済は後退しているのに、完全に崩壊してしまう」と呂総理は怒るようにいった。

中国共産党は、李国家主席の統制派と呂国務院総理の護国派に分かれていた。共産党の歴史は内部抗争の歴史でもある。政権は交代しないが派閥争いが時に熾烈な戦いとなり、負ければ粛清される。統制派は共産党至上主義であり、そのために必要とあれば人民の生活や権利を抑圧することも躊躇しないという考え方である。一方、護国派は共産党の緩やかな指導のもとに国民生活の発展を第一に掲げる考え方であった。現執行部は李主席の統制派が実権を握り、政策遂行は統制派の考え方が色濃く反映されていた。今回、李主席を追い落とし、主導権を握る絶好の機会が到来したと呂総理は考えていた。

「呂総理のいわれるとおりです。北戴河会議の際にも長老達から経済の立て直しを柱に国家運営をしてほしいとご意見が出ました」とすかさず許上将が同意の意志を表した。

「上陸作戦を担当する東部戦区としても、上陸部隊の主力である第73集団軍将兵の膨大な犠牲を覚悟しなければなりません。敵の台湾海峡沿いの陣地について聯合参謀部は軽視していますす。幾重にも構成された障害と対機甲火力、内陸に待ちかまえるコンクリート製のトーチカ陣地。これらは上陸前準備打撃ではとうてい破壊できません。待ち受ける近代化され士気旺盛かつ強力な台湾防衛軍。進攻作戦は膨大な犠牲を払いながら長引き、そのうちに米空母群が台湾沖にやってきます。ゲームオーバーです」と孫上将がため息をつきながらいった。

「進攻作戦が失敗してからではわが国の痛手が大きすぎる。作戦開始前に李主席を排除する必要がある」

「台湾進攻作戦のために、日本への事前準備作戦が行われます。ＤＦ15改を配置する作戦ですが、これが失敗すれば台湾進攻作戦は発動されません」と孫上将が雷撃作戦について説明した。

「何か手があるのか」

「日本への作戦は、空軍特殊作戦旅団長の王文力大校を指名してあります。彼は欧州の大使館勤務を経験するなど国際的視野とバランス感覚を持っています。また、作戦部隊には我々の息のかかった人間を潜り込ませています。作戦遂行に〝重大な支障〟が発生すれば王は無理な作戦継続はしないと考えています」と許上将が含み笑いをしながらいった。

「流石《さすが》に許上将は策士、政治将校だな」と呂総理は、なみなみと白酒の注がれたグラスを飲み干した。

「いえ当然のことです」

「建国75年で中華人民共和国を崩壊させる訳にはいかない」と呂総理が最後に強くいった。

統合作戦指揮センター戦時作戦室（中華人民共和国北京市郊外）

統合作戦指揮センター戦時作戦室は、北京市郊外の昌平区昌平南口の人民解放軍基地の地下に設けられていた。この基地には、首都防衛の任務を持つ第16装甲師団が駐屯している。

王は何作戦部長とともに地下鉄を降りて、ホームから続く短い地下通路を通り、エレベーターに乗った。エレベーター内のフロア表示は5階までであり、王達は3階で停止しエレベーターから出た。そこは無機質の白く長い廊下が続いており、30メートルほど進んだところにドアがある。施錠解除器に何作戦部長が身分証明書を当ててドアを開けた。そこは大きな体育館ほどの空間であり、正面には巨大なスクリーンが3面、手前には各機能別の幕僚の執務机や様々なシステムパソコンの端末が置かれて多くの幕僚が慌ただしく動いていた。

「王大校。ここが人民解放軍の作戦中枢だよ」と何作戦部長が初めて入る王にいった。

2人は作戦室に連なる幕僚会議室に入った。楕円形の会議テーブルが置かれており、20名ほどが着席できるスペースがあった。各幕僚の席には情報共有用パソコンの端末が置かれている。何作戦部長は中央に着席し、王も同じように作戦部長の右横にひとつ席を置いて着席した。

「中央軍事委員会の会議で説明したが、雷撃作戦についてここでくわしく説明する」と席に着くとすぐに何作戦部長がいった。その言葉を合図に机上のパソコン画面に作戦図が表示される。同時に数名の幕僚が幕僚会議室に入ってきてそれぞれの席に着いた。そのなかの女性将校ひとりが起立して目配せで何作戦部長の指示を受けた。

「雷撃作戦主任の林中校です。王大校、お久しぶりです。士官学校ではお世話になりました」と女性将校の林鳳華《リンフェンファ》がいった。

「おお。君か。ずいぶん成長したみたいだな」

林の出身は香港であり、英国系の学校を卒業して空軍を志願した。すらりとした体型に、顔は面長で目鼻立ちが整い、その切れ長の目は特に魅力的だった。しかし感情を押し殺した冷たい表情は、どこか恐ろしさを感じさせた。

王は林の士官学校時代の教官であり、訓練指導官として林の訓練・服務面の指導を1年間担当した。当時の空軍士官学校では女性の学生は少人数であり、また林のずば抜けた学科成績は学内でも評判だった。中央集権的な狭い視野の大陸出身者とは違い、人民の立場で自由に考察し広い視野を有する林に学校側の評価は意見の分かれるところだった。王は正当な評価を林に与えるように意見を上げ、最終的にその意見が通った。林は優秀な成績で士官学校を卒業した。

「知り合いだったか。林中校が作戦担当幕僚として補佐することになる。彼女から説明させる」と何作戦部長がいった。

「それでは説明します。

作戦使用兵力は空軍特殊戦大隊1個及びDF15改・電子戦・雷撃の各隊からなる合成大隊1個、それに司令船部隊です。

Dマイナス X日、先島諸島にサイバー攻撃を行い、同時に多良間島を中心に半径100キロ、高度300キロの電磁ドームを構成します。エアバスA320機を改造した輸送機に、空軍特殊戦大隊からなる特別攻撃隊を搭乗させて多良間空港に強行着陸させます。なお同機は着陸制動装置を取りつけてあり、多良間島の1500メートル滑走路でも安全に着陸できます。

その他の部隊は自動車運搬船を改修した司令船に乗せて多良間島沖に前進させます。なお司令船はパシフィック・オーシャン号という船であり、すでに改修を完了し、現在は必要な装備を積載中です」と林作戦主任が説明した。

「特別攻撃隊の指揮官は君のよく知っている張志強上校。日本語が堪能なので打ってつけの役だ」

「特別攻撃隊には、東欧諸国の戦闘服や装備を装着させ部隊章や階級章などいっさいの標識を付けません。あくまでも日本人の琉球独立団としてカモフラージュさせます。同部隊が飛行場と近傍の海岸線を確保した後に、その誘導により司令船からエアクッション揚陸艇を利用し、電子戦装置、雷撃砲及びＤＦ15改を揚陸させます。また司令船搭載輸送ヘリにより特別攻撃隊の使用車両を空輸します」と林作戦主任が説明した。

「この間がハイブリッド作戦の弱点だ。それは、司令船から海空を利用した装備の輸送・展開時間帯だ。このままだと監視している日本の偵察衛星により発見される。司令船はあくまでも無関係、故障で沖合に停船している民間船舶としなければならない」と何作戦部長が強調した。

「日本の偵察衛星に対しては戦略支援部隊がサイバー攻撃をかけ写真撮影機能に障害を発生させます。ただし、日本が予備の偵察衛星を軌道修正し対応した場合、８時間程度で再び撮影可能となります」と林作戦主任が続けた。

「日本の偵察衛星が再び撮影できるようになるまでの8時間、この時間内に電子戦装置、雷撃砲及びＤＦ15改を滑走路に展開して射撃準備を完了しなければならない。作戦開始は8月31日１７００を予定、夜間を活用して装備を揚陸する。この作戦は時間との勝負だ」と何偉作戦部長が力を込めていった。

「かなりの準備訓練が必要ですね」と王が聞いた。

「すでに訓練を開始しています」と林作戦主任がすかさず補足した。

「王大校には今から海南島に飛んでもらう。訓練部隊が待っている」と何作戦部長が王に向いていった。

王は改めて雷撃作戦の重要性を認識するとともに、自分が担っている重責に身体を震わせた。

中国海軍三亜基地（中華人民共和国海南省）

広東省雷州半島の沖合に海南島がある。海南島は、東西約300キロメートル、南北約190キロメートルの大きさがあり九州より少し小さい。この島の南部、南シナ海に面した所に三亜《サンヤー》市があり、ここに中国海軍の南海艦隊三亜基地がある。

王は北京の空軍基地から海南島の空軍基地まで連絡用ジェット機で移動し、同軍基地からヘリに乗り換えた。同行したのは林作戦主任である。

「林中校。ここではどのような訓練を行っているのか」と王は機上で隣のシートに座る林中校に聞いた。

「天涯区の陸戦隊演習場に多良間空港を模した施設を作りました。そこではエアクッション揚陸艇での雷撃砲の搬入・展開訓練を行っています。電子戦装置及びＤＦ15改の揚陸訓練は、すでに終了しております」と林中校が答えた。

「準備に多くの時間が必要なのが雷撃砲か」

「そうです。電子戦装置やＤＦ15改は搬入すればすぐに機能が発揮できますが、雷撃砲は関連器材の展開とシステム同期が必要です」

「なるほど」

「多良間空港に雷撃砲の砲塔部、コンデンサ部、発電機、射撃統制装置、弾薬を搬入して、射撃準備を完了するまでに約7時間。かなり練度を上げていますが、やはり7時間程度が限界かと思います」

２人は海軍三亜基地に到着し、ヘリから小型車に乗り換え、隣接する天涯区の陸戦隊演習場に向かった。

海南島三亜市は熱帯気候に属しており、初夏とはいえ湿度が高く蒸すような空気のなか、生暖かい海風が吹いていた。南シナ海に面した陸戦隊演習場は、上陸から内陸進攻までの訓練ができる約２キロメートルの海岸線を含んだ横４キロメートル、縦7キロメートルの訓練場である。その東側に海岸線５００メートル、縦深50メートルの揚陸訓練施設とその北側に多良間空港を模した１５００メートル滑走路及び空港管理施設が設けられていた。

海岸部では７２６型改エアクッション揚陸艇２艇がプロペラの回転による爆音を上げ、砂塵を巻き上げて、まさに海岸に上陸しようとしていた。

王と林中校は訓練統裁部の建物に入った。ここには訓練支援システムが設置されており、海岸部及び滑走路部の訓練状況がモニター画面を見れば手に取るようにわかる。王と林中校は隣接した会議室に案内された。室内には会議テーブルが置かれ、正面には三面の中規模のスクリーンが設置されている。10名ほどの戦闘服姿の将校と白衣の科学者が着席していた。

ひとりの将校が起立して王に敬礼した。

「王大校。お久しぶりです」と張志強《ジャンジーチン》上校がいった。

「おお、張上校。元気にしていたか」

「はい。王大校が特殊作戦旅団長に着任されるのと同時に、この雷撃作戦特別攻撃隊に配置替えになりました」

「まさに適材適所だな」


張は遼寧省鞍山市出身であり、高校を卒業して空軍空降兵として空挺部隊に入り、厳しい訓練に耐え抜き上校にまで昇任した。張は、新疆ウイグル自治区において武装警察とともにイスラム教徒の取り締まりを行い、その厳しいやり方が国際的に非難された経歴を持っている。

彼の家系は満州で爆殺された奉天軍閥である張作霖の縁戚に連なる。1928年6月4日、中華民国奉天市近郊において、張作霖が乗る列車が爆破され暗殺された。この事件は日本軍(関東軍)の陰謀とされている。後の満州事変の背景のひとつとなる事件であった。張志強は暗殺という卑怯な手段が許せなかった。また、日本軍の中国侵略を教える学校の反日教育と相まって、幼少期から日本に対する憎悪が激しく高まっていた。この作戦の特別攻撃隊長に選ばれたことにより、日本に対して張一族として一矢報いる機会ができて溜飲が下がる思いだった。

「王大校。本日は訓練の完成度のご視察ですが、その前に雷撃砲と電子戦装置について装備発展部の技術官から説明させます。ご着席下さい」と張上校がいった。

王と林中校は会議テーブルの中央にそれぞれ着席した。同時に兵士がよく冷えた中国茶を2人の机上に置いた。王はそれを手に取ると口に運びゆっくりと飲み干した。エアコンの冷気と冷たい中国茶により熱せられた王の身体は急速に冷えた。

「それでは雷撃砲についてご説明します」と装備発展部の技術官がいった。

「よろしく頼む」と王はスクリーンに投影される画像を見ながらいった。

「雷撃砲、いわゆるレールガンとよばれる兵器です。原理は、2本のレール間に挟まれた電機子からなる回路に電流を流すと、レール間に発生する磁場と電機子を流れる電流によりローレンツ力（フレミングの左手の法則）が発生し、電機子とその前部に装着した弾丸が加速されるというものです。発射薬を使用せずに電磁力で弾丸を発射する砲です」と技術官が説明した。

スクリーンにはレールガンの原理を説明するアニメーションが投影されていた。

「システム構成は砲塔部、パルス・コンデンサ部、電源部、射撃統制装置からなります。重さ15キロの極超音速弾を、マッハ15の速度で1分間に6発発射し160キロメートル先まで飛ばせます。目標情報を司令船のレーダーから受け、射撃統制装置で射撃データを砲塔部に電送し、弾丸を発射します。電源には小型核融合炉を使用します」と技術官が続けて説明した。スクリーンには、各構成器材のスライドが投影されていた。

「北京でも一部説明を聞いたが、わが国がここまでレールガンの実用化に成功していたことに改めて驚きを禁じえない。米露日は開発に多額の予算を投入しているが、まだ実験の段階だと聞いている」と王は興奮していった。

「実用化は、レアメタル部品などの開発によりパルス・コンデンサが小型化できたこと、同じく核融合炉の小型化に成功したことによります」と技術官がいった。

「恐ろしい兵器です。160キロ先でもマッハ10以上で目標に命中します。水上レーダーの能力などから対艦射撃は約30キロメートルですが、その破壊力はフリゲート艦なら一発で船体は裂けて沈没です。射程内に艦船は近づけないでしょう。対空射撃の場合は160キロメートルの距離から射撃が可能です」と張上校が補足した。

「司令船の電子戦装置についてご説明します。電波は周波数の分類から、HF・VHF・UHF・L・S・C・X・K派帯に区分され、それぞれの周波数に応じて無線通信、携帯電話、レーダーなどに利用されています。今回の作戦では、すべての周波数帯を妨害し、通信を遮断するため、司令船には大型多用途妨害装置及びレーダー妨害装置を装備します。この司令船の装置により、半径100キロメートル、高度300キロメートルの電磁ドームが構成できます。宮古島から石垣島までの範囲がドーム内に入ることになります。通信遮断はもちろんのことドーム内に入った航空機やミサイルの電子装置が使用不能になります」と技術官がいった。スクリーンには、司令船の内部構造と電子戦装置の配置が示されたスライドが投影されていた。

「次に多良間島に揚陸する電子戦装置についてご説明します。基本的には司令船の装置と同じですが、出力の関係から電磁ドームの範囲が小さくなり半径50キロメートル、高度２００キロメートルになります。装置はＲＢ６３６広帯域妨害装置、ＲＢ５３１多用途妨害装置、Ｒ３３０ＺＨ自動探知妨害装置、ＲＩＬ３携帯電話妨害装置の４両です。揚陸し展開を完了した段階で司令船から地上装置に電磁ドーム構成を切り換えます」と技術官が続けて説明した。スクリーンには、電子戦装置の写真と多良間空港滑走路に各装置が展開された図のスライドが投影されていた。

「ハイブリッド戦遂行のため、わが国の装置は使用できませんので、ロシア軍がウクライナ東部紛争で使用した装置を入手しました」と林中校がすぐに補足した。

「以上で説明を終わります。隣の訓練統裁室に移動をお願いします」と張上校が移動を促した。

王と林中校は張上校の案内で隣室の訓練統裁室に入った。階段状に造られた統裁室の最上段の統裁官用の机に王は着席した。続いて右隣に張上校が、王の後ろに控えるように林中校がパイプ椅子に着席した。

前面のスクリーンには統裁支援システムの画像が投影されていた。

「ご覧のカメラ映像によれば、現在、エアクッション揚陸艇による滑走路地区への電子戦装置の搬入が終了し、雷撃砲の揚陸が始まるところです」と張上校が説明した。３面あるスクリー

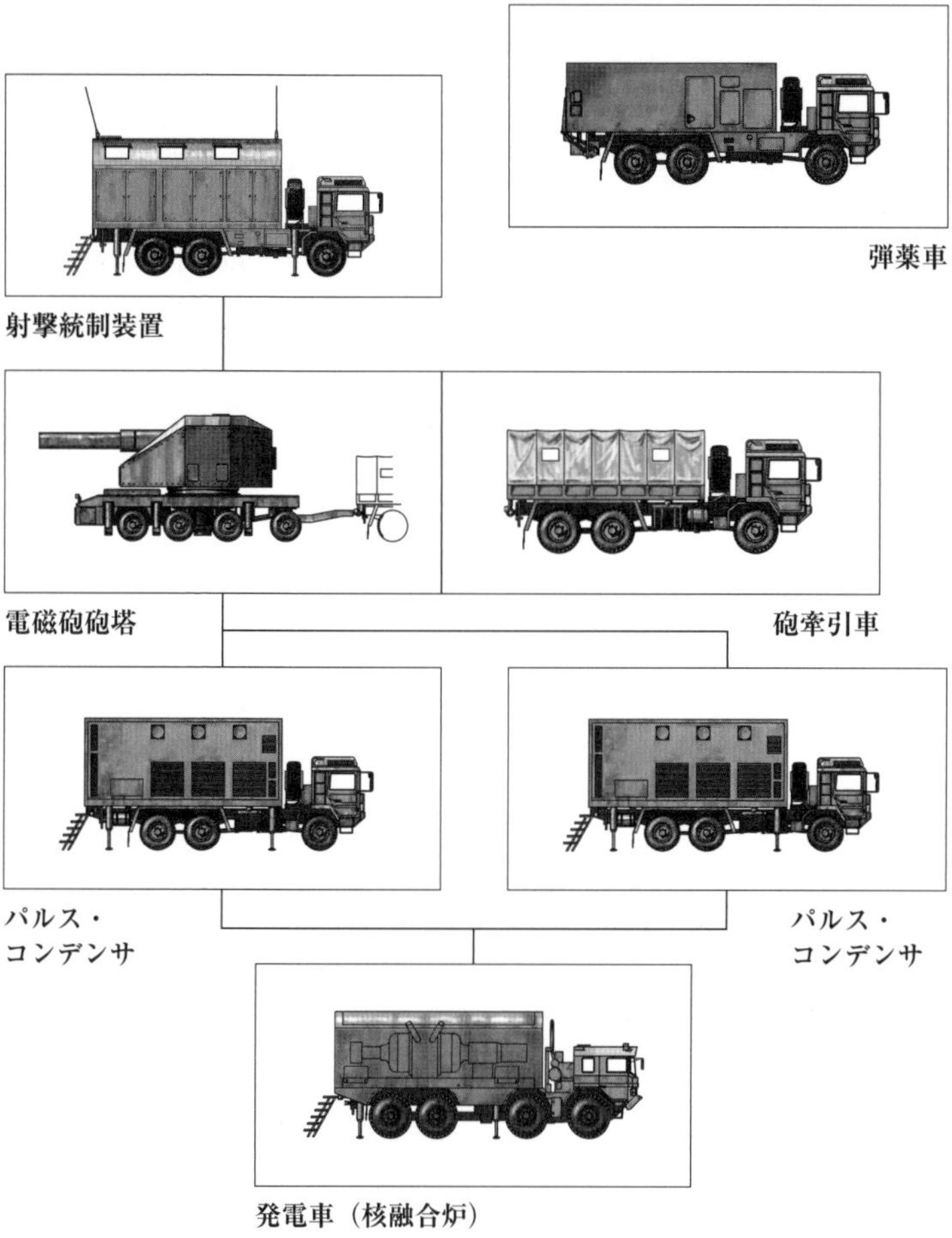

レールガンシステム（24式牽引155㎜電磁砲）

有効射程　160キロメートル（対空）、30キロメートル（対艦）

射撃統制装置、発電用核融合炉、パルスコンデンサ、牽引式の砲などでシステムが構成される。パルス・コンデンサおよび核融合炉の小型化により、実用化が達成された。小型の遠隔操縦装置での発射も可能。

ンの中央には電子戦装置が展開している様子が、左側のスクリーンにはエアクッション揚陸艇の1艇が海上待機をしている画像を、右側のスクリーンには司令船内で雷撃砲の構成装備を積んだ大型車がエアクッション揚陸艇に積載される画像をそれぞれ投影していた。

「作戦開始から1時間で揚陸した電子戦装置の機能が発揮できます。その後、雷撃砲の揚陸を開始し、次いでＤＦ15改10両を揚陸し、最後に雷撃砲弾薬を運びます」

「1時間プラス7時間。日本の偵察衛星の軌道修正の時間と同じ。ギリギリだな」と王が張を見ながら確認した。

「そうです。ＤＦ15改の揚陸が完了し雷撃砲弾薬の搬入が終われば、エアクッション揚陸艇を司令船内に搭載します。この段階になれば宇宙からは司令船はただの民間船舶です」と張上校が笑いながら答えた。

「特別攻撃隊は、イラン革命防衛隊から入手したピックアップ・トラックの改造型を使用します。これは司令船から輸送ヘリ2機で空輸します」と林中校がいった。

「戦力ですが、多良間島に先行する特別攻撃隊は、私以下空軍特殊部隊の3個小隊90名です。司令船から上陸する合成大隊は、電子戦隊、雷撃隊、ＤＦ15改隊の58名です。合計１４８名が多良間島で行動します。なお司令船には攻撃隊の予備隊50名を待機させます」と張上校が補足した。

　前面のスクリーンには手際よく雷撃砲の設置をしている特殊戦部隊の兵士と技師が映っていた。また大型車に積載された小型核融合炉が、エアクッション揚陸艇から滑走路に進入してい

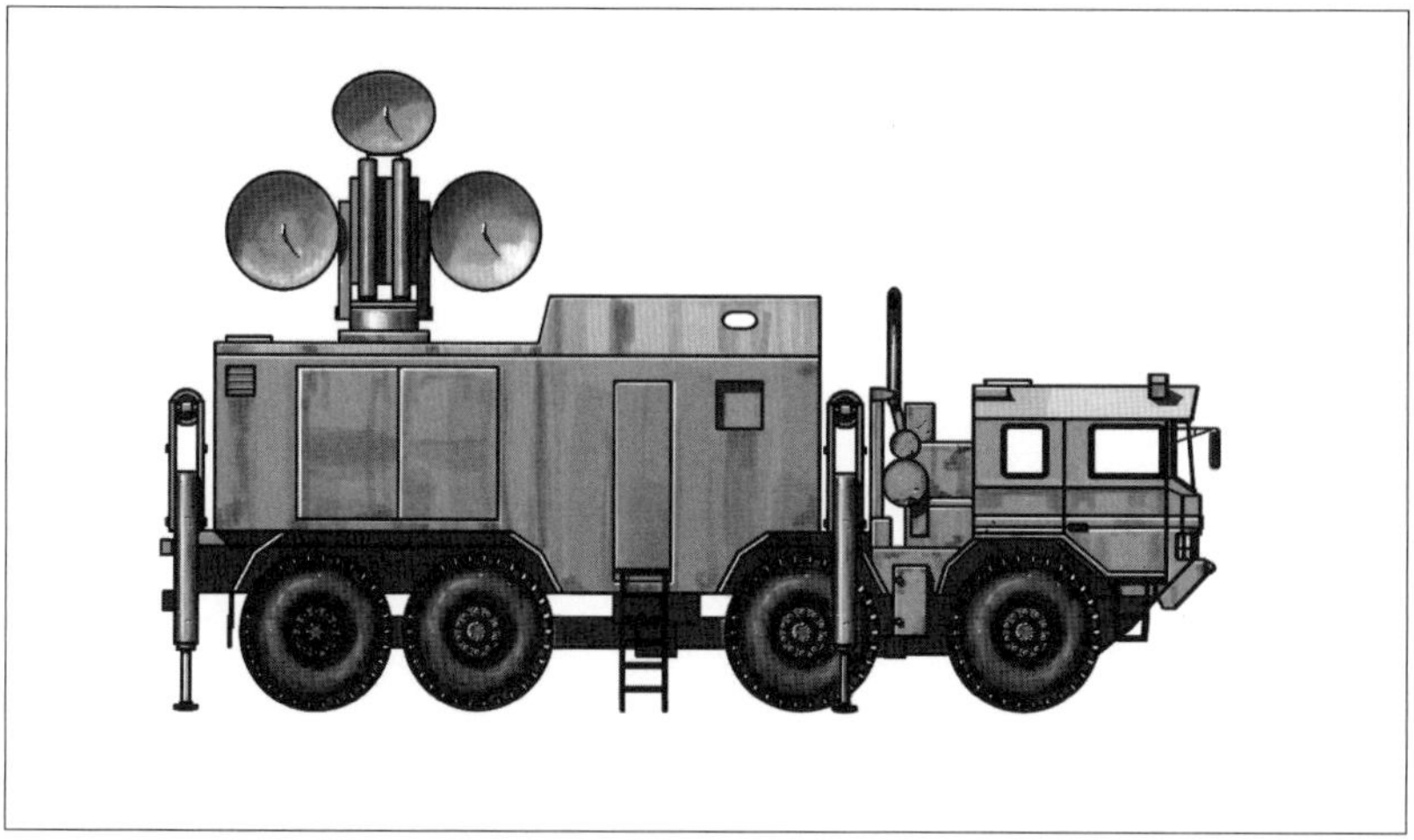

電子戦兵器

RB636 広帯域妨害装置、RB531 多用途妨害装置、R330ZH 自動探知妨害装置、RIL3 携帯電話妨害装置の 4 両の車両からなる、ロシア軍の電子戦兵器。ウクライナ東部紛争では、ロシア軍がこれらを運用。ウクライナ軍部隊の指揮系統を機能不全に陥らせたうえ、部隊配置の暴露、同士討ちの誘発など、大きな戦果を挙げた。

る様子も確認できた。

「特別攻撃隊は、改造民航機で海南島海軍基地を飛び立ち、司令船の電磁ドーム構成下に多良間空港に強行着陸し、装備揚陸の誘導準備に入ります」と張上校がいった。

「王大校。今から旅順軍港に移動していただきます。司令船パシフィック・オーシャン号が待っています」と林中校がいった。

「次にお会いするのは多良間島で」と張上校が王を見て敬礼した。

「雷撃作戦の成功を」と王がいった。

海南島は、例年にない台風の被害と日照り続きで米やトウモロコシなど農作物への被害が極めて深刻な状況になっていた。台風や異常気象による大雨や干ばつなど農作物の凶作は海南島だけではなく中国全土に及んでいた。

宇宙航空研究開発機構銚子宇宙通信所（千葉県銚子市潮見町）

日本の偵察衛星は現在10機、情報収集衛星が８機とデータ中継衛星が２機である。情報収集衛星は、レーダー衛星と光学衛星の２種類であり、レーダー衛星は合成開口レーダーにより画像を取得し、光学衛星は望遠デジタルカメラで画像を撮影する。この情報収集衛星を光学衛星１機とレーダー衛星１機をペアにして４組で運用している。この衛星組を使い、必要な場所を最低限1日1回は撮影できるように2組（基幹衛星）を地球低軌道に乗せ、その衛星で発見した目標を詳細に監視するため、他の2組（時間軸多様化衛星）を異なる軌道で運用している。

千葉県銚子市潮見町に千葉科学大学がある。その西側地域に、隣接して宇宙航空研究開発機構（JAXA）の銚子宇宙通信所が官学連携施設として設けられている。宇宙通信所は、東側が太平洋に面した小高い丘に設けられており、敷地内には熱帯植物が植えられて南国のリゾート観光地のような美しい景観を呈していた。

ここでは打ち上げられた衛星の追跡と管制を行っている。日本の偵察衛星は東京都新宿区市谷にある内閣衛星情報センターが運用しているが、衛星の打ち上げや軌道修正などは宇宙航空研究開発機構が行っていた。銚子宇宙通信所敷地内には、直径20メートル、13メートル、11メートル、10メートルのパラボラアンテナのほか追跡管制施設、電力施設などが配置されている。

作戦開始の数週間前、大手宅配会社の車両に乗った配達員が、銚子宇宙通信所の正門警備室に入門カードを提示して通過した。配達員は、正門から100メートルほどの所にある宇宙通信所追跡管制施設の受付に宅配荷物を預けた。

この時、配達員が持っていた携帯電話内のマルウエアが微弱電波を利用して、追跡管制施設の警備システムに侵入した。マルウエアは次に追跡管制室の扉にある警備システム・パネルから管制室の追跡管制装置のコンピュータに侵入した。定時になると管制員が偵察衛星のデータ中継衛星に軌道確認コマンドを地上から送信する。マルウエアは、軌道確認コマンドの電波に乗りデータ中継衛星に侵入し、データ中継衛星から偵察衛星のコンピュータに侵入した。

衛星への侵入を果たしたマルウエアは時が来るのを静かに待った。

内閣衛星情報センター（東京都新宿区市谷）

防衛省の北側に内閣衛星情報センターが所在している。これといって特徴のない外見であり、存在を知らない通行人は記憶にも残らない建物である。

ここでは日本の偵察衛星の運用や画像情報の収集・分析が行われ、必要とする政府機関に提供されている。

現在、衛星情報センターは混乱のなかにあった。国家安全保障局から先島諸島の最新画像の提供を求められ、偵察衛星で画像を撮影しようとしたところ、画像データが突然送信されなくなったからだ。

それは8月31日午後5時頃からの先島諸島の通信障害に、偵察衛星を使用して確認する作業を行った際に発生した。先島諸島上空に衛星を軌道回帰し、2機の基幹衛星に画像撮影指令を送信したところ、撮影機能に原因不明の障害が発生した。このため衛星情報センターでは宇宙航空研究開発機構追跡管制センターと共同し、基幹衛星の機能回復に努めるとともに、時間軸多様化衛星の軌道を修正して撮影を行う準備を全力で行っていた。

「画像データ取得には8時間程度かかる。国家安全保障局に連絡してくれ」と主任技術官が連絡担当官に指示した。

軌道上の偵察衛星では、コンピュータに潜んでいたマルウエアが目を覚ましていた。

統合幕僚監部（東京都新宿区市谷）

8月31日午後7時過ぎ、統幕長室には陸海空の幕僚長、情報本部長及び統合幕僚監部運用部長が集まっていた。

「どうも気になる。通信障害の発生した先島諸島の偵察を考えたが、夜間であり、かつ地上の状況確認となると航空機が使えない。このため偵察衛星から画像を撮影しようとしたら、今度は衛星に障害が発生した」と田崎統幕長が困惑した様子を見せた。

「基幹衛星の機能回復と時間軸多様化衛星での撮影の準備を行っていますが、着手から8時間は要するとのことです。2時間経過していますから残り6時間としても、撮影は深夜になります」と山中情報本部長が補足した。

「国家安全保障会議4大臣会合では、雷撃作戦が台湾の花蓮基地に行われる可能性が高いとの認識になった。諸君の意見を聞かせてもらいたい」

「宮古・石垣の駐屯地に対するテロ攻撃や今夕から先島諸島で発生した通信及び偵察衛星の障害を考えますと、一概に台湾とはいえません」と隼田陸幕長が最初に発言した。

「陸幕長の意見と同じです。先島諸島への限定侵攻の可能性は否定できません」と仲西海幕長が続けた。

「花蓮基地だと電磁パルス兵器の破壊が作戦目的です。先島諸島に侵攻する目的が何かあるのでしょうか」と黒田空幕長が不審げにいった。

「中国軍の台湾侵攻において最大の脅威となるのは米海軍の空母です。この空母を第一列島線以東に阻止する必要があります。このため先島に航空基地を作ることは十分に考えられます」と山中情報本部長が説明した。

「通信障害の範囲内だと宮古島の下地島空港か。３０００メートル級の滑走路が使える」と黒田空幕長が思案げにいった。

「しかし宮古島には陸上自衛隊が配備されている」と隼田陸幕長が考え込みながらいった。

「陸上自衛隊に対して、事前攻撃を行う可能性もあります」と吉田運用部長が発言した。

「そうなれば日本と本格的な戦争になるということだ」と仲西海幕長が吐き捨てるようにいった。

それ以上発言する者もなく、統幕長室には重苦しい空気が流れていた。

「最悪の場合を考えて手を打とうと思う」

「それでは統合幕僚長指示を伝達します。陸上自衛隊には、島しょ部への作戦を予想して特殊作戦群及び水陸機動団の出動準備をお願いします。海上自衛隊及び航空自衛隊には陸上自衛隊への支援準備をそれぞれお願いします。あくまでも幕内処置です」と吉田運用部長が伝達した。

「陸幕長。訓練名目で両部隊を待機させてほしい。空振りになるかもしれないが頼む」

「了解しました。急いで準備させます」

「空母型に改修したばかりの護衛艦『いずも』と輸送艦『くにさき』を陸自支援に使いましょう。念のために佐世保の第2護衛隊群には出動準備をさせます」と仲西海幕長が幕僚長に続いていった。

「F35Bを『いずも』に搭載します。新田原基地の第5航空団と那覇基地の第9航空団には作戦準備をさせます」と黒田空幕長も処置について続けた。

「偵察衛星の画像撮影が成功し分析結果ができたら連絡する。解散してくれ」といって田崎統幕長が会合の終了を宣した。

特殊作戦群第2中隊（輸送艦『おおすみ』豊後水道）

海上自衛隊掃海隊群第一輸送隊の輸送艦『おおすみ』は、母港の広島県呉市を目指して豊後水道佐伯沖を北上していた。特殊作戦群第2中隊は輸送艦とともに、オーストラリアで行われた水路潜入・攻撃・離脱の日米豪特殊作戦訓練を終了して帰国する途中だった。

「特戦群2中隊長。共同指揮所までおいでください」と当直海曹が第2中隊長の塩見三郎三等陸佐を、第二甲板の陸上自衛隊員用居住区画まで呼びにきた。この艦の第二・第三甲板には陸上自衛隊員を330名まで乗せることができる居住区が設けられている。

塩見は呼ばれた理由もわからず、艦内の広い会議室に仮設された共同指揮所にやってきた。

「塩見三佐です」と塩見はいいながら共同指揮所に入って艦長に敬礼した。

「陸上総隊司令部から命令が来ています。本艦から大分県別府市の別府駐屯地に移動し、別命あるまで待機しろとのことです」と艦長の佐藤一等海佐が申しわけなさげに塩見に伝達した。

「了解しました」と返答はしたが、塩見には事前の調整もない別府駐屯地待機が、抜き打ち訓練なのか視察受けなのかまったくわからなかった。

「20分後にＭＣＨ-１０１輸送ヘリがピックアップに来ます。それまでに準備してください」と佐藤艦長がいった。


陸上自衛隊特殊作戦群は、本部及び本部管理中隊と4個特殊作戦中隊から編成され定員約400名を有する日本で唯一の特殊作戦部隊である。特殊作戦中隊は水路潜入及び空路潜入、市街地作戦等の高度な作戦技術を有する。隊員になるためには、空挺及びレンジャー特技を保有し、特殊作戦課程を修了することが条件である。


塩見は第二甲板居住区に戻り中隊の隊員を集めた。帰国のため輸送艦に乗艦しているのは、塩見以下の中隊本部3名と第1小隊長以下11名の合計14名の隊員だった。今回のオーストラリアでの訓練には、他に2個小隊が参加していたが民航機ですでに帰国していた。

「小隊長。新任務だ。別府駐屯地に移動し別命あるまで待機する」と塩見は小隊長の大杉一等陸尉に説明した。特殊作戦中隊は、一般の部隊と違い小隊長には二・三等陸尉ではなく一等陸尉が就き、その他の隊員もすべて陸曹以上で編成されている。

「別府駐屯地に移動し別命あるまで待機。了解しました」と大杉一陸尉が復唱した。

「訓練で使用した装備はすべて携行する」と中隊付上級曹長の松浦准尉が補足した。

「上級曹長。休暇なしですか。先に帰国した組と交代させてくださいよ」と河津一曹が気の抜けた冗談交じりの調子で声を上げ、つられて全員が笑い声を上げた。

「よーし。お前ら遊びじゃない仕事だ。笑っていないですぐに準備にかかれ」と小隊陸曹の柳下曹長が気合を入れて指示した。

「15分でヘリが迎えに来る」と塩見が最後にいった。

指示が終わると特戦群の隊員たちは、各自、荷物をまとめ移動の準備にかかった。

「中隊長。何かありましたか。帰国途中の我々を足止めにするとは」と大杉一陸尉が塩見に聞いた。

「わからん。ただ宮古・石垣島の部隊へのテロ事件、先島諸島での通信障害の件が関連しているかもしれない。沖縄の基地反対活動もたいへんらしい」

穏やかな宵闇の豊後水道を北に進路を取る輸送艦の前方に、輸送ヘリ4機の赤い点滅灯が見え、その飛行音が徐々に大きく聞こえ始めた。

日出生台演習場（大分県由布市）

日出生台演習場は西日本最大の演習場であり、大分県由布市など2市2町にまたがっている。演習場では、水陸機動団偵察中隊が東部地区の堀原から砲台山付近で2個斥候班の夜間斥候訓練を行っていた。この中隊は特殊作戦群と合同でオーストラリアでの特殊作戦訓練に参加した後、ひと足早く帰国し日出生台演習場に入っていた。

水陸機動団は陸上総隊の直轄部隊であり、団本部以下主力は長崎県佐世保市の相浦駐屯地に所在している。団は3個水陸機動連隊を基幹とする約3000名の編成であり、島しょ部への侵攻があった場合に上陸・奪回・確保するための水陸両用作戦能力を保有している。偵察中隊は、団主力の上陸に先立ち、隠密に上陸し偵察活動を行い、主力の上陸を誘導する部隊である。

中隊本部の天幕のなかで訓練状況を確認していた中隊長の浅野三等陸佐は、腰のポーチに入っている官給品の携帯電話が振動するのに気がついた。

「偵察中隊長です」といって浅野は携帯電話に出た。

「団長の青木だ。訓練中に申しわけないが君らに仕事ができた」と水陸機動団長の青木陸将補が電話口でいった。

「どのような任務でしょうか」

「今から訓練を中止して、部隊は別府駐屯地に移動して待機してもらいたい。別命あるまで待機だ」

「訓練参加中の勢力は中隊の半数ですが、よろしいでしょうか」

「それでいい」

「了解しました。現在時は２１２０、部隊は演習場内に展開しています。状況を中止し別府駐屯地に入るのは明日の０５００頃になります」

「わかった。よろしく頼む」といって団長は電話を切った。

「運用訓練幹部。すみやかに訓練を中止し、部隊は1号廠舎地区に集合する。各班に指示してくれ」といいながら、浅野は団長の指示に困惑しながら撤収準備にかかった。

沖縄県多良間村（多良間島）

加藤は空港事務所に軟禁状態になっていた。彼は武装集団の人間を、あえていえば〝兵士〟と呼ぶことにした。伊良部課長は武装集団の兵士と村長のところに行ったきりである。外間巡査部長はどこかに連れていかれて、今は加藤ただひとりである。事務所内には監視のため1名の兵士が銃を保持して立っていた。

「おい君たちはどこから来た」と加藤が監視の兵士に聞いた。

「……」

「日本語がわからないのか」

加藤が質問しても兵士は無言のままである。フェイスマスクを着けているので表情もわからず様子がうかがえない。事務所の窓には彼らによってブラインドが下ろされており、滑走路上の動きはわからない。しかしながら、大きなエンジン音やヘリの爆音に似た音が続いており、大がかりな動きをしている。彼らは琉球独立団と名乗ったが、加藤にはかなりの力がある組織だと認識できた。

滑走路上にはエアクッション揚陸艇により、電子戦装置4両が展開を完了していた。

「杜少校。こちらの電子戦装置は準備完了した。船上から地上への電子戦装置切り換えを司令船に連絡しろ。くそ、予想以上に手間取って2時間ほど遅れた」と張上校が命じた。

「了解しました」と杜少校はいいながら肩に担いだ携帯無線機で司令船を呼び出した。

「司令船。こちら特別攻撃隊、電子装置展開完了」と杜少校が報告した。

「こちら司令船。5分後に切り換える」と司令船の通信士官が応答した。

司令船の戦闘指揮所では司令員の王が2時間遅れの揚陸に、揚陸指揮官の魏立群《ウェイリーチュン》海軍中校を詰問していた。

「申しわけありません。エアクッション揚陸艇1号の空気圧縮ケーシング部品に、不具合があり交換に時間がかかりました」と汗を拭きながら魏中校が報告した。

「出航前に点検しなかったのか」

「点検と公試は終了しています。航海の間に発生したものと思われます」

「他の装備の揚陸を急がせろ。時間を短縮しろ」

隣で王と揚陸指揮官のやり取りを林中校が聞いていた。

「王司令員。わが情報部の工作員が東京で活動中です。その報告によれば、日本政府は電撃作戦が多良間島に行われることにまったく気づいていません。雷撃砲の準備が2時間ほど遅れても大勢に影響ありません」と林中校がいった。

「2時間遅れだぞ」と王がいった。

「揚陸工程の遅れはDF15改10両を半数の5両にすれば取り戻せます」と林中校が自信をもっていった。

「半数にして大丈夫なのか」

「米海軍が台湾沖に派遣できる空母はせいぜい3隻程度です」と林中校がいった。

「半数で米空母に対抗できるのか」

「1発は脅しでいずれかの段階で発射していただきます。その1発だけで空母は近づけません。戦闘用に4発あれば十分です。台湾進攻作戦開始後、必要になった段階で司令船の残り5両を揚陸すればこと足ります」と林中校がいった。

「魏中校、装備の揚陸状況を報告しろ」

「完了したのは、特別攻撃隊の車両12両、電子戦装置4両、雷撃砲電源部1両の合計17両です。残りは雷撃砲砲塔部1両、パルス・コンデンサ部2両、射撃統制装置1両、雷撃砲弾薬車5両、

ＤＦ15改10両の合計19両です。ただしＤＦ15改を減らせば14両になり時間内に揚陸可能です」

と魏中校が報告した。

「よし、ＤＦ15改は5両とする。雷撃砲の揚陸を急がせろ」と王は作戦担当士官に命じた。

魏中校は、エアクッション揚陸艇の空気圧縮ケーシング部品に、人為的な傷があった事実について王には黙っていた。司令船内に破壊工作を行う反動分子が存在することを想像できなかったからである。


張上校は、滑走路西側の駐車場に設営された天幕の指揮所内で特別攻撃隊の指揮を執っていた。天幕内では多くの隊員が無線機やシステム端末を慌ただしく操作している。張上校は電子戦装置の船上から地上への切り換えが完了するのを確認して、次の段階への移行について考えた。雷撃作戦はあくまでも日本人の実施している反政府活動を装わなければならない。日本政府に武力攻撃事態の認定をさせてはならない。

「杜少校。日本人新聞記者の名前は加藤といったな」と張上校が杜少校に聞いた。

「そうです。毎朝新聞の記者です」

「琉球独立団の要求を当初はＳＮＳのみで行う予定だったが、日本のマスコミも利用することにしよう」

「加藤を使うのですね」

「そうだ。都合よく記者がいてくれたからな。ＳＮＳも予定どおりに行え」

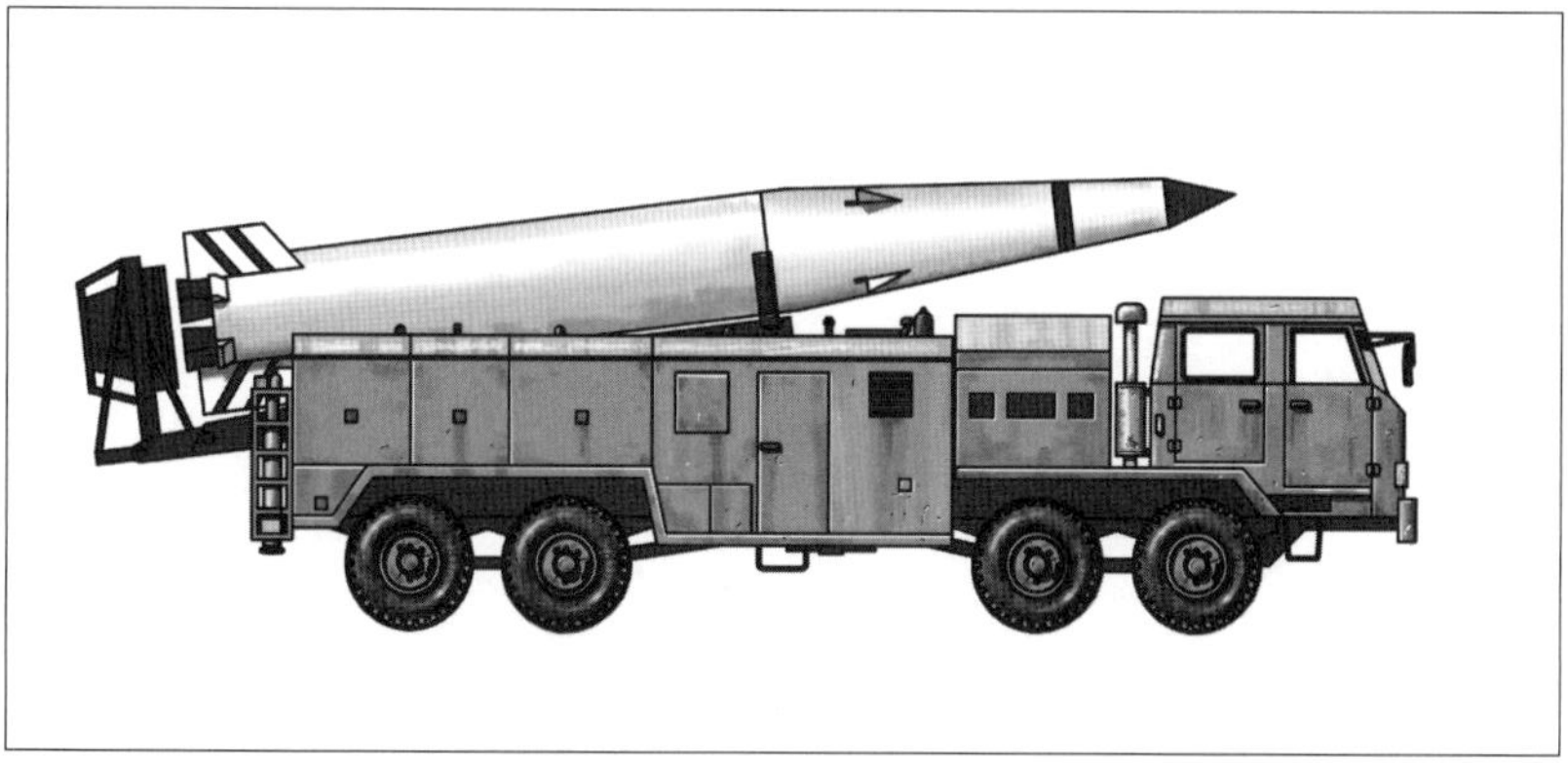

対艦弾道ミサイル（DF15改）

全長　9.1メートル、射程　600キロメートル
中国軍の短距離弾道ミサイルDF15の改良型。艦艇などの迎撃システムの死角になる低空での目標侵入が可能である。

「了解しました」

張上校は指揮所を出ると空港事務所に向かって歩き出した。周囲ではエアクッション揚陸艇が装備揚陸のため滑走路と司令船の間を慌ただしくピストン輸送していた。空輸による車両の輸送は終了しており、輸送ヘリは司令船の格納庫にすでに収容されていた。


急に事務所のドアが開き、鈴木が部屋に入って来た。

「加藤記者。特ダネを差し上げよう。君の携帯電話番号を教えてくれ」と鈴木がいった。

加藤はいわれるがまま自分のスマホの番号を鈴木に教えた。

「しばらく待ちたまえ」と鈴木はいって、無線機で加藤の携帯電話の番号を部下に連絡し、携帯電話妨害装置の解除を指示した。急に加藤の腰に付けている携帯ポーチ内のスマホが振動しメールの着信を知らせた。手に取ると、着信メールは驚いたことに沢田由紀子からだった。

連絡を取らなくなって、どのくらいの時間が経ったのか思い出せなかった。加藤は、ジブチから帰国して事が発覚し、処分され文化部に左遷させられた。由紀子も処分はされたが毎朝テレビに出向した。テレビ局への出向は左遷ではないと加藤は思った。女に甘い体質、それが新聞社の実態である。あれ以来、自分と妻百合子の関係は気まずくなり、妻は娘の真奈美と実家に帰ってしまった。今、心の傷を癒すつもりで多良間島に取材に来て事件に巻き込まれている。そこに由紀子からのメールであった。このタイミングである。文面には「連絡してください」とあった。

「ではいいかね」と鈴木が加藤の携帯電話の振動を確認していった。

「特ダネとはなんですか」

「我々の要求を広く日本国民に知らせてもらいたい」

「会社に連絡をしてもよいということですか」

「そうだ。ただし私の指示のとおりに行ってもらう。君には特ダネ、我々には主張を発表できるメリットがある。ギブアンドテイクで行こう」

「あなたたちの組織についてくわしく教えてください。多良間島に来て、島を占拠したことしか私にはわからない」

「わが琉球独立団は、日本から独立し新たに琉球国を建国しようとする団体だ。そのためには武装闘争も辞さない。現在、仲間が沖縄本島及び先島諸島で活動している。我々の同志はアジア地域に広範囲に存在し、今回の行動を物心両面で支援してくれている。先島諸島に電磁妨害をかけたのは我々だ」と訛りのないきれいな標準語で鈴木はいった。加藤には、鈴木と名乗るリーダーが沖縄の人間なのか、はたして本当に日本人なのか見当がつかなかった。

「それでは携帯電話で連絡を入れます」といいながら、加藤は手に持っていたスマホをスピーカー機能にして、少し躊躇したが毎朝テレビの由紀子に連絡を入れた。鈴木はそれを黙って見ていた。

「もしもし、毎朝の加藤です。連絡くれたみたいだけど」と加藤が聞いた。

「由紀子です。お久しぶりといいたいとこだけど。この電話は緊急優先回線を使用したからつながったみたいね。少し相談したいのだけどいい？」と由紀子が急に連絡が取れたことに驚きながらいった。

「やはり仕事の話なのか」

「……そうよ、私が担当で毎朝新聞と共同で先島諸島の通信障害関連の取材をすることになったの。現地に入っている記者はあなただけなので取材レポートを頼みたいと思って連絡してみたけど。私を助けると思ってお願いできないかしら」加藤は由紀子の着信が仕事の話だとわかると少し安心したが、ずうずうしく自分に協力してくれと連絡を入れられる彼女の無神経さに複雑な気持ちを覚えた。

「ちょうどいいよ。今、電磁妨害により通信障害を発生させたと主張する琉球独立団のリーダーが目の前にいる」と加藤は幾分気分を害しつつも答える。

「本当なの。たいへんな話よ」

「ああ本当だ。彼らの主張をマスコミで発表するようにいっている」

「午後9時からのニュース枠を取るわ。携帯電話のスカイプで現地レポートをお願いできるかしら」と由紀子はいった。

「ちょっと待ってくれ」と加藤はいいながら、鈴木の方を向いて確認した。鈴木はそれまでの会話を聞いていたが、黙って頷き同意の意思を示した。

「リーダーが了解したよ。今、午後8時50分だからまだ時間がある。放送時間になったら、スタジオからかけ直してくれ」

「わかったわ。また後でかけ直します」といって由紀子は電話を切った。

外では司令船と滑走路地区を往復するエアクッション揚陸艇の起こす爆音、車両が移動するエンジンと走行音が断続的に続いていた。

「君らは外で何をしているのだ」と加藤は鈴木に聞いた。

「そのうちにわかる。今、いえることは日本政府に琉球独立団の主張を認めろということだけだ。できなければさらなる武装闘争を沖縄県で開始する」と鈴木は強い調子でいった。

加藤は緊張感から無意識にスマホを強く握りしめていた。

「加藤君、念のためにいっておくが携帯電話は部屋のなかだけしか使用できないので」と鈴木は不敵な笑いを浮かべながら最後にいった。

加藤の心のなかには、重大事件に巻き込まれたと思う反面、特ダネを摑んで起死回生の機会が到来したと思う記者魂とが両方あった。そして、自分の記者人生としての岐路に、また由紀子が絡んできたことに複雑な思いをはせていた。

毎朝テレビ放送本社（東京都港区）

報道局政治部デスクの古田は、由紀子が加藤と連絡が取れてスカイプでレポートを送れることと、琉球独立団なる組織が電磁妨害をかけたと主張していることを聞き、午後9時のニュースで重大ニュース扱いにし、現地レポートを組むことを決めた。

第102スタジオには、ニュース担当の男性アナウンサーと女性アシスタント・アナウンサーが放送の準備を行っていた。そして同じスタジオ内には政治部記者として由紀子がスタンバイしていた。主調整室（マスター・コントロール・ルーム）にはニュース担当プロデューサーに加えて古田も入っていた。番組のオープニングが終わり、ニュース放送が開始された。

男性アナウンサーが、本日午後5時頃に沖縄県先島諸島に通信障害が発生し、固定電話・携帯電話・インターネット回線などすべてが不通になったこと、午後8時過ぎに携帯電話回線の一部が通じたこと、原因は多良間島にいる琉球独立団と名乗る組織が、自分たちの行った通信妨害だと主張していることなどを淡々と説明した。説明が終わると、女性アシスタント・アナウンサーから解説担当として政治部記者の由紀子が紹介された。

「それでは現地の多良間島に毎朝新聞の加藤記者がいます。加藤さん」と女性アナウンサーが加藤を呼び出した。

「こちら多良間島の加藤です。午後5時頃に、琉球独立団と名乗る武装集団が多良間空港に着陸し、同島を占拠しました。また彼らは電磁妨害により通信障害を発生させたといっています」

と加藤はスマホのスカイプ機能を使用して通話した。

「琉球独立団とはどのような組織でしょうか」

「琉球独立団は、日本から沖縄県を独立させ新たに琉球国を建国しようとしている組織です。そのためには武装闘争も辞さないといっています。また、彼らの仲間が沖縄本島及び先島諸島で活動している。同志はアジア地域に広範囲に存在し、この行動を物心両面で支援していると主張しています」と加藤はできるだけ簡潔にレポートをした。

加藤はスマホのカメラを自分に向けていたが、向きを変えて室内で会話を聞いている鈴木と監視兵を映した。加藤の送った画像には、戦闘服に自動小銃を携行したフェイスマスクの武装兵が映されており、その迫力は日本に重大な事件が発生した事実を全国民に突きつけていた。最後に男性アナウンサーが加藤に翌朝の現地レポートを頼んで中継が終わった。

由紀子は、加藤の現地レポートを引き継ぐかたちで、琉球独立団のそれまでの沖縄県での米軍基地及び石垣・宮古の自衛隊駐屯地への反基地テロ活動について説明を行った。この団体の全貌は謎であるがよく組織化されており、一般には手に入らない銃器などを使用しテロ活動を起こすなど暴力性も重大である。これまでの警察の対応は後手を踏んでいることなどを強調した。

番組が終わり、次の中継は翌朝7時のニュースに決まった。由紀子は、スタジオを出ると廊下で加藤に電話した。先島諸島への一般電話回線はまだ完全に復旧しておらず、ほとんど使えない状態であった。唯一、局の緊急優先電話回線が使用可能なので公私混同だがそれを使用した。しばらく呼び出し音が鳴り、通話が可能になった。

「もしもし。加藤さん」

「はい。加藤です」

「先ほどはありがとう。おかげで助かったわ。特ダネやスクープどころではないわ。政府も知らない現状をあなたが伝えたの。毎朝新聞政治部の園田記者から連絡があり、大滝デスクが加藤さんを政治部に戻すそうよ」と由紀子は加藤に吉報だと思い伝えた。
「複雑だね。帰京、いや〝無事に帰宅できたら〟考えるよ。ここには監視の〝方々〟がいるからまた連絡する」と加藤は横で会話を聞いている鈴木を見ながら答えた。

由紀子は加藤との出来事についてアフリカの思い出として割り切っていた。彼女は本来、ドライな性格であり上昇志向が強くプライベートより仕事、特にマスコミの仕事が大好きだった。テレビ局への出向も次のステップに重要な通過点だと、内心は事件のおかげだと喜んでいる。しかし相手の加藤にはいまだに大きな傷として残っていることが感じられた。そしてその傷は由紀子との関係ではなく加藤と家族の関係であることも。

日本政府国家安全保障局（東京都千代田区永田町）

毎朝テレビのニュースは日本政府に衝撃を与えた。先島諸島での通信障害により現地の情報がまったくといっていいほどない状況での記者の現地レポートだった。琉球独立団という武装組織が先島諸島の通信障害を起こし、日本からの独立とそのための武装闘争を行うと主張している。そして映像には彼らの姿がハッキリと映し出されていた。国家安全保障局は対応に忙殺されていた。

午後10時過ぎに、黒部局長は自室に次長及び審議官、さらに内閣情報官、事態対処・危機管理担当の内閣官房審議官を呼集して情勢分析会同が行われていた。

「現状でわかっている情報を整理してくれ」と黒部局長が増本審議官を見た。

「現在の通信障害の状況です。午後8時頃から先島諸島の通信障害は、一部を除き回復しています。不通の地域は多良間島と石垣島北部地区です。ただし多良間島の毎朝新聞の記者とはなぜか緊急優先電話がつながります。次に通信障害の原因ですが、総務省及び防衛省の調査ではやはり電磁妨害とサイバー攻撃だという結論です。さきほど午後9時の毎朝テレビのニュースによれば琉球独立団を名乗る組織が自分たちの仕業だと主張しています」と増本はこれまでの情報をまとめて説明した。

「それでは琉球独立団について報告します。彼らは本年に入り活動が確認され始めた極左系の破壊活動グループです。4月からは、主に沖縄県で反基地運動に連携した米軍基地や自衛隊駐屯地へのテロ行為を開始し、現在警察が捜査中ですが全貌はわかっていません。先ほどのニュースによれば多良間島のグループはかなりの重武装をしていると思われます」と内閣情報調査室の参事官が報告した。

「基幹偵察衛星を使用して先島諸島の画像撮影を試みましたが、すべての衛星の撮影機能に障害が発生し、現在は時間軸多様化衛星を使用しての撮影準備を行っています。午後11時30分頃には撮影が可能になります」と増本がいった。

「偵察衛星の障害の原因は」と向田次長が聞いた。

「内閣衛星情報センターによれば、サイバー攻撃の可能性が高いとのことです」と増本が答えた。

「状況はわかった。なぜ多良間島を選んだのかだ」と黒部局長が疑問を呈した。

「沖縄本島には警察力、ましてや自衛隊と米軍がいるから避けたのでしょう。多良間島を選んだ理由というか、彼らがなぜ目標にしたのかはわかりませんが。宮古島と石垣島には自衛隊が配置されています。配備のない離島を狙ったのではないでしょうか」と向田次長が自分の考えを述べた。

「電磁妨害をかけるために離島で、かつ自衛隊も配備されてない島を狙ったということか」と黒部局長が向田次長のほうを向いた。

「今はそこまでしかいえないでしょう」

「かなりの武装をしているグループへの早急な対策が必要だと思うが、事態対処・危機管理のほうの考えはどうかね」と黒部局長が確認した。

「現在、官邸対策室を立ち上げて、危機管理監も警察庁や海上保安庁・防衛省と情報交換をされていますが、まだ警察力の対応の範疇ではないかといわれています」と事態対処・危機管理担当の二階堂審議官が答えた。

「沖縄県警の特殊急襲部隊（SAT）及び国境離島警備隊を自衛隊機と海上保安庁の巡視船を利用して多良間島に派遣できるように警察庁が調整しました」とすかさず内閣情報調査室参事

官が補足した。

「地域が限定されているとはいえ、電磁妨害や武装闘争を公言している組織が相手だぞ。警察力で大丈夫か。日本中があのニュースで衝撃を受けている」と黒部局長が不安げにいった。

「政府対策本部の設置については検討しています。しかしながら一島のことであり、大規模な騒擾《そうじょう》状態でもありません。したがって自衛隊の治安出動までの事態ではないと思います。SATもかなりのレベルです」と二階堂審議官が慌てて答えた。

「総理には私と危機管理監で報告したい。二階堂君よろしく頼む」と黒部局長がいって、会同は終了した。


「増本君、少しいいかね」と黒部局長が増本を呼び止め、他の者が退出するのを待って切り出した。

「何か変だと思わないか。急に沖縄独立を標榜する武装グループが出てきたかと思えば電磁妨害や偵察衛星へのサイバー攻撃だぞ。危機管理監は状況がわかってないのではないか」と黒部局長が不満を隠さずに増本にいった。

「私も気になっていました。局長も雷撃作戦を考えているのですね」

「そのとおりだ。万が一にも多良間島の事件が雷撃作戦と関連があるとしたら警察力では対応できないぞ」

「田崎統幕長に万が一を考えてお電話されてはいかがでしょうか」

「そうだな。ところで多良間島の加藤とかいった記者と我々も連絡できないか調整してもらいたい」

「わかりました。毎朝新聞のデスクに話してみます」


増本は局長室を出て自室に行き机上電話の受話器を取り、毎朝新聞政治部デスクの大滝に連絡を入れた。

「もしもし大滝さんですか。安全保障局の増本です」

「大滝です。お久しぶりですね。増本審議官直々に……ニュースの件ですね」と大滝は少し笑いながらいった。

「そうです。お宅の記者の現地レポートで官邸もたいへんな状態ですよ。とにかく事態収拾のために努力中です。そこで現地の加藤記者と我々が直に話せるようお願いしたいのですが」増本は慇懃に頼んだ。

「やってはみますが、この件は毎朝テレビと共同取材です。あちらとも話さないといけなくてね。こちらへは何かいただけるのでしょうね」と大滝デスクが交換条件を求めていった。

「まあしかたがないでしょう。事が進んだ段階で独占取材を許可します」

「ほう。乗り込む時ですかね」

「まだいえませんが。時が来たら必ず連絡しますから」

「わかりました。私は、増本さんが防衛省の班長時代からの長い付き合いですから信じますよ。

調整してこちらから連絡します」といって大滝は電話を切った。

増本が電話を切ると同時に、開けっ放しの審議官室に秘書が入ってきた。

「審議官。急な訪問ですが、警視庁外事二課の高橋さんという方が来ています」と申しわけなさそうにいった。通常、部外者（この場合、安全保障局以外）が内閣審議官に面会するには、事前に秘書に日時・目的・訪問者を告げて調整しなければならない。急に訪問があっても時間が取れないことも多く、ましてや用件によれば次級の参事官が対応する場合もある。時間も午後11時を過ぎている。


「お忙しいところ、また深夜に急にお邪魔して申し訳ありません。急ぎの案件でして。警視庁公安部外事二課長の高橋といいます」と高橋課長は名刺を差し出した。増本は入口に立つ秘書にドアを閉めるように指示した。

「警視庁の外事二課長が深夜に訪問とは……」と身構えて増本は聞いた。警視庁外事二課長といえば捜査の第一線である。警察庁からの来訪者なら行政的な用件と判断できるが、現場の警視庁となると、増本も困惑した。

「ご用件はなんでしょう」と再び聞いた。

「じつは、増本審議官の部下、福島兼次参事官の件で来ました」

「総括・調整班長の福島ですか。彼が何か」といいながら応接セットのソファーに座るようにすすめた。

「お話しづらいことですが、福島参事官に国家公務員法第百条の違反容疑がかけられています」と高橋課長はソファーに座ると単刀直入に切り出した。

「国家公務員法違反ですか。何をしたのでしょうか」

「中国大使館の一等書記官徐文秀《シュウウェンシュウ》に国家機密を漏洩した守秘義務違反です。我々が内偵していた東洋拓殖大学・杉田京子を通じて安全保障局の情報を提供していたと思われます」と高橋二課長は増本の目を見ながら淡々と説明した。高橋課長の説明を聞いて増本は絶句した。この重要な時期に政府の危機対処の舵取りを担う国家安全保障局でスパイ事件とは、政権を揺るがす大スキャンダルとなる。

「土井内閣情報官には報告されていますか。情報統括の責任者は情報官ですから」と増本が確認した。

「はい。福島参事官が捜査線上に上がった段階で入れてあります」と高橋がいった。

「そこでご相談ですが。我々も時期の重大さは認識しています。警視庁としては、中国の諜報組織を壊滅するため、協力者もすべて挙げたいと考えています」と高橋課長が増本の困惑する様子をうかがいながら話をした。

「具体的にはどうすればよいのでしょうか」と増本が聞いた。

「しばらく泳がせます。ただしこれ以上の国家機密の漏洩を防止するために、福島参事官にはラインを離れていただけないかと、土井内閣情報官もそのようにいわれています」

「総括・調整班長から外すということですね」

「そうです。ただし本人には絶対に悟られないようにしていただきます」

「局長には報告してもよろしいでしょうか」

「いえ。審議官のみでお願いします。あとは土井内閣情報官が仕切られると思います」

「わかりました」

「それではこれで。くれぐれも内密にお願いします」といいながら高橋課長はソファーから立ち上がりドアに向かって歩いて行った。

高橋課長が帰った後、増本は事件が政権へ及ぼす重大な影響を考え動揺し、しばらく自室にこもっていた。落ちつくと、福島の処置について考えを巡らせた。福島は緊急事態を処理しなければならない局員であり、かつ不定期異動で出身の外務省に帰す理由が見当たらない。かといってこのまま中国の台湾進攻問題や雷撃作戦の担当はさせられない。それにしても土井内閣情報官はなぜ自分に話さずに黙っていたのかと考えていた。その時、増本の机上電話が鳴った。

「はい。増本です」

「土井だけどいいかね」と電話の向こうから冷徹な喋り口の土井内閣情報官の声が聞こえた。

「はい。大丈夫です」

「先ほど警視庁の高橋がそちらに行ったと思うが」と土井内閣情報官が聞いた。

「はい。来ました。用件は情報官もご存じだとのことです」と少し皮肉めいた口調で増本は答えた。

「この緊急時に官邸スキャンダルは絶対に避けなければならない。そこで、〝君の部下の〟福島参事官を沖縄に連絡員として派遣してはどうかね。沖縄県には内閣官房沖縄危機管理官が配置されている。そこに安全保障局連絡員として彼を勤務させる。沖縄県警庁舎内に部屋を設けるから監視は万全だよ。君も安心だろう」と土井内閣情報官がすべてお見通しといわんばかりの話し振りでいった。

「そうですね。事案対処の観点からも派遣理由が立ちます。ところで、なぜ今まで内密にしておられたのですか」

「福島君以外も少し調べていたのでね」

「私も調べていたのですか……」

「まあ。とにかく、すぐに処置して明日の午前中には沖縄県警に行かせてもらいたい。沖縄危機管理官には私から連絡しておく」といって土井内閣情報官は電話を切った。

増本は自分が疑われ、調べられたことに対して憤りを感じるとともに、そのことを平然と話す土井内閣情報官に立腹した。

増本は心外な思いを抱きつつ、秘書に福島を部屋に呼ぶように指示し、班長代理は田所一陸佐を充てることにした。間もなく日が変わり9月に入ろうとしていた。

統合幕僚監部（東京都新宿区市谷）

8月31日午後11時、田崎統幕長に情報本部から報告が入った。時間軸多様化衛星による先島諸島の画像撮影が午後11時30分には可能との情報である。その画像も処理の時間から、午前1時すぎにならなければ内閣衛星情報センターから届けられない。田崎統幕長は、情報本部に撮影された衛星画像を分析させ、先島諸島の状況を確認した後、9月1日午前9時に各幕僚長を集合させることにした。

「統幕長。安全保障局長からお電話です」と副官が告げた。

「夜分に申し訳ありません。統幕長にお願いがあり電話しました」

「どのような内容でしょうか」

「多良間島を占拠した琉球独立団の件ですが、私にはただの武装グループとは思えない。雷撃作戦の可能性もあるのではないかと。明日以降、沖縄県警が現地に派遣されますが、万が一に備えて自衛隊にも相応の準備をお願いできないかと連絡しました」

「そうですか。局長も気になりましたか。実は我々も最悪の場合に備えて先行して準備をしています。具体的には特殊作戦群と水陸機動団の一部を先島諸島に派遣できるように指示しました」と田崎統幕長は各幕僚長への指示内容を説明した。

「そうでしたか。少し安心しました。官邸の危機管理のほうは、警察力で十分だといっていますが後手に回らないようにしたい。その時になりましたらお願いします」といって黒部局長は電話を切った。

田崎統幕長は運用部長を自室に呼ぶように副官に指示した。しばらくして吉田運用部長が統合幕僚長室に入ってきた。

「運用部長。現在の部隊の状況はどのようになっているかね」と田崎統幕長が部隊現況を確認した。

「現在、特殊作戦群第2中隊が別府駐屯地に集結完了。水陸機動団偵察中隊及び火力誘導中隊も明日9月1日には集結予定です。第1水陸機動連隊にも出動準備指示を出してあります」と吉田運用部長が答えた。

「これは実戦であり、最悪の場合には部隊に戦死者が出る。経験豊富な指揮官が必要だが、我々には実戦経験がない。誰か作戦部隊の指揮官として適任者はいるかね」と田崎統幕長が吉田運用部長に聞いた。

「適任者がひとりいます」と吉田運用部長が笑みを浮かべながら答えた。

山中湖（山梨県山中湖村）

ジブチから帰国した木村英夫は休暇で山中湖のキャンプ場にいた。独身である木村は休みが取れれば、そのたびにキャンプに出向き、俗世間から隔離された環境のなかで心と身体を休めていた。

木村は、エチオピアから陸上自衛隊の即急即応部隊（QRF）に救出された後、CIAのロバートをジブチのフランス病院（ジブチ市内における総合病院）に送り届けた。その後、大使館に戻り、エチオピア国内で中国がイラン革命防衛隊に対艦弾道ミサイルＤＦ26を15基供与していることなどの調査報告書を写真付きで作成し、帰国した。その写真は、画像データをＳＤカードに保存し、スマホから抜いて靴のインソール下に隠していたものである。木村の報告書は極めて重要な情報として、日本政府から米国政府にも伝達された。その情報から米国防総省はイランのホルムズ海峡封鎖宣言の背景に、供与されたＤＦ26による米空母攻撃能力の保有があったと判断した。

８月末の山中湖は秋の風が吹き始め日中は涼しく、夜になると少し肌寒い季節だ。夏休みも終わりの時期でありキャンプ場は混んではいなかった。しかし木村は、一般のキャンプ場にではなく、自然林にテントを張り、ひとりで完全なアウトドア・ライフを楽しんでいた。国道から200メートルほど入った山中湖北側の湖畔にテントを張り、夜空に輝く星の下で好きなバーボンを味わっていた。その時、国道方向の林縁から２つの懐中電灯の灯りが近づいてきた。木村は一瞬、緊張して身構えたが、すぐにここはアフリカではなく日本だと思い頭を切りかえた。近づいて来た男たちは背広姿だった。

「木村さんですね」と男が聞いた。

「そうですが。皆さんは」と木村は男に聞き返した。

「山梨県警本部の者です。ご同行をお願いします」と男は警察手帳をペンシル型のライトで照らしながら名乗った。

「同行しろといわれてもキャンプの途中だし、荷物もある。それになぜ同行しなければならないのですか」と木村は少し困惑しながら聞いた。

「我々はあなたを北富士駐屯地にお連れしろと指示されているだけです。理由は駐屯地で聞いてください。荷物はのちほど片付けさせます」と警官はいった。

木村は2人に同行して国道まで進み、道路上に停車していた黒のセダンに乗ると3キロほど北にある陸上自衛隊北富士駐屯地を目指して出発した。


北富士駐屯地は、山梨県唯一の陸上自衛隊の駐屯地であり、第1師団第1特科隊や富士教導団部隊訓練評価隊などが駐屯している。

北富士駐屯地に入るとグラウンドにUH1多用途ヘリコプターがエンジンを止めずに駐機していた。木村の乗るセダンはグラウンドの入り口で停まった。車から降りると待っていた戦闘服姿の隊員が木村にヘリに搭乗する様に促した。いわれるがまま木村はヘリに乗り込み、機内通話用のヘッドセットを付けた。ドアが閉まると直ぐに、ヘリはローターの回転数を高めながら夜空に向かって離陸した。

「木村二佐。機長です。これから航空自衛隊入間基地まで飛行し、そこでU-4多用途支援機に乗り換えていただき大分空港に空輸します。大分空港では陸自のヘリが待機していますので再び乗り換えて別府駐屯地に向かいます。そこで指示を受けて下さい」と機長が説明した。木村は、理由を知りたいと思ったが、機長にはわからないだろうと考え黙って聞いていた。夜間のフライトでは夜間操縦用の個人用暗視眼鏡JAVN-V6(ナイトビジョン・ゴーグル)をパイロットが装着して操縦する。ヘリの夜間飛行は、極めて練度の高い操縦技術が必要とされる。

ヘリは入間基地に到着し、木村は待機していた空自の多用途支援機に乗り換えて大分空港に向かった。このU－4多用途支援機は21名乗り双発ジェット機であり要人輸送などに使用されている。大分空港に到着し、そこから陸上自衛隊西部方面航空隊のヘリに乗り換えて、別府駐屯地に到着したのは9月1日午前5時過ぎだった。

木村は統合幕僚監部運用部特殊作戦室長及び水陸両用作戦室長の出迎えを受けた。木村には自分が呼ばれた理由がはっきりとはわからなかったが、極めて重要な作戦への参加であることは確信できた。

沖縄県多良間村（多良間島）

8月31日午後11時30分、特別攻撃隊長の張上校は杜少校を伴い多良間空港の滑走路上に搬入した装備及び警備施設を確認していた。揚陸を完了している装備は、すでに司令船から任務を引き継いだ電子戦装置4両と雷撃砲装置4両、DF15改5両である。残りは雷撃砲弾薬車5両のみとなっていた。

「杜少校。揚陸は何時に完了する予定だ」と張上校が確認した。

「最後の弾薬車両を乗せた揚陸艇2隻が司令船を発進し間もなく滑走路に到着します。午前0

時50分には揚陸艇を司令船内に格納できると思います」と杜少校は答えた。

「ギリギリの時間だな」と張は夜空を見上げながらいった。

南北に長い滑走路には、北側にDF15改5両が赤外線吸収偽装網で覆われて展開し、滑走路の中央部分には電子戦装置が十字のかたちに配置され妨害電波を出していた。滑走路の南側には雷撃砲の砲塔部、その西側に射撃統制装置、砲塔部の南側に小型核融合炉の発電装置とパルス・コンデンサが配置されていた。全周警備のため、これら全装備を取り囲むように、赤外線警戒装置を設置した。

張上校は、雷撃砲の準備状況を確認するために射撃統制装置の位置に向かっていた。そして歩きながら今回の作戦全体を振り返り手抜かりがないか考えていた。これまでのところ抜かりはない。

雷撃砲射撃統制装置は大型車両のシェルター内にあった。張上校はシェルター後部のステップを上り、ドアを開けてなかに入った。室内には発電状況やパルス・コンデンサ状況の標示装置、射角・方向付与装置、射撃諸元算定装置が並び、技術者4名が各システムとの同期（データなどが正しく伝送されるかの調整）作業を行っていた。

「技師長、準備はどうだ」と張上校は雷撃砲の責任者に聞いた。

「張同志。異常ありません。各地上システムの同期を終わり、司令船の目標情報伝送装置との同期作業を行っています。核融合炉《ジチャンジン》も安定しており必要電力を供給可能です。弾薬については残り5車両の揚陸中です」と紀長明技師長が報告した。

「よろしい」

「雷撃砲の実戦は初めてですが、海南島での射撃試験では30キロ先の標的フリゲート艦を一発で引き裂き沈めました。弾丸速度5100メートル毎秒で命中すれば破壊力は驚異的です。任せてください」と紀技師長が自信を持って説明した。

「しっかりやってくれ、この作戦の要が雷撃砲だからな」


張上校は空港管理事務所の北側にある指揮所に戻った。指揮所に入ると待っていた各小隊長が部隊の現況を報告した。

「第2小隊は滑走路外周警備線に哨所4カ所を設け歩哨を配置しました。なお各哨所間は車両により巡回警備を行います」と曹少校が報告した。

「第3小隊は2個班により島内の巡回警備、1個班を多良間村役場に派遣して住民対策を行っています」と羅少校が報告した。

「よろしい」と張上校がいった。

「第1小隊は1個班が指揮所勤務、2個班を待機させています。また司令船の予備部隊50名は小型高速艇でいつでも上陸可能です。ただ今、雷撃砲の準備完了報告がありました。なお揚陸を完了した揚陸艇は司令船に帰艦しました」と副長兼務の杜少校がいった。

「わかった。準備完了を司令船の王司令員に報告する」といいながら張上校は腕時計を見た。時計の針は9月1日午前0時40分を指していた。予定時間の午前1時より早く準備が完了した。

加藤は管理事務所のソファに座り、数時間振りにゴールデンバットに火をつけて紫煙をくゆらせていた。夕方の村主催のバーベキューから今まで、煙草を吸うことも忘れていた。武装グループに拘束され、テレビ中継もどきの現地レポートをやらされるなど、長い1日が終わったが加藤には妙な安堵感があった。時計を見ると日が変わり9月に入っていた。事務所に1カ所しかない出入口には、あいも変わらずに武装グループの監視兵が見張っている。奴もたいへんだなと思いながらゆっくりと煙を吐いた。

「おい。どうせ日本語がわからないだろう。お前ら本当に日本人か」と加藤はぶっきらぼうに聞いた。

「……」

「やはり日本語ができないな。隊長の鈴木も沖縄の人間ではないよな。方言もイントネーションも内地だ。なんとかいえよ。木偶の坊」と加藤は監視兵に挑発気味にいった。

監視兵はフェイスマスクを被っており表情がまったくわからない。加藤はひとり言を喋っているような妙な感じだった。その時、腰の携帯ポーチ内のスマホが振動した。スマホを取り出して確認すると由紀子からだ。監視兵に電話に出るぞと日本語でいってスマホを顔に近づけた。スマホの通話機能はスピーカー設定のままだ。

「はい。加藤です」

「由紀子です。朝のニュースの件ではなくて、じつは安全保障局が加藤さんと直接話せないかと毎朝新聞に調整があったみたいなの」と由紀子は困ったような口調で話した。

「今、ここに監視兵がいるよ。こいつは日本語がわからないけどね。リーダーの鈴木がいたら話の内容は聞かれるよ。それでもいいならやってみる」と加藤はいった。

「では1時間後、午前2時頃に電話するわ」といって由紀子は電話を切った。加藤は鈴木に許可をもらうか、隠れて安全保障局と話すかを考えていた。

「おい加藤。隊長の許可をもらえ。許可がなければダメだ」と監視兵がしっかりした日本語でいった。加藤は監視兵が日本語を話せることに驚いた。

「なんだ。お前、日本語が話せるじゃないか」

「黙れ。隊長を呼ぶ」といって携帯無線機で指揮所と連絡を取りはじめた。しばらくすると鈴木が事務所にやって来た。

「加藤記者。日本政府が君と話がしたいらしいね」と慇懃に鈴木はいった。

「なんの用件かはわからないが、そのとおりだ」

「せっかくの機会だから我々の要求を直接話してもらおう。ついては我々の力を加藤記者に見ていただこう」

鈴木は、加藤を管理事務所の外に連れ出して滑走路を横切り、雷撃砲が確認できる位置まで来ると止まった。そこには、長さ約8メートルの四角い砲身を持つ大型車ほどの箱型の砲塔が周囲に置かれた作業灯に照らされて不気味に浮かび上がっていた。加藤には、その砲塔が戦艦の主砲を地上に設置したように見えた。よく見ると砲塔には8本の大きな車輪が付いており、また地上に固定するための安定装置アウトリガーも6本張り出し、大地にしっかりと根を下ろしていた。

「加藤記者。これが何かわかるかね」と鈴木は加藤に聞いた。

「大きな砲塔ということは見ればわかる」と加藤は鈴木に向き直りいった。

「そうだ。レールガンだ。マッハ15で弾丸を発射できる」

「こんな物を何に使うつもりだ」

「我々の要求を聞いてもらうためだ。沖縄独立、琉球国建国。当面の要求は先島諸島の自衛隊を引き揚げてもらいたい。ここに臨時政府を作る」と鈴木はいった。

「そんなことを日本政府が〝YES〟というと思っているのか」

「我々の同志が沖縄全域で武装闘争を開始する。犠牲者が出ないうちに決めてもらう。この多良間島が闘争のいわば司令塔だ。島に近づく航空機・艦船はレールガンで攻撃する。しっかり日本政府に話していただきたい」と鈴木はいいながら加藤を連れて管理事務所に引き返した。

加藤は、管理事務所を出た時から滑走路の状況を確認することにしていた。星明かりと作業灯を頼りにできるだけ多くの情報を得ようと努力した。確認できたのは管理事務所の近くに天幕があり兵士が頻繁に出入りしていること、北側に偽装網に覆われて、円筒形の物を後部に積載した大型車両、そこから少し離れた場所にアンテナのあるコンテナを積んだ大型車両が数両駐車していることである。レールガンについては砲塔以外にケーブルで連結された大型車が複数あることもわかった。また、海上に舷側やマストなどに赤々と灯火を点けた大きな船が見えた。加藤には、この船で島にレールガンや車両を運び込んだことが推測できた。

「いいだろう。日本政府に連絡を入れたまえ」と管理事務所に戻ると鈴木は加藤に命じた。加藤は由紀子に電話を入れた。すぐに由紀子は電話に出た。

「はい。由紀子です」

「加藤だけど。政府の方と連絡ができるようになった」

「わかったわ。こちらで手配します」といって由紀子は電話を切った。

「それでは連絡を待つことにしよう」鈴木はそういうと監視兵に日本政府と話せる時間になったら報告するように命じて管理事務所から出て行った。

パシフィック・オーシャン号（東シナ海多良間島沖合）

9月1日午前1時、司令船パシフィック・オーシャン号の戦闘指揮所では、司令員の王文力大校が聯合参謀部に衛星通信を利用して連絡していた。

「作戦部長。雷撃砲及びDF15改の配備を完了しました。なおDF15改は半数の5両です」と作戦部長の何偉少将に報告した。

「DF15改はなぜ半数なのか」

「揚陸艇の故障により時間内にすべてを揚陸させることが困難になりました。そこで半数としました。これは林中校の助言での処置です」と王は責任の所在が聯合参謀部であるといわんばかりの口調で報告した。

「了解した。半数でも十分だろう。本日、東部戦区司令部に台風作戦の発動を命じる。予定どおり作戦準備電磁打撃を9月3日から、上陸準備打撃を5日に行い上陸開始は6日だ。台湾占領までは2週間程度と見積もっている。アラビア海に派遣されている米空母が台湾沖に到着するまでに作戦を完了する。サンディエゴで整備中の空母はそれより早いかもしれない。雷撃作戦部隊は、台風作戦終了まで、多良間島で第一列島線に近づく敵を阻止して任務を遂行してもらいたい」と何作戦部長はいった。

「了解しました」と王はいって衛星通信を切った。王は隣に立っている林中校に向き直り笑った。

「張上校が名演技で日本人を混乱させている。何やら記者を使って日本政府と話すらしい」

「我々が中国軍だと断定できなければ、日本政府も軍（自衛隊）を出せないでしょう。それがあの国の弱点ですから」と林中校がいった。

「しばらくは張上校の役者ぶりを見ておこう」というと王は仮眠をとるため戦闘指揮所から司令員室に向かった。林中校は王が司令員室に入るのを確認して甲板に出るとヘリ格納庫のそばまで歩き、物陰に入ると腰のポーチから衛星携帯電話を取り出して短縮ボタンを押した。

「こちら林中校です。司令船からです」といった。電話に出たのは政治工作部主任の許上将だった。

「連絡を待っていた。雷撃作戦はどうだ」

「揚陸艇の機関部に不具合を発生させ、ＤＦ15改を半数にしました。司令船の電子機器にも障害を与える準備をしています」と林中校は報告した。

「予定どおりだな。逐次、作戦状況を報告してくれ」と許上将がいった。

「了解しました。またご報告します」といって林中校は衛星携帯電話を切り、腰のポーチに入れた。

林中校の表の仕事は聯合参謀部の作戦主任だが、裏の仕事は政治工作部の政治将校だった。今回の雷撃作戦への同行目的は、王司令員の補佐であるが、政治工作部の指示は作戦への妨害であった。李学軍中央軍事委員会主席の実施する台湾進攻作戦に反対する国務院総理の呂洪文が共産党長老の支持を得て、政治工作部を抱き込み妨害工作を行っていた。呂総理グループの最終目標は李主席の失脚である。

林中校は、連絡を終えるとヘリ格納庫横から甲板の舷側まで歩いて行き、1キロほど先にある多良間島を見ながら〝建国75年を迎える中華人民共和国、共産党政権を李主席の野望で崩壊させるわけにはいかない。なんとしても台湾進攻を止めなければならない〟との許上将の言葉を思い出していた。許上将は人民解放軍海軍出身であり、南シナ海でベトナム海軍との交戦で勝利するなど海軍のエースである。また欧米的な思考判断力を持ち合理的な決断を下す指揮官でもあった。呂総理の信頼も厚く、今回の自分への密命も国家の崩壊を防ぎ、人民の幸福のための判断からなされたことだと理解していた。

星明かりの下、黒い島のシルエットが浮かび上がり、滑走路上の作業灯の明かりが輝いていた。あと4時間ほどで夜が明ける、林中校は日本側の対応が気になっていた。

日本政府国家安全保障局（東京都千代田区永田町）

増本審議官は毎朝テレビから、多良間島の加藤記者と直接話せるとの連絡を受けて、総括・調整班の田所一陸佐に安全保障局会議室のテレビ会議システムの準備を命じた。班長の福島には沖縄危機管理官への派遣を命じて帰宅させていた。増本は、福島が情報を中国に漏らしていることがいまだに信じられなかった。

「増本審議官、用意ができました」と田所一陸佐が部屋に呼び込みにやってきた。

「わかりました。局長と関係者に連絡してください」と増本がいった。

「連絡に行かせています」と田所一陸佐の手回しのよい答えが返ってきた。

審議官室を出て会議室に向かいながら増本は自衛隊の出動時期について考えていた。今出せるのは治安出動だが武器使用が警察比例の原則（相手が使用する武器と同じレベル以下でしか使用できない）でしばられる。防衛出動には武力事態の認定が必要となる。どちらも事態室の判断だが二階堂審議官の腰は重い。躊躇していて警察の被害が大きくなると取り返しがつかなくなる。

多良間島の加藤記者とのテレビ会議には、黒部局長、向田次長、土井内閣情報官、二階堂審議官、安全保障局審議官、統合幕僚監部連絡幹部などが参加していた。また、毎朝新聞の交換条件として毎朝テレビに出向している沢田由紀子記者も同席していた。政府と毎朝テレビ・新聞は記事を出す時期について報道協定を結んだ。

増本の机上には由紀子のスマホが顔のみ捉えられる位置に設置されていた。9月1日午前2時、増本は会議室のテレビ会議用受話器を取り上げた。すぐに多良間島の加藤の携帯電話のスカイプから画像が送られて、会議室壁面のスクリーンに投影された。

「加藤さん。私は国家安全保障局審議官の増本といいます。状況を確認したくて連絡をお願いしました」と増本が切り出した。

「わかりました。現在、琉球独立団と名乗る武装グループが多良間島を占拠しています。彼らの要求は〝日本からの沖縄独立、琉球国建国、そのために多良間島に臨時政府を樹立する。そして当面の要求は先島諸島の自衛隊の島外撤収〟というものです。また、島への航空機・艦船の接近を禁止するとも話しています。私も現物を見ましたが、攻撃用に〝レールガン〟を設置しています」と加藤が報告した。

「村民の皆さんはいかがでしょうか」

「村民に対しては危害を加えていません。彼らは、役場を通して村民に自宅に待機し滑走路地区に近づかないように通告しています」

「琉球独立団のリーダーと話せますか」と増本は加藤を通じて直接対話を提案した。

「お待ちください」と加藤はいって、目の前にいる鈴木を見た。鈴木はスピーカーの音声を聞いており、加藤にスマホを渡すように命令した。

「私が琉球独立団のリーダーの鈴木だ。村民は我々が保護している。要求は理解してもらったと思う」と語る鈴木は他の兵士たちと違いフェイスマスクを着けていない。スカイプに素顔を晒して話していた。日本側の動きも素早く、土井内閣情報官は同席している内閣情報調査室員に鈴木の顔を犯歴データ照会にかけるように指示していた。また戦闘服、ヘルメットなど彼が身に着けているあらゆる物からの分析も行われていた。音声録音も後ほど分析が行われて発音・訛りなどから出身地が特定される。

「日本は法治国家であり、沖縄県は日本の自治体である。違法な組織の要求を聞き入れることはできない」と増本は答えた。

「我々の要求を受け入れなければ、沖縄本島、先島各地で武装闘争を行うことになる。時間はタップリある。本朝を期して琉球国の臨時政府を多良間島に樹立する」と強い調子で一方的に宣言し、通話を切った。鈴木は日本政府との交渉を終えると足早に事務所を出て行った。

加藤は、鈴木からスマホを受け取り事務所のソファに倒れこむように座った。そして監視兵の隙を見て、スマホで由紀子に滑走路上で見た情報をメールした。だが加藤は気付いていなかったがメールは彼らに筒抜けになっていた。

「張隊長。加藤記者が我々の展開状況をメールで送信しています」と指揮所に戻った張上校に電子戦担当下士官が報告した。

「部屋のなかだけで使用できる設定にしてあるからな。日本政府に琉球独立団の力を知らせるのに好都合だ」と張上校は笑いながらいった。

テレビ会議が琉球独立団の一方的な通話で終わり、会議室内にはしばらく静寂が続いていた。その時、由紀子に返されたスマホからメール着信を知らせる音が鳴った。メールの内容は、滑走路上に偽装網に覆われて、円筒形の物を後部に積載した大型車両数両、そこから少し離れた場所にアンテナのあるシェルターを積んだ大型車数両、多良間島沖合に大型船舶が停泊しているのを見たとの情報だった。由紀子は参加者に聞こえるようにメール文を読み上げた。

「沢田さん。ご協力ありがとうございます」と増本は礼をいい由紀子の退室を促した。由紀子は内閣広報室の担当とともに会議室から退出した。

「毎朝新聞の加藤真一記者は防衛省記者会に3年間所属しており、その観察眼はある程度信頼性があると思います」と増本がいった。

「レールガンといえば各国が開発中の先進兵器だな。アンテナのあるシェルター車両は電子戦装備の可能性が高い。円筒形の積載物はなんだろう」と黒部局長が疑問を持っていった。

「間もなく偵察衛星の画像分析が入ります。それで少しはわかるかと思います」と土井内閣情報官が発言した。

「沖縄県警機動隊の多良間島到着はいつ頃ですか」と向田次長が土井内閣情報官を見た。

「昨夜、那覇から石垣空港に空自の輸送機で移動し、海保の巡視艇2隻に乗船して現地に向かっています。本日午前中には到着できる予定です」と土井内閣情報官が答えた。

「かなりの重武装の集団です。警察だけで対応可能でしょうか」と増本が心配げに聞いた。

「現状では治安出動まではいかないでしょう。機動隊といっても特殊急襲部隊（ＳＡＴ）と国境離島警備隊（銃器部隊）ですから。かなりの戦力です」と土井内閣情報官が淡々と答えた。

「土井情報官。万が一のために、統幕長に自衛隊の出動準備をお願いしてある」と黒部局長がいった。

「そうですか。出動のハードルは高いでしょう」と横目で増本をにらみながら土井内閣情報官がいった。自衛隊創設以来、これまで治安出動を命じられた事態はない。その手続きのハードルの高さとともに、国民に銃を向けてはならないと土井は警察官僚として信念を持っていた。

〝琉球独立団と名乗る武装グループも精鋭の警察部隊が行けば蹴散らせる。レールガンなどはまがい物だろう〟と高を括っていた。

統合幕僚監部（東京都新宿区市谷）

９月１日午前６時、田崎統幕長は会議室に準備された仮眠室から執務室に戻っていた。机上には安全保障局と多良間島の加藤記者及び武装組織とのやりとりのメモが置かれていた。田崎統幕長は秘書から出されたホットコーヒーを飲みながら、自衛隊出動のための根拠法令などに考えを巡らせていた。

「入ります。情報本部長が報告したいとのことです」と副官が部屋に入り伝えた。

「おはようございます。偵察衛星の画像が入りました」と山中情報本部長がいいながら入って来た。

「おお、待っていたよ」といって田崎統幕長は机から移動して応接用ソファーに座った。

「衛星画像がこちらです」と山中情報本部長は衛星写真数枚をテーブルに広げた。その写真には多良間島の島全体がわかるものがあり、島のすぐ近くに大型船が写っていた。他には滑走路に焦点を当てた写真があり、これには滑走路の東側に多良間島の記者からの情報にあったレールガンらしき物と大型車10両、北側には偽装網が張られ、その下にかろうじて見える円筒形の物を積載した大型車5両、アンテナが多数ある大型車4両が確認された。この他、中型の航空機、民間タイプの車両が10台と天幕が空港管理事務所の近くに確認できた。

「分析結果を説明してくれ」と田崎統幕長が聞いた。

「まずレールガンですが、技術担当の分析結果は砲塔部の形状などから米海軍とＢＡＥ社の共同開発中のレールガンに極めて似ています。コンデンサや発電機と思われる車両も確認できます」

「彼らは完成したレールガンをどこからか入手したということだな」

「その可能性が極めて高いですね、熱源も探知されていますから偽物ではないと思います」

「他には」

「アンテナのある車両は電子戦装置であり、ロシア製の物に似ています。これが現在、多良間島を中心に通信障害を発生させているものだと思います」

「ロシア製の電子戦装置……」と田崎統幕長がうなるような声でいった。

「偽装網の下に隠れている車両ですが、驚かないでください。対艦弾道ミサイルではないかとの技術担当の分析です。形状がＤＦ15に似ています」と少し興奮気味に山中本部長が報告した。

「中国軍の弾道ミサイルだというのか」と田崎統幕長は絶句した。

「ＤＦ15は中国製ですが、輸出も行われているとの情報です。また展開地域が赤外線で囲まれていることから警戒装置も設置していると思われます。沖合の大型船は、舷側灯及び黒いボール状の籠が見えることから故障停船中の標示を行っています。なお船籍などについては現在安全保障局に確認中です」

「その大型船で運び込んだのか」

「民航機も確認できます。しかし装備となると船舶かと思いますが確証はありません」

「ただの武装グループとはわけが違う。警察で対応できるとは思えない」と田崎統幕長は心配そうにいった。

「彼らの装備は本格的なものです。国家的な勢力と思われますが特定は困難です」

「私はこれが雷撃作戦だと思うが、しかし証拠がない。分析結果を急いで安全保障局に報告してくれ」と田崎統幕長は山中情報本部長に指示するとともに、副官には午前９時に各幕僚長を集めるように命じた。

田崎統幕長は、待機させている特殊作戦群と水陸機動団の隊員に、本格的な準備をさせる必要がせまったと判断した。

朝日に照らされた市谷台は、秋晴れのすがすがしい朝だったが、それとは反対に危機対処の厳しい現実を迎えていた。

パシフィック・オーシャン号（東シナ海多良間島沖合）

司令船パシフィック・オーシャン号の戦闘指揮所では、司令員の王文力大校が作戦担当士官から艦船レーダーの船影について報告を受けていた。

「司令員。16マイル地点に2隻の船影を確認しました。多良間島に接近中です」

「日本の船だろう。船籍と目的を確認して、これ以上近づくと射撃すると警告しろ」

「了解。電波妨害中のＶＨＦを解除し通話します」といって作戦担当士官は通信士に指示をした。通信士はレーダーの未確認船舶に国際ＶＨＦ無線を利用して日本語で問い合わせを行った。司令船からの電波は、ケーブルを伝わり多良間島に設置した地上アンテナから送信される。受信側は探知しても電波の発信元は多良間島としかわからない。

「こちらは琉球独立団。貴船の船籍と航行目的を教えてもらいたい。繰り返す……」

「こちらは海上保安庁巡視船である。警備上の目的で多良間村に向かっている」

「こちらは琉球独立団。警告する。これ以上接近した場合には射撃する」

「貴組織は違法行為を行っている。こちらは警察権にもとづいて行動している」

王は日本船の行動は予期のとおりであり、我々の力を示すちょうどよい機会だと判断して作戦担当士官に雷撃砲の準備を命じた。雷撃砲への目標付与は司令船のレーダー情報を雷撃砲の射撃統制装置にデータ伝送する仕組みになっていた。雷撃砲の射撃開始は司令員の判断事項だ。作戦担当士官が雷撃砲射撃指揮員に電送を命じた。

「レーダー手、目標評定。目標情報データ伝送」と射撃指揮員がレーダー手に命じた。

「了解。データ伝送実施」といいながらレーダー手が電送装置パネルのコマンドキーをタッチした。

「撃ち方まて」と続いて射撃指揮員がいいながら指揮装置パネルコマンドキーをタッチした。

この段階で、多良間島に展開している雷撃砲射撃統制装置の射撃管制モニターには〝射撃データと撃ち方まて〟の両指示が表示されている。司令船から〝射撃〟の命令があれば多良間島の射撃統制装置の操作員が発射パネルにタッチする。

「警告だ。射撃目標を船の手前50メートルに修正して1発射撃しろ」と王が射撃指揮員に命じた。

「雷撃砲。1発、引け50、射撃開始」と射撃指揮員が射撃命令を復唱しながら、指揮装置パネルに弾数1発・射撃目標から50メートル引いた地点・射撃と連続して入力した。

東シナ海（多良間島沖合16マイル）

9月1日午前6時10分、第11管区海上保安本部の巡視船「はてるま」1300トン及び「よなくに」1700トンは、那覇から石垣島に空路移動してきた沖縄県警の特殊急襲部隊（SA

T）20名と国境離島警備隊80名を乗船させ、石垣港を出港して多良間島へ向かっていた。
巡視船「はてるま」の船橋では、宮崎船長とSAT隊長の吉元警視が状況分析を行っていた。

「多良間島から20マイル地点で無線が通じなくなりました。レーダーもGPSもだめです。今や電子航法システムから伝統的な六分儀と方位磁石に先祖返りですよ」と宮崎船長が吉元隊長に苦笑いしながらいった。その時、通信士が多良間島からの国際VHF入電を船長に報告した。通信内容は島に近づけば射撃するとの警告だった。

「我々の船が見つかりましたね」と吉元警視がいった。

「彼らの船舶レーダーだと16マイルが標定能力だということでしょう」

「射撃するといっていますが、大丈夫でしょうか」

「約30キロの距離があります。また本船は航行している船、つまり移動目標ですから当たらないでしょう。脅しですよ」

「あとどのくらいの時間で多良間島に到着しますか」と吉元警視が確認した。

「40分ほどで到着します。そろそろ上陸用の高速複合艇（硬式ゴムボート）の準備にかかります」

沖縄県警の警察部隊はSATの吉元警視が指揮官として多良間島に上陸する。部隊は海上保安庁の2隻の巡視船に分かれて乗船し、まず「はてるま」の特殊急襲隊（SAT）が高速複合艇2隻で砂浜に上陸し、その誘導で「よなくに」が多良間島漁港に接岸し国境離島警備隊が上陸する計画であった。「はてるま」の船上では、乗員たちが忙しく高速複合艇の準備を行っていた。

沖縄県多良間村（多良間島）

張上校は大型車両後部シェルター内の雷撃砲射撃統制装置の前にいた。モニター画面の〝1発、引け50、射撃〟の表示を見ながら、雷撃砲チーフの技師長にいった。

「修正せずに発射しろ」

「張同志。命令は50メートル手前に修正です。そのままだと命中しますが」と技師長が困惑しながら確認した。

「王大校は手ぬるい。目標を撃て」

「了解しました。〝発射〟」といいながら技師長は射撃統制装置パネルの射撃コマンドをタッチした。

雷撃砲発電部の小型核融合炉から送られた高電流は、パルス・コンデンサに一度蓄電され、発射の命令によりパルス・コンデンサから瞬時に雷撃砲砲塔部に送電された。直径155ミリ、全長80センチ、重量15キロの極超音速GPS誘導砲弾が砲口から激しい火炎を噴き出しながら発射された。周囲には空気を切り裂く高い発射音と、砲口から炎と白煙が立ち込めた。従来の火砲と変わらぬ光景だが、火炎は火薬のガスではなく熱プラズマである。発射された弾丸は秒速5100メートルの速度で飛行し、約6秒で目標に到達した。

東シナ海（多良間島沖合16マイル）

巡視船「よなくに」は「はてるま」の後方200メートルを航行していた。寺田船長は国際VHF無線での「はてるま」と多良間島との通信を聞いていた。波は穏やかで快晴、航行にはまったく支障がない気象条件である。船内の沖縄県警国境離島警備隊は接岸上陸の準備を行っていた。海保側の指揮官は先任の寺田船長であり、海上輸送間の県警を含めた責任者も彼である。多良間島が近づくにつれて船内の乗員と警察官たちの緊張感は次第に高まっていた。

その時、前方を航行中の「はてるま」が強い閃光に包まれた。次の瞬間、轟音とともに「はてるま」の船体が中央から2つに裂けて破片を周囲にまき散らせながら、またたくまに沈没した。レールガンの弾丸には劣化ウランが使用されており、弾着すると激しく燃焼する。寺田船長以下、船橋にいた乗員には「はてるま」が爆発して沈没したようにしか見えなかった。一瞬の出来事であり海没するまで数秒間しかなかった。僚船の「よなくに」には船員や警察官の救助は事実上不可能だった。

寺田船長は驚愕するとともに、すぐに航海士に石垣島への帰島を命じ、自らは海上保安本部に巡視船「はてるま」沈没の状況を報告した。寺田船長は琉球独立団の実力を思い知るとともに次第に恐怖感が湧いてきた。

沖縄県多良間村・沖合（多良間島）

王大校は目標が消滅したのをレーダースクリーンで見ていた。射撃命令を確認するために張上校に無線を入れた。

「張隊長。目標に命中したが誤操作なのか」

「司令員。こちらで判断して目標を破壊しました」

「なぜ命令に従わない」

「お許しください。徹底してやらなければ警告になりません。新疆ウイグルでは、手ぬるいやり方がわが兵の損害を増やすばかりでした」

「わかっている。しかし日本も本腰を入れてくるぞ」

「雷撃砲があれば大丈夫です。島には私の部下もいます。ご心配なく」と張上校はいって無線を切った。王は張の独断に怒りを覚えたが、作戦中のことでもあり不必要な衝突を避けることにした。林中校は戦闘指揮所で2人の会話を聞いていたが、張上校の独断が自分の描く計画に障害となることを危惧した。

加藤は事務所内のソファーで寝ていたが大きな音を聞いて飛び起きた。加藤のような素人でも昨夜見せられたレールガンの発射音であることははっきりとわかった。問題は何を狙って射撃したかである。午前7時には、朝のニュースで再びこの島から現地レポートを放送する約束である。その際、今の射撃について琉球独立団からコメントを聞き出す必要があると考えていた。時間は午前6時を過ぎ、外は薄明から夜明けへと変わる頃であった。

加藤は監視兵に鈴木と話がしたいと頼んだ。すると監視兵はすぐに無線で指示を仰ぎ、5分ほどすると鈴木が事務室に入って来た。

「加藤記者。なんの用だ」入るなり鈴木は不機嫌そうにいった。

「午前7時からテレビのニュースがある。昨夜、了解をもらった現地レポートの準備をしてもいいか」と加藤は聞いた。

「おおそうだったな。次は私から声明を出そう」

「先ほどレールガンらしき発射音を聞いたが、射撃の目標はなんだ」

「わが島に近づいてきた日本の警備船だよ」と薄笑いを浮かべながら鈴木がいった。

「どうなった。沈んだのか」

「日本政府には警告した。責任は彼らだ」

「君たちはどこから来たんだ」

「日本だよ、加藤記者。次が最後のニュースになる。準備をしたまえ」と鈴木はいいながらポケットから煙草を取り出して、火をつけた。そして加藤にも1本すすめた。その煙草のパッケージには〝中南海〟と銘柄が書かれていた。加藤は黙って煙草に火をつけ大きく吸い込んだ。吸い心地は軽い印象だがしっかりとしており、それで甘味のある煙草だ。

レールガンなどの最新兵器とよく訓練された兵士、そして沖合の大型船……彼らは非常に大きな組織であり国家が関与している。

そして加藤は鈴木の煙草の銘柄から、彼らは〝中国人〟だと確信した。

内閣総理大臣官邸総理大臣執務室（東京都千代田区永田町）

9月1日午前6時40分、総理大臣執務室では長崎海上保安庁長官と戸川警察庁長官が多良間島派遣部隊の状況を報告していた。同席していたのは森官房長官、土井内閣情報官、黒部安全保障局長などである。万城目総理はその報告が信じられなかった。

「もう一度確認するが。巡視船「はてるま」が琉球独立団に攻撃されて沈んだのだな」と万城目が長崎海上保安庁長官に聞いた。

「はい。僚船の『よなくに』が確認しています」と長崎海上保安庁長官は沈痛な表情で答えた。

「乗員や警察官は救助したのか」

「一瞬のことでして。残念ながら生存者はいません」

「犠牲者は、海上保安官が28名と沖縄県警の警察官20名、計48名です」と戸川警察庁長官が続けた。

「うーん」と森官房長官がうなり声を上げた。

「ミサイルですか」と黒部安全保障局長が長崎長官に聞いた。

「わかりませんが、僚船の報告によると違うようです。巡視船『よなくに』は危険回避のため石垣港に引き返しました」

「たいへんな事態だ。すぐに緊急事態大臣会合が開けるように準備してくれ」と万城目が黒部安全保障局長に指示した。

「官房長官、この事件対応は容易なことではない。武力攻撃事態として自衛隊が出動できないか、事態対処専門委員会で審議してもらいたい」

「わかりました。なお巡視船関連の記者会見準備もさせておきます」

「自衛隊の出動準備も必要だ」と万城目が防衛省防衛政策局長にも指示する。

総理報告の最中、総理秘書官が朝のテレビニュースで多良間島からの現地レポートがあると報告した。全員が応接用ソファーに着席すると、総理秘書官がテレビのスイッチを入れた。


午前7時、毎朝テレビのニュースが始まった。冒頭から巡視船「はてるま」が沈没し行方不明者が48名にのぼっていることが伝えられた。レポーターは総理大臣官邸前から中継を行い、SNSでは琉球独立団と名乗る武装組織が自分たちの行為であるとの犯行声明を流していることなどの記事を読み上げていた。次にスタジオの司会者が多良間の加藤記者を呼び出して現地レポートに移った。

「加藤さん。お願いします」と司会者が加藤にレポートを求めた。

「こちら多良間島の加藤です。ニュースの冒頭にありました巡視船攻撃に関して、琉球独立団のリーダーから直接、日本国民に伝えたいとの話がありましたので本人にかわります」

「我々は沖縄を日本から独立させ、琉球国をつくろうとしている琉球人の団体である。現在、多良間島は琉球独立団の支配下にあり、日本政府には近づかないように警告したにもかかわらず、警備船が近づいたのでやむをえず射撃した。これからも近づくなら自衛処置をとる」と鈴木はテレビをとおして日本国民に宣言した。映像は室内から屋外に変わり、滑走路上にあるレールガンを映していた。

「これは世界中の協力者からの支援で購入したレールガンだ。近づくものはすべて撃つ。警備船の例を見てわかるように脅しではない」と鈴木が最後にいって中継が終わった。

中継が終わりスタジオのコメンテーターがそれぞれ意見を述べ始めたところで、総理秘書官がテレビのスイッチを切った。万城目総理以下、しばらくは声を発する者がいなかったが、口火を切ったのは黒部安全保障局長だった。

「総理。警察力では限界かと思います」

「専門委員会でも武力事態の認定が議論の焦点になるだろう。警察力であのレールガンに対応できるとは思えない」と森官房長官がいった。

「午前10時から事態対処専門委員会を、午後3時30分から緊急事態大臣会合が行えるように調整します」と黒部安全保障局長が総理の了解を求めた。

「官邸危機管理センターに設置した〝官邸対策室〟を〝琉球独立団等に対する政府対策本部〟に格上げします」と森官房長官が続けた。

「わかった。私は与党幹部と野党党首に電話し協力を要請する」と万城目総理がいった後、参加者はそれぞれ総理執務室を退出した。

午前8時、官房長官室に黒部安全保障局長、嵐危機管理監、土井内閣情報官、増本審議官が集まっていた。

「武力事態に認定できると思うかね」と森官房長官が全員を見回しながら意見を求めた。

「現状では、琉球独立団は日本人。独立を公言して武装し警察を攻撃した。日本の領土において国権を排除して統治の基本秩序を壊乱すること……刑法77条の内乱罪ですね。法的には治安出動の範囲です」と嵐危機管理監が警察官僚出身らしく法的原則論から意見を述べた。

「治安出動だと武器の使用に制約があります。正当防衛と緊急避難、その他は武器使用が合理的に必要だと判断される場合に限られます」と増本審議官が次いで意見を述べた。

「警察力の補完だから自衛官の権限は警察官職務執行法の準用だな」と嵐危機管理監がいった。

「レールガン、電子戦装置、統幕長からの報告によれば対艦弾道ミサイルらしき兵器まで持ち込んでいる。そんな相手に、自衛隊に素手で戦えとはいえんだろう」と森官房長官が危機管理監の発言にかぶせるようにいった。

「相手が外国勢力または、外国勢力の指示で動く組織であれば……。国際社会に通用する明白な証拠が必要です」と土井内閣情報官が官房長官を見た。

「先日の大臣会合で想定した雷撃作戦が台湾の花蓮基地ではなく、多良間島に置きかわったとすれば理解できる。そうなると早急に排除しないと台湾進攻が開始され、日本が戦争に巻き込まれてしまう。次の大臣会合までに情報を総合分析してもらいたい」と森官房長官が黒部安全保障局長に指示した。

官房長官室を退出すると、すぐに廊下で土井内閣情報官が増本を呼び止めた。

「福島参事官の件だが沖縄にはいつ出発させるつもりだ」と土井内閣情報官が確認した。

「はい。午前11時の羽田発で那覇に行かせます」

「この件はくれぐれも外部に漏れないようにしてもらいたい。こちらでうまく処置する」

土井内閣情報官は冷たい視線で最後の言葉を増本に投げかけた後、自分の執務室に戻っていった。増本には土井内閣情報官の考えていることがわからなかったが、警視庁との関係、福島を沖縄に飛ばす考えなど、その力は恐ろしいということだけはわかった。

統合幕僚監部（東京都新宿区市谷）

9月1日午前9時、統幕長室には陸海空の幕僚長、情報本部長及び運用部長が集まっていた。午前10時から事態対処専門委員会が開催される予定であり、統幕長はメンバーである。委員会前に各幕僚長との認識の統一を図る目的で会同が行われていた。

「それでは現在までの状況について情報本部長からご説明をお願いします」と吉田運用部長が

司会を務めた。

「昨夜お集まりいただいた時点から新たに判明した事項について。内容は偵察衛星画像、調査官報告、報道などの分析結果です。まず偵察衛星の画像をご覧ください」と各幕僚長にテーブル上に置かれている衛星写真を見るように促した。

「画像分析によれば、レールガン1門、ロシア製電子戦装置4両、中国製対艦弾道ミサイルDF15発射機5両、民航機1機、民間タイプの車両が10台と天幕が空港管理事務所の近くに確認できます。また沖合には故障停船中の大型船舶も見えます」と山中情報本部長が説明した。

「大型船舶についての情報も頼む」と田崎統幕長が指示した。

「この船はパシフィック・オーシャン号2万9000トン、リベリア船籍の自動車運搬船と確認が取れました。船主はマカオの東洋公司であり、現在は中国海上石油公司がチャーターしています。この会社は中国海軍のダミー会社であり、この船を大連の造船所で改修し、大型軍用車両などを旅順軍港において積載したことが判明しています」

「その船で装備を揚陸したということだな」と仲西海幕長が確認した。

「状況からみて間違いないだろう。中国軍が多良間島に上陸したということだ」と隼田陸幕長が語気を強めていった。

「現在、船はあくまで外見上は故障停船中の民間船です。なお船に関する情報は中国に派遣されていた安全保障局調査官の報告であり、彼は中国当局に身柄を拘束されています」と山中情報本部長が続けた。

「中国製のＤＦ15を持ち込んでいることから中国軍といえるのではないか」と仲西海幕長が確認した。

「ＤＦ15はイラン、北朝鮮、パキスタンなどの国々に輸出されており、これをもって中国軍だとは断定できないと思います。また、電子戦装置もロシア製であり、ウクライナ紛争で使用された装備です。民間車両は日本製、彼らの銃や戦闘服なども中国軍とは異なるものです」

「中国軍だとの明白な証拠がない。ということだね」と田崎統幕長が再度確認した。

「中国にハイブリッド戦を仕掛けられたということだな」と隼田陸幕長が語気を強めた。

「この状況をみて官邸に政治決断をしていただくしかないですね」と仲西海幕長がいった。

「特殊部隊に攻撃させるとしても島にどのように上陸させるのか。またレールガンを破壊できるのかなど課題があるな」と黒田空幕長が海幕長を見ながらいった。

「まず上陸に関しては、潜水艦を使用する方向で調整中です。レールガンにより巡視船が攻撃されたことから海上、航空からの接近は不可能です」と仲西海幕長が説明した。

「島に電磁ドームが構成されていることもあり、レールガン攻撃にミサイルなどの誘導武器が使用できません。また地上攻撃による破壊のための技術的課題ですが、わが国でも防衛装備庁と民間企業が現在レールガンを研究開発中であり、この技術者の支援を調整中です」と吉田運用部長が報告した。

「米海軍のバージニア級原子力潜水艦にはシールズ（海軍特殊部隊）用の潜水兵員輸送艇（ＳＤＶ）が装備されています。現在、呉港に『ハワイ』が寄港中であり、この原潜の支援を太平洋艦隊司令部に要望しています。また潜水艦『せきりゅう』に無人潜水艇を載せて必要装備を輸送させることも検討中です」と仲西海幕長がいった。

「米軍には木村二佐が命がけで取ったエチオピアのＤＦ26の情報を渡してあります。アラビア海に展開してイランと対峙している空母機動部隊の脅威となる兵器情報ですから、原潜くらい提供してもらいたいところです」と山中情報本部長が渋い顔をした。

「台湾進攻の台風作戦の開始時期だが、中国軍の動きはどうなっている」と田崎統幕長が山中情報本部長に確認した。

「東部戦区の各部隊に動きが出ており、特に第73集団軍の３個水陸両用旅団が福建省の戦区演習場から浙江省寧波の海軍基地に鉄道移動を開始しています。この軍港には多数の艦船と輸送船が停泊しています。また司令部から部隊及び部隊間の通信量も増加し、通話内容に〝台風作戦〟という用語が頻繁に出てきています。電波情報と画像情報をもとに分析すると、上陸部隊の輸送艦船への乗船、海上機動などの日数から、おそらく９月５日頃に中国軍の上陸支援射撃が行われ、６日には上陸開始かと思われます」と山中情報本部長が報告した。

「米海軍と調整がつけば、Ｈ時に呉港を出港しＨ＋７時間後に日向灘で特殊部隊を乗艦させ、Ｈ＋25時間後には多良間島沖に到達できます。今日明日で準備し、３日に行動開始すれば９月４日夜には上陸し、夜間攻撃が可能です」と吉田運用部長が補足した。

「我々の結論としては、状況からみて雷撃作戦が沖縄県多良間村に行われた。島にはＤＦ15が配備され、それをレールガンで防御している。間もなく台風作戦が開始される。中国の狙いは、米海軍空母機動部隊をアラビア海に拘束、台湾支援の残存米艦隊を多良間島のＤＦ15により第一列島線以東に阻止し台湾進攻作戦（台風作戦）を掩護する、ということだな。多良間島のＤＦ15を排除しなければ、台湾進攻作戦は９月５日頃から行われる可能性が高い。自衛隊の出動は政治判断だが遅れをとることはできない。準備指示を出すことにする」と田崎統幕長がまとめた。

「そろそろ事態対処専門委員会への出発時間です」といいながら副官が部屋に入ってきた。

「４日夜が勝負になる。準備にかかってくれ」と田崎統幕長が各幕僚長に指示して会同が終わった。

内閣総理大臣官邸（東京都千代田区永田町）

９月１日午前10時、官邸の会議室において官房長官を委員長とする事態対処専門委員会が開催されていた。この委員会は、国家安全保障会議の審議機能を強化するために置かれている会であり、内閣官房長官、内閣官房副長官、内閣危機管理監、国家安全保障局長、内閣情報官、統合幕僚長、警察庁警備局長など関係省庁局長級で構成されている。

委員会では、状況証拠のみであり、明確に琉球独立団が中国軍とはいえないとする治安出動派と中国軍の可能性が高いとの認識を持つ防衛出動派の意見が対立していた。参加した全委員の意見が一致しているのは、警察力では対処できず自衛隊の出動が必要だとの認識だった。最終的に委員長である森官房長官が、事態対処専門委員会の結論として防衛出動が適切であるとの意見にまとめた。

午後3時30分、官邸大会議室において緊急事態大臣会合が開催された。この会合は、重大緊急事態に高度な政治的判断を審議する場である。参加者はあらかじめ総理より指定されている各大臣で、総理以外は、法務大臣、外務大臣、国土交通大臣、防衛大臣、官房長官、国家公安委員長である。

「午前中の事態対処専門委員会におきまして、この事案に対し治安出動が適切か、防衛出動が可能かの議論が行われました。委員会の結論としては〝自衛隊法第76条に基づく自衛隊の防衛出動〟が必要だとの意見です。理由は、たとえ中国軍と断定できなくても、彼らの武器は武装組織が保有するレベルをはるかに超えており、国家レベルの武器をも保有していること。警察力では対処できない相手であること。以上のことから武力攻撃事態の認定が可能ということです」と黒部安全保障局長が報告した。

「事務方の意見はわかったが、戦後初めて自衛隊の防衛出動を命じることになる。我々政治家としては慎重に判断しなければならない」と田中法務大臣が発言した。

「しかし、もはや警察力では対処できない。自衛隊の出動が必要だと思う」と江藤国家公安委員長が次いで発言した。

「海上保安庁としても、すでに巡視船を1隻失っており対処は無理です」という崎元国土交通大臣の表情は沈痛だった。

「自衛隊の治安出動では行動に制約がある。防衛出動が適切だと思う。多良間島が雷撃作戦だとすると、次に台風作戦が始まる。早急に事態を収束させないと中国の台湾進攻が始まってしまう。現に中国軍の活動に兆候が見えている」と石黒防衛大臣が力を込めた。

「統幕長。このままだと台湾進攻が開始されるのは、いつ頃だと予想しているのかね」と杉本外務大臣が田崎統幕長に確認した。

「多良間島で対空母阻止拠点が確保されたとすれば。9月2日から3日に上陸部隊が乗船し、3日から4日にかけて海上機動、5日に上陸支援射撃を行って、早ければ9月6日には第一波の上陸が可能かと思います」と田崎統幕長が答えた。

「あと5日か、時間がないな」と江藤国家公安委員長がため息をついた。

「後々、日本が適切に対処しなかったことが中国の台湾進攻を許したと国際社会、特に米国にいわれたくないな」と杉本外務大臣が苦り切った顔をした。

「法的手続きとしては、武力攻撃事態と認定し、防衛出動となる。そうすると国会承認が必要になるが、国会対策はどのようにお考えですか」と田中法務大臣が森官房長官に確認した。

「総理から連立与党の委員長と幹事長には連絡していただきました。また野党代表にも内々に事情は説明してあります。国会承認ですが緊急事態であり対応には時間がなく、やむをえず出動後に行う方向で調整中です。一応、各党とも理解は示しています」と森官房長官が調整状況を説明した。

「野党に借りができたわけだ。事態終了後の国会が大変ですね」と田中法務大臣がいった。

「他にご意見、反対意見がなければ緊急事態大臣会合の結論として、自衛隊の防衛出動を下令することでよろしいですね」と森官房長官が参加閣僚を見回して確認した。全員、同意を示し特段の反対意見はなかった。

「それでは総理、最後にお願いします」と森官房長官が総理に締めの発言を促した。

「今回の事案は単なる武装組織の事案ではなく、その後に中国の台湾進攻の可能性が極めて高いとの判断がある。ここですばやく事案に対処し、事態を収束するためには自衛隊の出動しかない。戦後初めて自衛隊に防衛出動を下令することになるが、各閣僚には緊張感も持って対応をお願いする」と万城目総理がいった。

「防衛出動の内容については、後ほど9大臣会合にて審議します。これにて緊急事態大臣会合を終わります」と森官房長官が散会を宣した。

9大臣会合は、武力攻撃事態への対処を審議する会合であり、メンバーは総理、財務大臣、外務大臣、経済産業大臣、総務大臣、国土交通大臣、防衛大臣、官房長官、国家公安委員長である。会合では政府の武力攻撃事態対策本部の設置、自衛隊の防衛出動の範囲や期間、行動の基本的事項が審議されることになる。

万城目総理は解散後に田崎統幕長を呼び止めて、自衛隊の最高指揮官として準備の万全を期すように指示した。

「統幕長。自衛隊には準備の余裕がなく出動してもらう。また警察官と海上保安官にはすでに多くの殉職者を出している。島にはいまだ多数の住民もおり、自衛隊には困難な任務になると思うがしっかりと対処してもらいたい。いっさいの責任は総理である私がとる」

「総理、わかりました。出動する隊員に総理の言葉を伝えます」と田崎統幕長は万城目総理にそう答えると、総理大臣官邸を後にした。

沖縄県警本部（沖縄県那覇市泉崎）

福島は突然、沖縄への出張命令を受け、午前11時羽田発の便で那覇に到着していた。勤務場所は那覇市の沖縄県警本部内である。

内閣官房沖縄危機管理官は米軍関係の事故、とりわけ航空機事故の際に米軍側と関係機関との連絡調整を担うポストとして2004年に置かれ、歴代の危機管理官は警察官僚が配置されている。今回の琉球独立団事案において危機管理官は、主に米軍基地関連のテロ被害について情報収集を行っていた。

福島は沖縄危機管理官室勤務だが、危機管理官との指揮関係はなく独自に事案全般の情報把握が任務として与えられていた。福島のために沖縄県警本部庁舎の一室が準備されていたが、机と固定電話、情報収集用のテレビがあるだけの狭い四畳半ほどの部屋であった。県警本部警務課の警察官から部屋に案内され荷物を降ろすと、安全保障局の田所一陸佐に電話をかけて着いたことを連絡した。田所一陸佐から、増本審議官からは特段の指示はないとのことだったが、自衛隊の防衛出動が安全保障会議で承認されたと伝えられた。

急に沖縄出張を命じられたため、福島は杉田京子に連絡する余裕がなかった。とりあえず時間が空いたので京子に連絡することにして固定電話の受話器を取った。数回呼び出し音が聞こえた後に京子が出た。

「はい。杉田です」

「おはよう、京子ちゃん。福島だけど、じつは今、那覇の事務所から電話している。急な出張で先ほど着いたばかりだよ」

「えっ。それで非通知の電話なのね。急に那覇なんて、どうしたの」

「いや……詳しく話せないけどね。島に自衛隊が出動するので連絡員で那覇だよ」

「あら。例のテレビの事件よね。危険じゃないの」

「いや。僕は那覇勤務だから大丈夫。自衛隊があの島に行くだけなので。しばらくは東京に戻れないと思う」

「自衛隊はいつ頃に島に行くの」

「これから計画することだと思うよ。東京から離れて那覇に来たので僕もよくわからないけどね」

「不眠症の薬も必要でしょう。仕事が長引くようだったら私が遊びにいきますから」

「ありがとう。また連絡する」

「福島さん、がんばってね」

福島と京子にはなにげない会話だったが、警視庁外事二課の田島係長は福島の電話を傍受し録音していた。

「今話していた自衛隊出動の件は、もしかすると秘密の漏洩だな。これで逮捕状が請求できるかもしれない。おい、自衛隊の話を内調（内閣情報調査室）に確認しろ」と田島係長は牛島主任に指示した。

田島係長以下5名の捜査官は那覇まで福島を追尾し、県警本部近くのホテルに陣取っていた。

「係長。のちほど女の方の捜査状況を東京の若尾主任が電話報告するそうです」と牛島主任が田島係長に報告した。

「わかった。福島の捜査のほうは進んでいるが、女のほうの証拠固めもしっかりやらないといけない。同時逮捕でなければ女に逃げられる」

「しかし、今回は内調がやたらと口を出しますから、やりづらいですね」

「課長が話していた土井情報官とかいう奴だな。キャリアは何考えているか俺にはわからん」

「われわれ現場は、命じられたとおりに捜査するだけですね」

「そうだ」

9月に入って本土では秋風の吹く頃だが、那覇の街角はまだまだ真夏の盛り、外に出ればむっとする海風が吹いていていた。

毎朝テレビ放送本社（東京都港区）

朝のニュースが終わり、報道局政治部の部屋では沢田由紀子が次の番組のために記事の整理を行っていた。そこに受付から電話で面会者の連絡が入った。由紀子は面会者の名を確認すると思わず受話器を落としそうになった。面会者が〝加藤百合子〟だったからである。

彼女は多良間島にいる加藤真一の別居中の妻である。加藤との件は、ジブチの一夜だけの関係だった。それが運悪く会社に伝わって表ざたとなり社内処分となった。由紀子はひとり身だが加藤には妻と6歳になる娘がいる。その事件以来、加藤とは不仲となり別居したと聞いていた。由紀子は百合子とは直接は会ったことはない。しかし、今でも加藤の家族に不幸を招いたとの意識がトラウマとして深く心に残っていた。今回、多良間島からの現地レポートで久しぶりに加藤と連絡をとったが、由紀子の心のどこかに解消されない罪の意識があった。現地にいる加藤との会話の端々からも、一方的に左遷されたという由紀子に対するわだかまりの思いが垣間見えた。互いの持つ複雑な思いがなくなることはないが、癒されるためには時間が必要だった。しかしながら、運命のいたずらか2人は大きな事件に巻き込まれ、再び一緒に仕事をすることになった。

そこに加藤の妻百合子の来訪である。由紀子は自責の念を少しでも解消する機会が到来したと思った。

由紀子は報道局政治部のある5階から1階のホールに降りて、来客用の待合室に向かった。待合室はテーブル席が10個ほどの喫茶ルーム形式であり、飲み物のほか軽食もとれるようになっていた。由紀子が待合室に入ると、そこには小さな女の子を連れた百合子がいた。2人は窓際の席に座り、テーブルの上にはコップに入った水だけが置かれていた。

「初めまして。毎朝テレビ報道局政治部の沢田由紀子です」と由紀子はどぎまぎしながら挨拶し百合子の正面に座った。少し沈黙の間があった。由紀子にはその間が永遠に続くかと思われるほどの時間に感じられた。

「加藤の妻、百合子です。これは娘の真奈美です」といいながら、百合子は隣に座っている娘に挨拶するように促した。真奈美は照れくさそうに少しだけ頭を下げた。

由紀子は思い切って自分から話を切り出した。

「あのー。お2人の今の状態には私の責任もあり……」

「本日は、お願いがあってうかがいました」と由紀子の釈明の言葉を遮り、百合子は話し始めた。

「は、はい。どのようなご用件でしょうか」

「テレビのニュースを見て娘が〝パパに会いたい、パパ大丈夫なの〟と私に聞くんです。加藤と別居状態になる前から、私たちの間には溝ができていたような気がします。多忙な加藤と私の心のすれ違いでしょうか。その時に、あなたとの関係を聞いて糸が切れたような状態になり、私は娘を連れて実家に帰りました。そして、しばらく自分なりに2人のこと、そして娘の将来について考えてみました。原因は加藤だけではなく、夫の仕事を理解しようとしなかった私にも責任があることがわかりました。そう考えている時に、昨夜から今朝のニュースです。この娘がとてもパパを心配しています。今の状況を教えてもらいたくて来ました」と百合子は堰が切れたように思い詰めていた事を話した。

「私がいえることは、加藤さんは元気で多良間島にいる。武装組織は加藤さんを含めて島民には危害を加えていない。加藤さんが唯一、日本政府やマスコミと武装組織をつなぐ大事な連絡役であるということです。これからも身の安全は保証されると思います」と由紀子は加藤が置かれている立場について説明した。ただし最後の言葉は由紀子の希望的観測だった。

「わかりました。次に連絡がきたら〝娘と私が待っています〟と伝えていただけますか」と由紀子にすがる思いで百合子は頼んだ。

「加藤さんといつ連絡が取れるかはわかりませんが、必ずお伝えします」と由紀子には確約はできないが、ここは母娘のことを思い安心させるために必ず伝えることを約束した。別居の原因を作った由紀子に、切ない思いを伝え愛する気持ちを伝言する親子の心情には察するにあまりあるものがあった。

百合子と娘は何度も頭を下げながら帰っていった。見送る由紀子の脳裏に父を心配している加藤の娘の顔がいつまでも残っていた。

別府駐屯地（大分県別府市鶴見）

別府駐屯地には、特殊作戦群、水陸機動団偵察中隊・特科大隊火力誘導中隊の隊員と統合幕僚監部の特殊作戦室長、水陸両用作戦室長などの幕僚と木村英夫二等陸佐が集合していた。夜間に到着した部隊もあり、午後3時近くまで休息が与えられた。午後4時に作戦室に全員が集められた。

「諸君。急な命令で別府駐屯地に集められて、さぞかし驚いたことだと思う」と特殊作戦室長の石川一等陸佐が挨拶をした。

「まず現地時間午前5時、日本時間の9月1日午前11時に、米軍がエチオピアのハラル・ジュゴル近郊のアワ山にある古い鉱山周辺を巡航ミサイルで攻撃した。攻撃理由はエチオピア国内のソマリア反米勢力とイスラム国残党の一掃だと米アフリカ軍スポークスマンが発表した。次いで、米海軍第5艦隊司令部が、アラビア海で作戦行動中の3個空母打撃群の内2個群が太平洋地域に戻ると発表した」と米軍関連の情勢を水陸両用作戦室長の大橋一等陸佐が説明した。

木村には、米軍の実際の攻撃目標がわかっていた。またそれを知っている数少ない自衛官だった。木村が命がけで入手したＤＦ26の情報が日本政府から米国政府に伝えられた。その情報をもとにして米軍が偵察衛星でプラントを監視し、ＤＦ26が展開地域に移動したところを狙って攻撃し破壊した。この結果、2個空母打撃群の太平洋正面への復帰発表が行われたのである。

作戦室にはスクリーンが設置されており、沖縄県の地図が投影されていた。

「それでは、諸君にここに集まってもらった目的について説明する。8月31日1700頃から沖縄県先島地区で通信障害が発生した。同時間帯に多良間島に琉球独立団と名乗る武装組織が入り同島を占拠、多良間空港滑走路に兵器を搬入した。その兵器はレールガン及び対艦弾道ミサイルDF15である。また現在、通信障害は多良間島を中心に半径50キロに縮小されており、これも同島に搬入された電子戦装置によるものと判断される。彼らの要求は沖縄県の日本からの独立である」と石川特殊作戦室長が説明した。スクリーンには、説明に合わせて多良間島の全景や空港の衛星画像が映し出されていた。

「武装組織の服装・装備などからは国籍が特定できない。島に搬入した兵器もロシア製と中国製があり、どちらも輸出されており兵器から国籍の特定は困難である。なお島の沖合に故障停船中の貨物船が彼らの母船らしいとのことである。この船はパシフィック・オーシャン号という自動車運搬船であり、中国軍がチャーターし改造したことは情報員により確認されている。しかしながら、この船はあくまでも故障停船中の外国民間貨物船である」

ここまでよいか、と石川特殊作戦室長が全員に確認した。

「小型潜水艇から発見された中国軍の計画によれば台風作戦が台湾進攻計画、その前提条件となる計画が雷撃作戦とよばれるものだ。官邸で総合的に検討され雷撃作戦がこの多良間島占拠の事件だと判断された。本日午後3時30分に国家安全保障会議が開催され、防衛出動が決定された」と石川特殊作戦室長が続けて説明した。

「そこで諸君には多良間島に行ってもらいたい」と大橋水陸両用作戦室長がいった。

その瞬間、作戦室内の隊員たちの表情が一瞬こわばった。帰隊途中や演習中にこの駐屯地に集められたのだから、何かの作戦任務だとは予期していたが、まさかの多良間島での作戦行動である。次にスクリーンに映し出されたのは組織図だった。作戦部隊とその隷下の攻撃隊・掩護隊・火力誘導班及び支援部隊が示されていた。

「今回の諸君の任務について説明する。リベレーション（解放）の頭文字を取ってL作戦と呼称する。L作戦部隊の任務は多良間島の対艦弾道ミサイル・レールガン・電子戦装置の破壊または無力化である。作戦部隊指揮官は木村二佐。攻撃隊は特殊作戦群第2中隊（14名）、指揮官は塩見三佐。掩護隊は水陸機動団偵察中隊（11名）、指揮官は浅野三佐。火力誘導班は同じく火力誘導中隊（5名）、指揮官は高尾一尉。支援部隊は陸海空の部隊からなり、海上機動間は潜水艦隊、陸上作戦間は陸上総隊、航空総隊及び自衛艦隊からなる」と石川特殊作戦室長が彼らの任務について説明した。

「海上機動について説明する。作戦部隊は全員が米海軍のバージニア級原子力潜水艦『ハワイ』に乗艦し、同艦に装備されているシールズ（海軍特殊部隊）用の潜水兵員輸送艇（SDV）で多良間島に上陸する。必要な装備は米潜水艦ハワイとともに行動する海自潜水艦『せきりゅう』の無人潜水艇1号で輸送する。なお「せきりゅう」は輸送終了後から作戦終了まで作戦海域にて潜航待機する」と大橋水陸両用作戦室長が説明した。

「よく米海軍が協力してくれましたね」と木村が大橋水陸両用作戦室長に聞いた。

「木村二佐には心当たりがあるだろう」と含み笑いをしながら大橋水陸両用作戦室長がいった。木村にはなんのことかさっぱりわからなかった。

「木村二佐。君はエチオピアで米国中央情報局（ＣＩＡ）のロバート・リン局員を助けただろう。彼を助けた借りを返すそうだよ」

「ああ、あのロバート」

「彼の父親はワシントン勤務の海軍提督らしいぞ。海上幕僚監部から太平洋艦隊司令部にダメもとで調整をしたら即座にＯＫが出たらしい」

「ロバートのおかげですか」

「日米同盟より命の恩人だな」と笑いながら大橋水陸両用作戦室長がいった。

「最後に上陸後の攻撃要領について説明する。攻撃隊は2組に分かれてレールガンと電子戦装置を破壊する。その後、火力誘導班が空自戦闘機の統合誘導爆弾（ＪＤＡＭ）を対艦弾道ミサイル破壊のために誘導する。掩護隊は作戦拠点において攻撃隊を収容・掩護する。細部の計画は木村隊長に任せる」と石川特殊作戦室長が具体的な各部隊の任務について説明した。

その後、木村は攻撃隊と掩護隊及び火力誘導班の幹部を集めて準備事項や必要資材のリストアップを行うとともに、攻撃計画の細部について調整を開始した。今回のメンバーで実戦を経験しているのは木村だけであり、種類は別だが中国軍の対艦弾道ミサイルを近くで確認しているのも木村ひとりである。また木村は特殊作戦群出身者であり、作戦参加の第2中隊の隊員もよく知っている仲であった。今回の作戦で重要なのはレールガン及び電子戦装置の破壊であり、成否は塩見の部隊にかかっていた。

「塩見。ハイブリッド戦を打ち破れるかどうかは君の部隊の攻撃成果にかかっている。しっかり頼む」と木村は塩見に期待を込めていった。

「全力を尽くして任務にあたります」と塩見は強い意志を込めて返事をした。

塩見は作戦室の隣にある攻撃隊用に準備された教場に第2中隊の隊員を集合させた。

「今から攻撃編成を行う。オーストラリアでの訓練と同じ編成でいく。A（アルファ）チームは大杉一陸尉以下6名。Z（ズール）チームは先任の柳下曹長以下6名。そして本部は私と松浦准尉。了解したか」と塩見が全員の前で確認した。

オーストラリアでの訓練とは、オーストラリア陸軍の演習場で行われた、日米豪特殊部隊の米海軍潜水艦からの水路潜入、それに続く敵拠点への攻撃と離脱の実戦的な共同訓練のことである。この訓練には水陸機動団偵察中隊も参加していた。訓練は米海軍の潜水艦が上陸地点2マイルで浮上し、乗艦した特殊作戦群の隊員がゴムボートで陸地に接近し上陸する。彼らは上陸後、海岸部から1キロほど内陸にあるオーストラリア兵が仮設敵として構築した燃料施設を攻撃し離脱して海岸部まで後退、後続で上陸した水陸機動団偵察中隊が掩護・収容するといった一連の訓練だった。

「了解」とほぼ全員が同時に声を上げた。

「Aチームがレールガンを破壊する。Zチームが電子戦装置を破壊する。これを同時攻撃により行う。破壊後、速やかに上陸地点に後退する。その後、火力誘導班が航空攻撃を誘導し対艦弾道ミサイルを破壊する。攻撃要領は以上だ。オーストラリアの訓練と基本的に同じだ」と塩見が説明した。

「中隊長。電子戦装置はイメージできますが、レールガンを我々は見たこともなく構造もわかりません。短時間で破壊するとなると兵器について詳細に知る必要があります」と大杉一陸尉がいった。

「おう。そのとおりだ。まあ安心しろ、木村さんが動いている」と含み笑いをしながら塩見が答えた。

「よし。全員もたもたしないで必要な装備の準備にかかれ」と柳下曹長が大声で指示した。

電子物理学研究所（大分県大分市大字一木）

9月2日午後5時、日本文理大学電子物理学研究所に日本特殊製鋼所広島研究所の井手光二技師長が来所していた。

同大学は西日本地区の工学系大学としては唯一、電子物理学研究所を開設している。研究所では、防衛装備庁及び日本特殊製鋼所が大学と共同でレールガン・システムの研究開発を行っていた。井手は35歳の若さで技師長に昇格し、大型プロジェクトであるレールガン・システムの責任を一手に任されていた。

夕刻、井手は研究室において所長の岩本博士と翌日の実験調整を行っていた。そこに来訪者の連絡が入った。部屋に入ってきたのは長身でガッチリした体型、やけた赤銅色の顔に白い歯が印象的な男だった。名刺には国家安全保障局の木村英夫とあった。

「初めまして、国家安全保障局の木村です。岩本先生には局のほうからお電話があったかと思います」

「井手君の技術支援のことですね」と岩本博士が思い出すようにいった。

「そうです。本日から実験開始だとお聞きしましたが、ご迷惑なお願いですが、どうしても井手さんのお力が必要でして」と木村は丁寧に話を切り出した。

「不在の間は私のほうでやりますので。ご心配なく」と岩本博士は答えた。

井手はキツネにつままれたような気分だった。

「井手さん。支援内容はこれから行く陸上自衛隊別府駐屯地に移動する間にお話しします」と木村がいった。

外には黒のセダンが停車しており、木村と井手が乗車するとすぐに出発し別府駐屯地に向かった。

「井手さん。これから聞くことや見ることはすべて守秘義務の範囲になります」

「……わかりました」

木村は車中で井手に、別府駐屯地に集まっている隊員にレールガンの原理や構造、特に機能を発揮する上で重要な部分について説明するように依頼した。井手の頭には、なぜ知りたいのか、なぜ急に呼ばれたのかなど疑問ばかりが渦巻いていた。

別府駐屯地（大分県別府市鶴見）

車は1時間ほどで別府駐屯地に到着した。正門を入ると左折して特殊作戦群の待機している教場入口に停車した。2人は車を降りて玄関から作戦室へと進んだ。作戦室に入ると見慣れない黒い戦闘服を着た隊員十数人がパイプ椅子に座っていた。入り口に立って笑顔で迎えた隊員を木村が井手に紹介した。

「松浦准尉を紹介します。井手さんのエスコート係です」

「初めまして、日本特殊製鋼所の井手です」

井手は簡単な挨拶をすますと教壇に進み、レールガンの原理・構造や諸外国の研究開発の状況などパワーポイントを駆使してくわしく説明した。説明中に質問や確認のやり取りを行い、終わった頃にはすでに午後9時を過ぎていた。井手にはこの黒い戦闘服の隊員たちがなんの目的でレールガンについて知る必要があるのか皆目見当がつかない。説明が終わると隊員たちは一斉に部屋から出ていった。残された井手の横には松浦准尉が立っていた。

「井手さんご苦労様でした。これからの行動について説明します」

「えっ。私の役目は終わったのでは……」

「これからですよ。まずこの服に着替えて下さい。それから夕食にしましょう」と松浦准尉が先ほど隊員たちが着用していたのと同じ黒の戦闘服と半長靴が置いてある机を指差していった。

「これを私が着るのですか。い、今から何が始まるのですか」

「追い追い説明します」と松浦准尉が笑顔でいった。


午後10時。木村は作戦室において、特殊作戦群の塩見三陸佐、大杉一陸尉、柳下曹長及び水陸機動団の浅野三陸佐、高尾一陸尉の各チーム長を集めて最終調整を行っていた。

「先ほど入った航空総隊司令部からの情報だ。航空偵察のため、三沢基地から発進し多良間島に向かった航空自衛隊の無人偵察機グローバルホークＲＱ－４Ｂが撃墜された。多良間島北東約１６０キロの地点だ」と木村が最新の状況について説明した。

「レールガンですね」と塩見が確認した。

「そうだ。航空機だと約１６０キロ。船舶だと16マイルだから約30キロ。この範囲内にはレールガンがあるかぎり近づけないということだ」

「我々がレールガンを破壊しなければ、海空自の戦闘機や護衛艦が作戦できない。重大な任務ですね」と大杉一陸尉が緊張していった。

「両兵器の破壊が成功した後の作戦について説明する。島に上陸している敵兵力の規模は画像情報から１個中隊（約２００名）程度だと判断される。われわれの作戦支援のため護衛艦『いずも』と輸送艦『くにさき』及びエスコートの護衛艦が多良間島から北東約18マイルの位置に待機している。攻撃が成功し海空からの島への接近が可能になれば、対艦弾道ミサイルを破壊するために『いずも』の艦載機F35Bが発進し航空攻撃を行う。この攻撃の誘導は火力誘導班が担当する。『くにさき』は約1時間で島から1マイル地点まで進み、乗艦している水陸機動連隊の3個中隊（約400名）をAAV7（水陸両用車）に乗車させ発進させる。この部隊の海上機動から上陸し戦力発揮まで約1時間、合計約2時間。この間、我々だけで敵の反撃に持ち堪えなければならない」と木村が力を込めていった。

「ここにいる31名で6倍以上の敵と戦うわけですね」と塩見がいった。

「母船と思われるパシフィック・オーシャン号への対処はどうしますか」と高尾一陸尉が確認した。

「表面上は故障停船中の民間貨物船だ。残念ながら手出しはできない」

「母船から攻撃された場合にはどうします」

「当然、反撃は可能になり海自の潜水艦が担当することになる」

「電子戦装置がなくなり、レールガンが破壊された段階で丸裸になる。敵も馬鹿ではないので母船で引き揚げるでしょうね」と高尾一陸尉が楽観的な意見をいった。

「そうなってもらいたいな」と木村がいった。

午後11時30分、作戦室の横にある教場には参加隊員全員と特殊作戦室長以下の幕僚が集合していた。オブザーバーとして日本特殊製鋼所の井手も真新しい黒の戦闘服を着て着席していた。

まず使用する個人装備（暗視装置付きＦＡＳＴ戦闘用ヘルメット、防弾ベスト、肘膝パッド、携帯無線機、夜間照準器付きＨＫ４１６自動小銃、９ミリ拳銃ＳＦＰ９、破片手榴弾２発。小銃弾２４０発、拳銃弾45発、防護マスク。水陸機動団は20式小銃）の説明が行われた。「指定された隊員のヘルメットには小型カメラを装着してもらいます」と補給担当幹部が続けて説明した。

「カメラだが、上陸する際にオンにする。ライブになるのは電子戦装置が破壊されてからになるが、総理以下の高官が画像を見るので無駄口をたたかないようにしてくれ」と木村が注意した。

「残念です。目出し帽で男前の顔が映らない」とＺチームの隊員から軽口が飛び出し隊員たちの間にどっと笑い声があがった。

「真面目に聞け」とすかさず松浦准尉がたしなめた。

「次に部隊装備です。Ａ及びＺチームにはＭ24対人狙撃銃及びプラスチック爆薬。掩護《えんご》の偵察中隊には５・56ミリ機関銃２丁、96式40ミリ自動てき弾銃１丁を携行してもらいます。なおＬ作戦部隊本部には司令部及び支援部隊との連絡用衛星携帯も携行していただきます」と補給担当幹部が続けていった。

「弾薬や通信機及び部隊装備の武器などは、すでに潜水艦『せきりゅう』の無人潜水艇１号に積載してあります。無人潜水艇は部隊が多良間島に到着した際、５メートル以内に達着させま

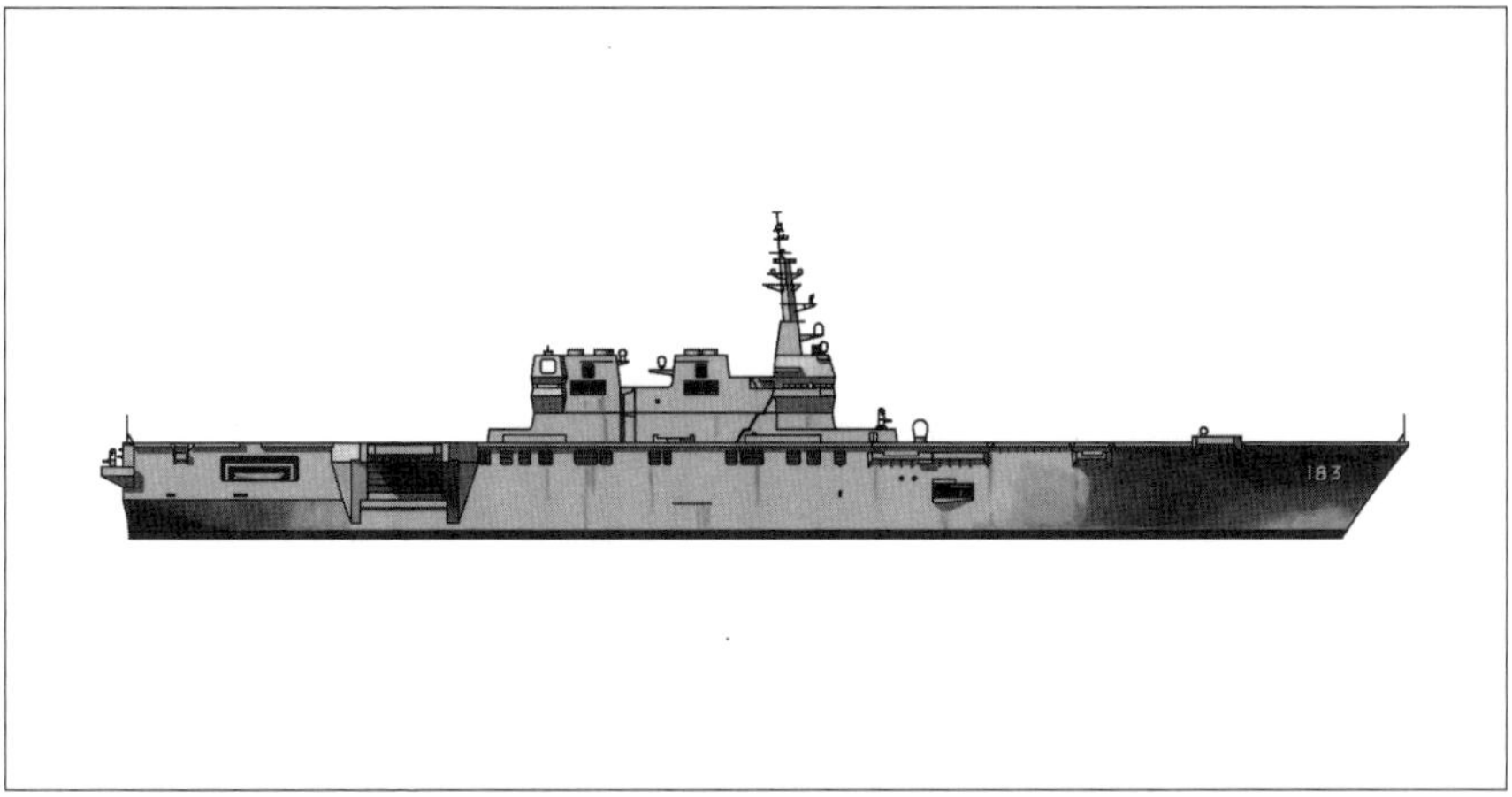

航空機搭載護衛艦「いずも」

基準排水量　19,500トン、全長　248メートル、全幅　38メートル、
推進機関　LM2500IECガスタービンエンジン、F35B × 6
ヘリ搭載護衛艦「いずも」を改修し、STOL機であるF35B戦闘機の運用を可能にした。改修にともない、艦首甲板形状などに変更が加えられている。作戦にあたっては、航空自衛隊の隊員が操縦する機体を搭載し、運用する。

す。このため潜水艇誘導装置を火力誘導班に携行していただき、潜水兵員輸送艇（ＳＤＶ）乗船時から誘導してもらいます」と作戦担当幹部が説明した。

「了解」と高尾一陸尉がいった。

「海上機動について説明します。明日、９月３日１９００に別府駐屯地からヘリで日向灘へ移動し、２２００に浮上航行中の米海軍原子力潜水艦『ハワイ』へ乗艦します。その後、潜水航行し多良間島沖合2マイル地点で潜水兵員輸送艇に乗り換えてもらいます。潜水兵員輸送艇はそのまま多良間島の多良間漁港係留岸壁に接岸させます。上陸後、無人潜水艇の装備を掌握してもらいます」と作戦担当幹部が続けて説明した。

「偵察衛星によれば、敵は滑走路地区に赤外線警備施設を構築し警戒している。警備施設と兵力の関係から漁港に歩哨はいないだろう。ただし巡回警備は考えられる」と木村が補足した。

「火力調整班は上陸後、空港南西の砂丘上に観測拠点を占領し、レールガン及び電子戦装置の破壊を確認後、空自の航空攻撃を誘導してもらいます。火力誘導班の射撃要求後に、Ｆ35Ｂは護衛艦『いずも』を離陸し数分後には統合誘導爆弾を投下します。攻撃終了後はそのまま潜伏斥候として、水陸機動連隊の増援までがんばってもらいます」と作戦担当幹部が説明した。

「あのー。私はどうなるのでしょう」と井手が不安げな様子で後方の席から、この場にいてもいいのか疑問を持ちながら聞いた。全隊員がそれまで存在を忘れていたひとりの民間人に注目した。

「諸君に紹介するのを忘れていた。特殊作戦群の隊員はすでにレールガン教育で承知している

特殊作戦群（SFGP）

2004年に創設された陸上自衛隊の特殊部隊。複数の装備を保有するが、本作戦では、アメリカ陸軍特殊作戦部隊と類似した装備で作戦にあたっている。

が、こちらの方は株式会社日本特殊製鋼所の井手技師長さんだ。Aチームに同行してレールガン破壊に協力していただくオブザーバーだ」と木村が紹介した。

「ええー！　聞いていません。それに私は民間人です。旅行保険もないし……」と井手が悲痛な声でいった。隊員達の中から再び笑い声があがった。

「心配いりませんよ。井手さんの上司には了解を得てあります。松浦准尉が責任を持って守りますから」と木村が諭すようにいった。

「そんな……」といいながら井手は絶望感にとらわれていた。同行するのは軍事作戦、それもテレビのニュースで流れていた多良間島の武装組織への攻撃のようだ。耳を疑ったがまさか会社がOKをしているとは。特機本部長の顔が浮かび無性に腹が立った。

「諸君。時は過ぎて今は9月3日だ。いよいよ本日1900に出撃する。しっかり休養を取ってもらいたい」と木村が最後にしめくくった。隊員達はそれぞれのチームに分かれて教場から出ていった。

特殊作戦室長の石川一陸佐が木村を呼び止めて声をかけた。

「木村二佐。今回の作戦では全員無事には帰還できないかもしれない。増援部隊を可能なかぎり早く送るが、それまでは何とかL部隊だけで持ちこたえてほしい」

「わかっています。隊員たちも覚悟はできています」

沖縄県多良間村・沖合（多良間島）

9月2日夕、パシフィック・オーシャン号の戦闘指揮所では、司令員の王大校が航空自衛隊の無人偵察機グローバルホークの撃墜を確認して、レールガンの威力に改めて驚嘆の声をあげていた。

「今回の作戦を見るに、わが国の科学技術のレベルは米国を抜き世界最高だ。日本政府も手も足も出ないだろう」

「張上校にもしっかりと働いてもらわないといけません」と林中校がいった。

「なあに。張は独断専行する面があるが、島の作戦は彼に任せておいて大丈夫だろう」

「4日後には台湾上陸作戦が開始されます。DF15改の発射態勢を台風作戦終了まで維持する必要があります。〝万が一にも態勢が不確実になれば上陸作戦を中止〟することになります」

「わかっている。態勢は確実に維持する」

林中校は王司令員との会話を終わり、戦闘指揮所を出て甲板上のヘリ格納庫裏にやってきた。そこで腰のポーチから衛星携帯電話を取り出し短縮ボタンを押した。

「林中校です。こちらの状況をご報告します」

「おお、待っていたぞ」と衛星携帯電話の向こう側から政治工作部主任の許上将の声が伝わってきた。

「日本の警備船一隻及び無人偵察機1機をレールガンで攻撃し撃沈・撃墜しました」

「そうか。やむを得んな。アラビア海に進出していた米海軍空母機動部隊が台湾海峡に向かった。エチオピアのDF26が米軍の攻撃により破壊され、イランがホルムズ海峡封鎖宣言を撤回したからだ。また、サンディエゴ海軍基地の空母が整備を終わり出航準備中だ」

「雷撃作戦だけが頼りということですね」

「そうだな。したがってこの作戦に綻《ほころ》びが出れば台風作戦は中止になる」

「心配なのは王司令員ではなく張上校です。独断専行が見られます」

「あいつなら考えられるな。しかし司令船の支援がなければ何もできない。林中校は王司令員に〝誰の指示に従うか〟しっかり判断をさせるようにすることだ。遅かれ早かれ日本政府は島を奪還しにやってくる。間違っても司令船が戦闘に巻き込まれてはならない」

「了解しました」

林中校は連絡を終えると、衛星携帯電話をポーチに入れて舷側から多良間島を見た。月明かりのなか、レールガンの発電機である小型核融合炉の稼働標示灯の赤と青のランプが光っていた。

二度のレールガン発射の攻撃成果により、張上校の任務への意識も高揚していた。張上校は第3小隊長の羅少校を滑走路東側にある野外天幕の指揮所に呼んだ。

「羅少校。必ず日本軍の攻撃がある。空中潜入か海上からかわからんが。今から村役場に行き村長以下10名ほどを連れてきてくれ。人間の盾にする」
「民間人を巻き込むとジュネーブ条約に違反することになりますが……」
「羅、忘れてはいないか。我々は中華人民共和国の人民解放軍ではない。琉球独立団だ。それに加藤と違って多良間島の住民に犠牲者が出るとなると、日頃、日本政府に批判的な沖縄県が黙っておらずに動くだろう」
「了解しました」といいながら羅少校は天幕を出ると部下数名とともにピックアップ・トラック3台に分乗して北の集落に向かって行った。

加藤は監視兵のすきをついて逃げようと煙草を吸いながら考えていた。その時、2度目のレールガンの発射音を聞いた。目標はわからないが恐ろしい結果になっていることだけは予想できた。

空港施設はコンクリート造りの平屋であり、南側に待合室、北側に管理事務所、その間に施設玄関とトイレが設置されている。管理事務所出入口を出て左手に男女別のトイレがある。加藤の記憶では個室トイレの窓は小さいが大人ひとりはなんとか通れる。この窓から逃げることにして、後はタイミングである。

羅少校は、宮里村長を含めて10人の島民を連れて空港に戻って来た。ピックアップ・トラックから降ろされた島民は加藤のいる管理事務所に入れられた。加藤は入ってきた島民を見て直感で人質だと思ったが、そのなかに子どもがいるのを見つけて愕然とした。子どもは6歳ほどの男の子であり、娘の真奈美と同じ年頃である。父親らしき男性の腰に不安げに抱きついていた。加藤の父親としての感情に火がついた。

「おい、琉球独立を正義のようにとなえているお前らが、子どもを巻き込むのか」と加藤は激しい口調で連行してきた隊長格の兵士に抗議した。

「父親から離れないのだ」と流暢な日本語で羅少校が答えた。

「同じ琉球人なら親子を解放しろ」

「解放してもよいが条件がある。俺と親子が仲よく握手している写真をSNSにアップしろ。お前の携帯電話はすべて監視しているからな」と羅少校は含み笑いをしながら加藤に条件をいった。

加藤はスマホも監視されているのかと今さらながら驚いたが、条件をのみ親子と羅少校が並んで握手している写真を撮り、〝島民に感謝される琉球独立団〟との説明を入れてアップした。アップされたSNS画像を確認した羅少校は親子を解放した。

部屋を出ていく親子の後ろ姿を見送りながら、子どもを人質にするというやつらの卑劣さが許せなくなった。親子は乗ってきたピックアップ・トラックに再び乗せられて集落に戻っていった。

狭い部屋に多くの人間が入れられている状況では監視の目もゆるみがちである。ましてや人質は民間人である。

「おい監視兵。トイレに行かせろ」と加藤はなじみになった監視兵にいった。

「うん」と監視の兵士は目でドアを見ながら短くいった。

加藤はすし詰め状態の島民を横目で見ながら事務所を出た。事務所玄関にいた監視兵が鋭い視線で加藤を見て監視の役目を引き継いだ。その時、事務室にいた島民の一部が、拘束されたことや狭い部屋に詰め込まれたことなどから騒ぎ始めた。玄関にいた監視兵も騒ぎを静めるために急いで室内に入った。

監視の目がゆるんだ。この時、加藤に千載一遇のチャンスが到来した。個室トイレに入るとドアを閉め、すぐに窓を開けた。加藤の記憶どおり大人ひとりが抜け出せる大きさだ。トイレのタンクに右足を置き、両手を窓枠にかけて身体を押し上げ、上体を窓から出し右足の力で外に飛び出した。外には幅5メートルほどの空港外周道路があり、道路の向こう側はサトウキビ畑が広がっていた。身体を起こして立ち上がるとそのままサトウキビ畑に走りこんだ。

騒ぎによる監視兵の隙をついて逃げたが、じきに脱走がばれて捜索が行われる。加藤はできるだけ遠くに逃げることにした。

日向灘沖

9月3日2200、海上自衛隊の呉基地を出港した米海軍バージニア級原子力潜水艦「ハワイ」は、宮崎県日南市沖合の日向灘を浮上航行し25ノットで南西に向かっていた。

「機関停止」と発令室の艦長クロフォード中佐が自衛隊ヘリ接近の報告を聞き、潜水艦の停船を命じた。

「乗員に告ぐ。只今より日本の特殊部隊を収容する。部署にかかれ」とクロフォード艦長が短く艦内放送で命じた。暗闇のなか、九州本土から陸上自衛隊第１ヘリ団第１０２飛行隊の輸送用ヘリＣＨ47Ｊ１機が原潜「ハワイ」に近づきつつあった。

「機長よりＬ部隊に告ぐ。合流地点に到着した。隊員は降下用意、青ランプで降下されたい」と輸送ヘリの機長が機内放送を通じて指示を出した。ヘリの機上整備員が後部のドアを開き始めていた。

「よし。ファストロープ点検。降下用意」と柳下曹長が隊員に準備を指示した。降下長は柳下曹長であり、彼の降下指揮で木村以下全隊員がヘリから原潜へのリペリング降下を行う。リペリングは、輸送ヘリ後部に取り付けられた架台から25メートルロープ２本を垂らして同時に２名ずつ懸垂下降で原潜に降下する要領である。隊員達は原潜の後部甲板に立つ米海軍水兵の持つ懐中電灯を頼りに、次々と甲板上に降下していった。降下を確認した輸送ヘリは〝健闘を祈る〟の発火信号を出して高度を上げながら北の方角に飛び去っていった。

Ｌ部隊の隊員たちは、米海軍水兵の案内で前部ハッチから艦内に入っていった。この原潜はシールズ用に改修された潜水艦であり、潜水艦発射式弾道ミサイル発射管の一部を撤去して区画を拡張していた。後部のシールズ用区画には兵士40名を収容できるスペースがあり、ここから後部甲板に積載されている潜水兵員輸送艇に乗り込める。

「急速潜航」とL部隊隊員が全員収容されたのを確認してクロフォード艦長が命じた。ここから多良間島沖まで約18時間の潜航が続く。しばらくして隊員達の区画にクロフォード艦長と兵士3名がやって来た。

「私が艦長のクロフォード中佐です。皆さんに全面的に協力するように命令されています」

「ありがとうございます。ご協力をいただきたいへん助かります」と木村がいった。

「紹介します。シールズのレオン大尉、パトリック兵曹長、トロイ兵曹です。皆さんの乗るSDV(潜水兵員輸送艇)の乗員です。SDVは多良間漁港の係留岸壁に接岸させます。その後、3名は皆さんとともに行動します」

「それは心強いかぎりです」

「我々はイラクやソマリアで実戦を経験しています。皆さんのお役に立つことができれば幸いです」とレオン大尉が微笑みながら流暢な日本語でいった。これもロバートの父親である海軍提督の計らいだと木村は思って心のなかで感謝した。

潜水艦は水中30ノットの速力で多良間島を目指して南西に進んでいった。戦後初めて自衛隊の防衛出動が下令され、今まさに実戦が始まろうとしていた。

国際通り「島唄居酒屋波照間」（沖縄県那覇市）

9月3日午後5時、警視庁外事二課の田島警部は那覇市国際通りの居酒屋〝波照間〟の店内に捜査官4名とともに張り込んでいた。この日、正午の航空便で杉田京子が那覇に入った。福島参事官を追いかけてのことである。東京の別班は徐一等書記官と杉田京子の間のクーリエ学生を命令があればいつでも逮捕できる態勢で張っていた。

「内調の横やりが入る前に、福島と杉田を国家公務員法違反容疑で任意同行。抵抗すれば緊急逮捕だ」

この日までに捜査班は杉田京子が福島に会い、その後大学生のクーリエに封筒を渡し、そのクーリエが徐一等書記官に封筒を渡すのを確認し、受け渡しの現場写真を撮影していた。物が何かはわからないが、自衛隊の行動について漏洩した事実を突きつければ自白に持ち込めるとの判断だ。

居酒屋〝波照間〟は、沖縄では一般的な島唄（沖縄の民謡や歌謡曲）をライブで提供する居酒屋であり、国際通りの雑居ビル地下にあった。平日とはいえ観光客や仕事帰りの客で30席ほどの店内は満員であった。午後5時過ぎに福島が入店した。田島たちは目立たないように後から入って少し離れた入り口近くの席に座り、オリオンビールを注文した。福島は店の一番奥のテーブルに座っていた。午後5時30分に杉田京子が入店した。

「福島さんお疲れさま」と京子が笑顔で福島の前に着席した。

「京子ちゃん。遠く那覇までありがとう」と福島は泡盛の水割りを飲みながらいった。

「眠れないでしょうからお薬とともに参上よ」

「悪いね」

　2人は2時間ほど食事をした後、居酒屋を出て国際通りを5分ほど北に歩き、国内航空会社の系列であるシティ・ホテルに入った。このホテルは福島の沖縄出張中の宿である。7階の部屋に2人が入ったのを尾行していた田島警部たちは確認した。

「よし。杉田が部屋から出て来たら2人を任意同行だ。抵抗したら逮捕する」と田島警部が部下に指示をした。1名は非常階段に、3名は福島の部屋から10メートルほどの所にあるエレベーターホールに待機して福島の部屋のドアを見張っていた。

　2時間ほどたった午後9時すぎに京子が部屋のドアを開けて廊下に出てきた。田島警部ともう1名の捜査官はすかさず京子を取り囲み、残りの1名は部屋のなかにかけ込んだ。非常階段にいた捜査官もすぐに部屋の前まで駆けてきた。

「杉田京子さんですね。警視庁外事課です。国家公務員法違反容疑によりご同行願います」と田島警部が京子に通告した。

「えっ」と京子は絶句した。京子にとってはまさかの展開である。捜査官は京子の持つハンドバッグを取り、両方から囲むように近づいた。京子はがっしりした捜査官2名に両脇を固められエレベーターに向かった。

室内に入った田島警部はベッドで寝ている福島を見た。

「薬だな。起こせ」と田島は捜査官に指示した。

「福島参事官。福島参事官」と捜査官は呼びかけながら大きく身体をゆすった。福島はうつろな眼差しで捜査官を見た。

「な……何が聞きたいの」といいながら瞼を閉じた。

田島は救急車の手配を命じると、警視庁の高橋外事二課長に携帯電話で連絡を入れた。

「午後9時20分に福島と杉田の身柄を確保しました。なお福島は何らかの薬物により意識混濁状態です。自衛隊那覇病院に一時収容します」

「わかった。杉田はすぐに東京に連行してくれ。福島は状態を見て連行するように」と高橋課長が指示した。

「官邸対策のほどよろしくお願いします」

「わかっている」といって高橋課長は電話を切った。

「キャリアのお手並み拝見だな」と田島警部はいいながら拘束した京子のもとに向かった。

京子は国際通りの反対側、ホテル裏口の前に停車しているワンボックスタイプの沖縄県警捜査車両に乗せられた。福島の肉声が録音されている超小型ボイスレコーダーはハンドバッグ内にあり、そのバッグは捜査官が確保している。

彼女は、駐日中国大使館の徐一等書記官から最悪の場合にはためらうことなく行うように指示された動作を取ることにした。

自分のこれまでのスパイ活動により、祖母や母の仇である日本に対して一矢報いることができ、悔いはない。しかし彼女の心に少しだけ悔やむことがあった。それは福島の行く末である。冷酷なスパイの任務だったが、なぜか福島の子どものような心に京子の母性本能が同期した。この事件に巻き込んでしまった罪の意識……それがほんの少しだけ頭をもたげた。

京子は車内で右上腕部内側のマイクロチップを左手拳で強く叩いた。すぐに意識が遠のくのがわかった。捜査官達のざわつく声が聞こえた気がしたが、すぐに漆黒の闇が訪れた。

米海軍原子力潜水艦「ハワイ」（多良間島北東海域）

９月４日１５３０、日向灘沖で陸上自衛隊のＬ作戦部隊を乗艦させた原潜「ハワイ」は、僚艦の海自潜水艦「せきりゅう」とともに水中30ノットの速度で南西に進み、18時間後に潜水兵員輸送艇発進地点の海域に到達した。

「部署。ＳＤＶ（潜水兵員輸送艇）発進準備」と艦内放送が指示を伝達した。

「よし、全員ＳＤＶに乗船」木村が命じた。シールズ待機区画の上部には乗船用ハッチがあり、このハッチから隊員たちはひとりずつタラップを上りＳＤＶに入っていった。荷物積載スペースを撤去した船内には40名ほどが座れるネット状の兵員シートが両内壁に向き合うように設置されている。

前方の操縦席には、すでにパイロットのパトリック兵曹長とトロイ兵曹、艇長のレオン大尉が配置についていた。乗船は10分程度で終わり、ハワイとＳＤＶの両方のハッチが閉められた。すぐにクロフォード艦長から船内通話が入った。

「陸上自衛隊の皆さん。作戦の成功を祈ります」とＳＤＶの船内スピーカーから流れた。

「ご支援に感謝する」と木村は通話装置を手に取って短く返した。

レオン大尉の発進準備よしの報告でＳＤＶ（排水量65トン、全長25メートル、幅２・５メートル、中央に司令塔があり、ＧＰＳ航行装置と水中ソナーを装備し、電池により水中速力10ノットを出す。乗員は３名、搭載能力は完全武装のシールズ隊員40名）は原潜から切り離され自律航行に移った。

同時に潜水艦「せきりゅう」の無人潜水艇１号も艦から切り離されＳＤＶの後方を静かに進んで行った。

「２時間で多良間島に上陸する。司令部経由で最高指揮官の総理から、我々への激励の言葉がとどいている。全員無事で帰れないかもしれない。覚悟を決めてもらいたい」と木村が隊員たちにいった。

「よし。各自、個人装備を点検しろ」と特殊作戦群の柳下曹長が全員に指示した。

井手は別府駐屯地を出発する時に覚悟を決めたが、ヘリからのリペリング降下、といってもじつのところ吊り下げられ、原子力潜水艦での航海、そして潜水艇の船内と生まれて初めての経験に、子どものような興奮と好奇心を覚える反面、実際の戦闘に付き合わされる恐怖感がない交ぜになり複雑な心境であった。

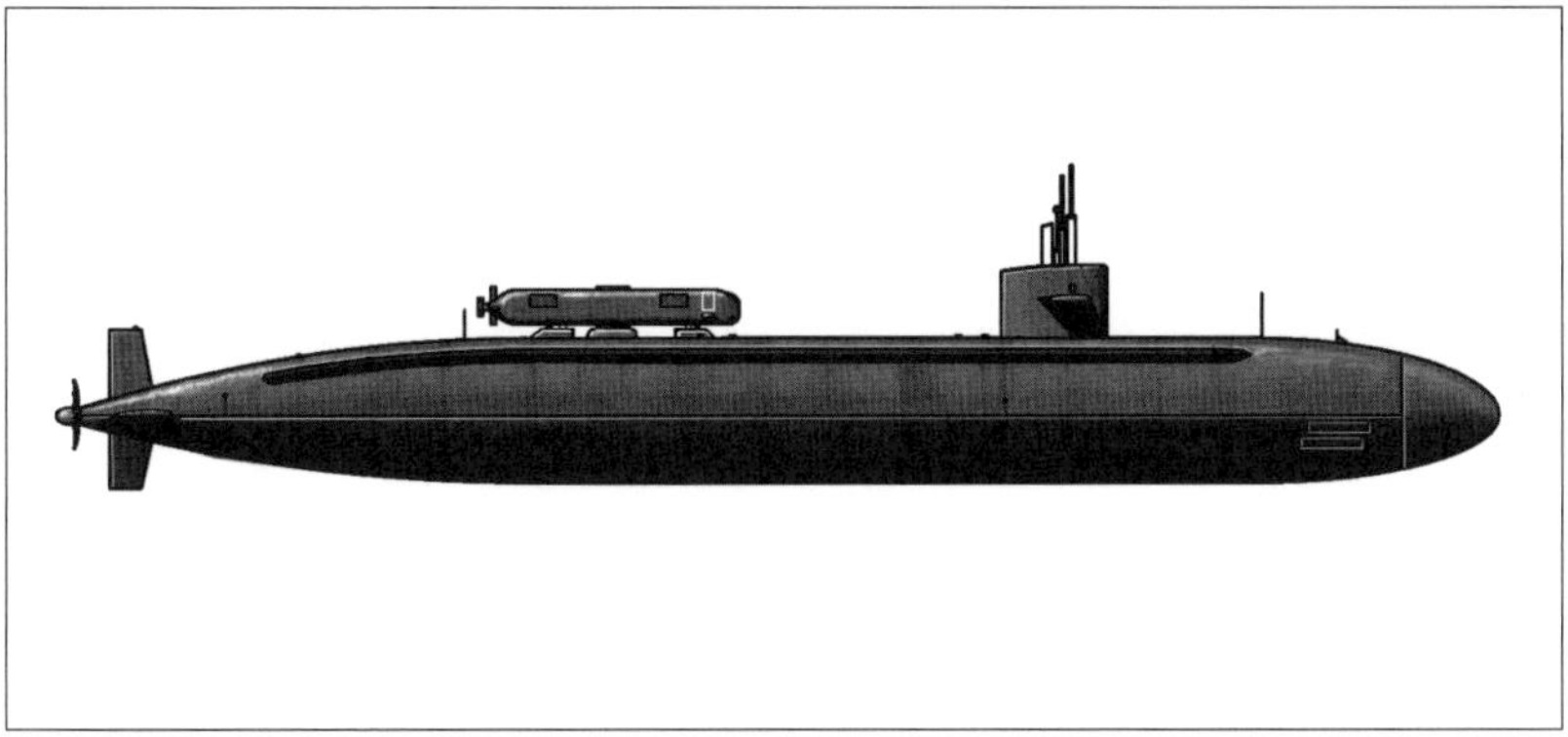

SEAL 輸送システム（SDV 改）
排水量　65 トン、全長　25 メートル、船体幅　2.5 メートル、最大速度　10 ノット、
搭乗可能人数　3 人（乗員）、40 人（兵員）
潜航したまま極秘に特殊部隊を輸送するためのプラットフォーム。ヴァージニア級原子力潜水艦の艦上部に繋止し、作戦地域近くまで輸送後、海中から潜水発進する。

「井手さん顔面蒼白ですよ。深呼吸してください」と横に座っている松浦准尉がいった。

「当たり前ですよ。昨日まで大分市内の研究所にいたんですよ」

「まあまあ。リラックスしてください。私が責任を持って守ります」

「本当ですか。よろしくお願いします」

海中を進む2隻の潜水艇は、夜のとばりが降りつつある東シナ海をまっすぐに多良間島を目指して進んでいった。

多良間島沖北東約18マイル地点、多良間島にあるレールガンの有効射程外の海域に護衛艦「いずも」と輸送艦「くにさき」及びエスコートの護衛艦2隻がL部隊への支援作戦のため静かに近づいていた。

東部戦区司令部前進指揮所（中華人民共和国福建省泉州市郊外）

9月4日1600、第73集団軍の上陸部隊約10万を乗せた大輸送船団が台湾海峡を目指して海上機動していた。

福建省泉州市郊外、陸軍基地の地下施設に設けられた東部戦区司令部前進指揮所内の作戦室において、東部戦区司令員の孫成衛《スウンチエンウエイ》上将が、台風作戦の状況を幕僚から聞いていた。

「司令員。本日0600から、台湾政府・軍及び重要施設に対してサイバー攻撃などの電磁打撃を開始しました。船団は計画どおりに海上機動中です。次の段階は5日0600からの航空攻撃です。この戦果を確認して6日0500に第一梯隊の上陸を開始します」と集団軍司令部作戦部長が報告した。

「上陸作戦開始の最終判断の時期は」と孫司令員が聞いた。

「航空攻撃が開始された後では後戻りできないかと思います」

「5日の0600か。あと14時間でわが国は全世界を相手に戦争を開始することになる」といいながら、孫司令員は指揮所内の司令員室に歩いていった。

孫司令員は司令員室に入ると机上の赤い秘匿電話の受話器を手にした。短縮ボタンを押すと呼び出し音が聞こえ、しばらくすると相手方が出た。

「許上将だ」と政治工作部主任の許暁平上将がいった。

「東部戦区司令員の孫です。上陸部隊は予定どおり台湾海峡を目指して前進中です」

「わかった。今夜が勝負だ。パシフィック・オーシャン号にいる林中校が戦闘指揮所の電子機器を破壊する。そうすれば多良間島のDF15改とレールガンが使えなくなる。雷撃作戦の失敗だ。次に、李主席に台風作戦の中止を具申するが、聞き入れなければ政治工作部が主席を拘束し、呂総理に臨時代理を務めていただく。李主席が作戦中止を受け入れても責任問題で失脚する」

「台湾軍も非常勤務態勢を下令しています。なんとしても作戦中止にしなければなりません」

「外見上は反政府の武装グループが起こしたテロ活動だが、日本政府も重い腰を上げて多良間島に攻撃をしかけてくるだろう。しかし日本に手出しさせるわけにはいかない。我々の手でやらなければならない。無傷で部隊を撤収させることが重要だ」

「林中校の働きにかかっているということですね」

「そうだ」と許上将はいって電話を切った。

沖縄県多良間村（多良間島）及び周辺海域

9月4日1800、加藤は多良間漁港近くの防風林のなかにいた。防風林は島の外周道沿いに50メートルほどの幅で設けられ、砂浜まで続く松林である。

島の北側の集落には兵士が住民監視のため配備されている。また、そこまで行くには広い畑を通らなければならない。見つからずに隠れるには防風林しかなかった。松林と砂浜の境の低くなったところに加藤は隠れていた。加藤のポケットにはスマホとゴールデンバットが一箱。それにライターだけである。水もなく、何か策があって逃げたわけでもなく、加藤はこの先の不安をおぼえていた。

その時、空港方向から1台のピックアップ・トラックがゆっくりと外周道を走ってきた。武装グループの車両である。車の荷台に乗る兵士がライトで防風林をゆっくりとなめるように照らし、そのまま過ぎていった。

加藤の背中に冷たい汗が流れた。昨夜からほとんど寝ておらず、緊張感と疲労から眠気が襲った。うつらうつらとしていると不意に後ろから強く肩をつかまれた。加藤は驚くとともに、彼らに見つけられたと思い観念した。

男は「静かに」と低く小さな声でいった。

加藤はゆっくりと後ろを振り向いた。その男は黒い戦闘服、黒のヘルメットに防弾ベスト、顔は目出し帽で目しか見えない。武器は自動小銃と拳銃を所持していた。加藤は男の左肩の識別章を見て目を見張った。その男の肩には小さな日章旗が付いていた。

「日本人ですか」と加藤は小さな声で聞いた。

「陸上自衛隊特殊作戦群の塩見三佐です」と男は答えた。

「助かった」と加藤はいいながら胸がいっぱいになり、自然と涙が湧いてきた。

「こちらに来てください」と塩見はいいながら、加藤を80メートルほど先にある多良間漁港の物置として使用されているプレハブ小屋に誘導した。小屋は6畳ほどの広さがある。漁港には同じ大きさの小屋が7個ほどとコンクリート造りの組合事務所が設置されていた。腰をかがめて小屋の近くまで来ると加藤はさらに驚いた。そこには同じ黒い戦闘服姿の隊員達が30名ほど防風林と外周道を警戒しながら集まっていた。そのなかのひとりが加藤を見て近づいてきた。

「毎朝新聞の加藤記者ですね。逃げられたのですか」

「はい。あなたは」

「木村ですよ。ほら市谷の陸上幕僚監部広報室にいた木村です」

「ああ。あの時の木村三佐ですか」と加藤はこんな時にまさか旧知の自衛官に会うとは思ってもいなかった。そういえば木村三佐が特殊作戦群に在籍していたこともあると話していたことを思い出した。

「指揮官の木村二佐です」

「昇任されたのですね。私を助けにきていただいたのですか」

「まあ……半分はそうです。我々の作戦目的は敵の排除です。加藤さんの知っている情報をできるかぎりくわしく教えていただけますか。敵の情報がほとんどわかっていないのでお願いします」といって木村は小屋のドアを開けた。

「わかりました」と加藤はいいながら小屋のなかに入った。なかには6名の隊員たちがいた。彼らは床に多良間島の地図を広げて懐中電灯で照らしていた。地図にはいろんなかたちのシンボルマークと赤と青の印や矢印が記入されていた。

「塩見三佐が偵察中に偶然にも加藤記者を発見した。これから加藤さんが知っている敵の情報を教えていただく」と木村は集合している各グループ長にいった。

加藤は見聞きしたことをできるかぎりくわしく地図を指さしながら話した。武装グループが航空機でやってきたこと、武装グループの人員数、レールガンとミサイルらしき兵器と電子戦装置の置かれている位置、警戒員の配置、そして母船の存在などである。

「たいへん助かりました。加藤さんの情報のおかげで敵の配備が確認できました」と木村がいった。

「村長ほか数人が人質に取られています」と加藤が付け加えた。

「まずいですね。場所はわかりますか」

「私が逃げる時に入れ替わりで管理事務所に入ってきましたから、今もそこだと思います」

「このままだと巻き込まれてしまう」と木村は他の隊員たちにいった。

張上校は、利用価値がなくなったとはいえ、加藤をなんなく脱走させてしまった隊員の気のゆるみに怒りがこみ上げていた。加藤が逃げたことによる作戦上の支障はないが、部隊の気のゆるみが原因で作戦が失敗した戦例は枚挙にいとまがない。

「張隊長。司令船からの情報によれば日本海軍の艦隊が北東海域に近づいているとのことです。司令船の艦船用レーダーの標定範囲外であり、わが国の偵察衛星の情報です」と通信下士官が報告した。

「そろそろ来るころだと思っていた。衛星情報で雷撃砲を発射するように司令船に連絡しろ」

「隊長。データリンクされていません。座標での射撃になります」

「それでいい。これ以上近づくと沈めるぞとの警告だ」

「了解しました。司令船とコンタクトします」

張上校は杜少校、曹少校、羅少校の3名の小隊長を集合させ、海上からの敵攻撃に備えるため、警戒を厳重にするように命じた。

「日本軍は必ず来る。その時には血祭りにしてやる」と張上校は小隊長たちに語気を込めていった。

管理事務所では、宮里村長以下役場の男性職員8名が監禁されていた。さほど大きくない事務所であり、さすがに息苦しい。宮里村長には、トイレから帰らない加藤記者が逃げたらしいことが監視兵の慌ただしい動きから分かった。

「総務課長。加藤記者は逃げたらしいが、我々はどうなるのだろう」と宮里村長が伊良部課長にいった。

「たぶん人質だから解放されないと思いますよ」

「おい。ひと事みたいなこというなよ」

「村長。ここは首長として村民を守る覚悟が必要です。村長ひとりが代表で人質になり、我々を解放するように交渉してはどうでしょうか」

「……。総務課長と2人だな」

部屋の出入口はひとつであり、事務所内に監視兵が2名、事務所出入口の外に2名の監視兵が配置されていた。加藤が逃げ出したために、人質の監視体制が2倍に強化されていた。村長たちが不安げに話している時に、外で大きな音が聞こえて管理事務所の窓が振動した。その音と振動は6回を数えた。

雷撃砲発電部の小型核融合炉から送られた高電流はパルス・コンデンサに一度蓄電され、発射指令によりパルス・コンデンサから瞬時に雷撃砲の砲部に送電された。重量15キロの円すい型の砲弾は、砲口から激しい火炎を噴きながら発射された。周囲には空気を切り裂く高い飛翔音と、発射後の砲口からの熱プラズマ炎と白煙が立ち込めた。19マイル先の海上自衛隊の艦隊付近まで約7秒で到達した。

多良間島沖の北東18マイルが艦隊の待機海域である。レールガンの海上目標射程約16マイルのギリギリの地点であった。

海上自衛隊の艦隊は、待機海域の手前1マイル地点を護衛艦「いずも」、その後に輸送艦「くにさき」、その他護衛艦2隻が続く単縦陣で進んでいた。

「いずも」の右舷4マイル付近に一定間隔で連続して大きな水柱が6本あがった。

「艦長。敵のレールガン攻撃です」と「いずも」の航海長がいった。

「大丈夫だ。停船位置まで、そのまま全速前進」と艦長が命じた。

艦隊は速力を落とさずに予定海域に進み停船した。

王は司令船の戦闘指揮所で衛星画像を利用し、その概略座標から雷撃砲の射撃を実施する状況を確認していた。

「当たらないだろうが、脅しには十分だな」と王は林中校にいった。

「我々の射程内には近づかないでしょう」

「夜が明ければ台風作戦がいよいよ開始される。終了まで米海軍をくぎ付けにするのが我々の任務だ。日本に邪魔はさせない」

林中校は戦闘指揮所内のレーダー操作装置の横に立っていた。右手には30センチ四方の軍から支給された女性軍人用の黒いハンドバッグを持っている。彼女は周囲の兵士に気づかれないように、レーダー操作装置の後ろにハンドバッグをそっと置いて静かに出口から出ていった。

その様子を揚陸指揮官の魏中校が見ていた。魏中校はレーダー操作装置の後ろにまわりハンドバッグを取り、なかを見ると縦横20センチ、厚さ5センチほどの金属製の容器が入っていた。蓋を開けるとすぐにこの容器の使用目的がわかった。それは小型の電磁パルス（ＥＭＰ）発生装置だった。この装置を魏中校は海軍技術部で見たことがあり、その効果は半径30メートルほどであると説明されていた。発生装置は待ち受け状態であり、携帯電話などで信号を送信しオンにすれば、司令船の電子戦装置、雷撃砲、ＤＦ15改などの射撃指揮装置が使用不能となる。

「王司令員。これを見てください」と魏中校は王に小型電磁パルス発生装置を見せた。

「これはなんだ」

「小型の電磁パルス発生装置です。作動させると司令船の電子機器がダウンして作戦ができなくなります」

「どこで見つけた」

「林中校の立っていたレーダー操作装置の裏側です。彼女がハンドバッグに入れて置きました。揚陸作業時、エアクッション揚陸艇1号が故障しましたが、揚陸艇の部品を壊したのも彼女だと思います。破壊活動です」

「まさか林中校が……。林を拘束しろ」と王は室内にいた警備兵に命じた。警備担当士官が戦闘指揮所から林中校を拘束するために急いで出ていった。

「いったいなんの目的で破壊工作などを……」王は信頼していた部下に裏切られて困惑していた。


L作戦部隊は多良間漁港のプレハブ小屋で、最終的な攻撃要領と人質救出要領を確認していた。その時レールガンの6発の発射音を聞いた。

「レールガンだな。海自の艦隊に向け発射した可能性がある」と木村がいった。

「無事だといいですが」と塩見が不安げにいった。

「よし、現在1845。〝攻撃命令〟。攻撃前進開始は1900。特殊作戦群のA（アルファ）チームは1910に滑走路南西地区から攻撃、Z（ズール）チームはサトウキビ畑を迂回して滑走路北西地区から1915に攻撃。爆破は同時を基本としセット時刻は2000とする。私と偵察中隊の1個班は両チームの爆破音を確認して管理事務所に突入し人質を救出する。火力誘導班は滑走路南側の砂丘付近で航空攻撃を誘導。偵察中隊は現在地で攻撃隊の収容掩護。ヘルメット・カメラを装着している隊員は今からオンに、携帯無線機は爆破を確認したらオンにしろ」と木村が簡潔に命じた。

「電子戦装置を破壊したら、我々の動きは官邸の指揮所に中継されますね」とZチーム長の柳下曹長がいった。

「今からの行動も録画される。隊員にふざけたまねをするなと徹底しておけ」と塩見が両チーム長にいった。

「行動を開始したら全員、暗視装置（ゴーグル）を使用しろ」と木村がいった。各チームは命令を受けた後、無言でそれぞれの部署に分かれていった。井手技師長はレールガン攻撃の大杉一陸尉のAチームに、加藤は人質救出の木村隊長のチームに案内員として同行した。

Aチーム（多良間空港滑走路南西地区）

大杉一陸尉は部下5名、井手技師長及び護衛の松浦准尉とともに滑走路南西地区の防風林から滑走路地区に進んだ。この地区の防風林は砂浜から50メートルほどの幅がある。防風林を抜けると幅5メートルほどの滑走路保安道があり、道路を渡ると外柵にあたる。外柵を越えると滑走路の南端に出る。レールガンの展開地域はそこから100メートルほどの所である。大杉一陸尉は1名を防風林の林縁に掩護のため残し、保安道を横断して外柵沿いに前進しレールガンに一番近い外柵付近に進んだ。外柵の内側20メートルのところに中国軍の赤外線警戒装置が設置されていた。

Aチームの隊員が外柵に忍び寄り、人がひとり出入りできる大きさの穴をレーザー・ハンドガンで焼き切って作った。その後、マウスと呼ばれる長さ30センチ、横20センチのキャタピラ式有線誘導ロボット2台を穴から走行させ、赤外線警戒装置2台のそれぞれ18メートル手前まで進め停止させた。停止したマウスの背中からは1メートルの細い折り畳み式のアンテナが伸びた。操作する隊員がリモコンのスイッチを入れると、マウスは赤外線警戒装置から相手側に放射されている赤外線を受け正常な受信状態にした。2台のマウスの間隔4メートルに警戒の間隙ができた。

防風林の端でM24対人狙撃銃を保持する隊員の掩護のもと、6名の隊員と井手は這うような姿勢で外柵にできた穴を通過した。その後、低い草むらのなかを進み警戒装置にできた間隙部分までできた。大杉一陸尉は、9両の車両と長い砲身を備えたレールガンの砲塔を確認した。

「井手さん。レールガンのシステム構成を確認してください」と小声で大杉一陸尉がいった。

「わかりました」といいながら井手は松浦准尉から借りた暗視眼鏡を使用し、各車両の形状と配置などを確認した。これらが電磁砲学会の発表で見た中国軍の研究中のレールガン・システムと同じであることに気づいた。井手は、暗視眼鏡をあてたまま大杉一陸尉に車両群の左端にある車両から順に説明を開始した。

「車両群は同型車が5両、おそらく弾薬車です。電源と思われるものを積載した大型車が1両、その近くにコンデンサと思われる箱型車両が2両、後方にシェルターを積載した指揮統制車両が1両です」

「射撃統制装置は、あのシェルターの車両ですね」と大杉一陸尉が確認した。

「そうです。このシェルターを破壊すればレールガンは射撃できなくなります」

「わかりました。あとは私たちの仕事です。井手さんは松浦と防風林のところまで下がってください」

「了解です」

井手と松浦准尉はもと来た経路で後退していった。隊員たちは警戒装置の手前に遠隔操作式指向性散弾（地雷）をセットした。発火させるとパチンコの玉に似た700個の鉄球が敵方に向かって120度の角度で扇状に発射される。

「よし、行くぞ」といいながら大杉一陸尉以下5名の隊員は、警戒装置の間隙を抜けて舗装されている滑走路に入った。隊員たちは手前にある外柵に近い弾薬車の側面に張り付いた。その場所からコンデンサ車両及びレールガンの砲塔に人が数人いるのが確認できた。また大杉一陸尉は10メートルほど先に歩哨を確認し、1名の隊員に手信号で排除の合図を出した。隊員は腰のホルスターから拳銃型の無痛銃を取り出して歩哨を狙い射撃した。消音装置付きの拳銃型無痛銃から発射されたのは注射機能の飛翔体である。中身はパンクロニウム（筋弛緩剤）とチオペンタール（麻酔剤）の混合薬であり、命中すると睡魔が襲い意識がなくなり数時間は身体が動けなくなる。

「うっ」といって、歩哨は左腕に小型の注射器が刺さり、そのままその場に座り込み意識がなくなった。

その場に1名の隊員を残して、大杉一陸尉以下4名の隊員は這うように射撃統制装置のシェルターを積載した車両位置まで進んだ。シェルター部は大型車両の荷台に積載されており全長7メートル、幅3メートル、高さ2メートルほどの大きさのアルミ合金製である。そこにいた歩哨1名も同じように無痛銃で排除した。1名の隊員が車両の下に滑り込みシェルター部真下の車軸近くにC－4プラスチック爆薬を取り付けて起爆装置の時限タイマーを200にセットした。残り時間は15分。防風林まで後退するのに十分な時間である。あとは爆破を確認して多良間漁港に後退するだけだった。

井手は防風林まで下がると、暗視眼鏡を使用して隊員たちを見た。彼らの一糸乱れぬ動きに驚嘆するとともに、これまで以上に彼らへの信頼感が高まるのを感じた。その時、井手は射撃統制装置の後方50メートルほどの未舗装地点に穴があり、穴の上部からアンテナが見えているのを見つけた。

「松浦さん。もしかするとレールガンの遠隔操縦装置かもしれません」と隣の松浦准尉にいった。

「遠隔操縦装置というと、対空ミサイルなどに装備されている指揮装置本体が使用できなくなった場合の予備手段ですか」と松浦准尉が井手に確認した。

「そうです。このままでは射撃統制装置を破壊してもレールガンは死にません」

大杉一陸尉たちを待たずに、井手は防風林から80メートルほど離れた位置にある遠隔操縦装置の置かれている穴まで全力で走った。井手を止めようとした松浦准尉もしかたなく掩護の隊員をそのまま残して走った。穴は5メートル四方、深さ2メートルほどの掩体だった。中央の三脚の上に縦横50センチ、厚さ30センチほどの遠隔操縦装置が設置され、警備の中国兵が1名いた。２人は勢いよく穴に飛び込んだ。

「装置を壊します」と井手が叫んだ。

松浦准尉は穴に飛び込むと同時に中国兵に襲いかかった。互いに銃を使用できないまま素手での激しい格闘になった。その間、井手は遠隔操縦装置から電話機と電源ケーブル、データ送信用有線を外して本体を取り、近くの岩に叩きつけた。二度三度と叩きつけるうちに無線アンテナは吹き飛び装置本体も破壊された。

大杉一陸尉たちが防風林まで下がって来ると井手と松浦准尉は見当たらず掩護の隊員しかいなかった。

「２人はあそこに見えるレールガンの予備装置のところに走りました」と掩護の隊員が手信号で方向を示しながら報告した。

「えっ。まさか」大杉一陸尉が叫んだ。

Ｚチーム（多良間空港滑走路北西地区）

柳下曹長以下のＺ（ズール）チーム６名は、多良間漁港から大きく迂回しサトウキビ畑のなかを進み、空港管理事務所を避けて滑走路北西から滑走路内に進入した。サトウキビ畑を抜けると幅10メートルほどの県道塩川中筋線があり、道路を渡ると外柵にあたる。外柵から赤外線警戒装置の間隙を設ける手順はＡチームと同じである。サトウキビ畑に１名の隊員を残置し指向性散弾を設置した後、警戒装置の手前に開けた間隙まで進むと、そこからシェルター式の電子戦装置を積載した車両が4両確認できた。Zチームは、滑走路上に置いてある航空貨物用コンテナの位置まで進み、電子戦装置にいる2名の歩哨を無痛銃で排除した。

「よし。各装置に爆薬を取りつけろ」と柳下曹長は命じた。

隊員たちは各車両まで這うように進み車軸部分にC−4プラスチック爆薬を取り付け、起爆装置の時限タイマーを2000にセットした。爆薬の取り付けを完了した隊員が次々に柳下曹長のいる航空貨物用コンテナまで戻ってきた。後は進入したのと逆順の経路で後退するだけだ。Zチームが県道塩川中筋線まで後退し、まさに県道を渡ろうとしたその時、北から中国軍のピックアップ・トラック1台が走ってきた。そして柳下曹長たちの潜む草むらの近くで停車し、荷台にいた3名の中国兵のうち2名が道路上に降り立った。1名は荷台に取り付けられているDShK38重機関銃のそばにいた。この機関銃はソビエト連邦時代に対空機関銃として開発され、12・7ミリ弾を毎分600発の速度で発射できる。アフリカや中東などの紛争地域ではピックアップ・トラックの荷台に搭載されて使用されることが多い。道路上の2名の中国兵は煙草をふかして談笑していた。

「北京語です。会話の内容は、楽な作戦だとか話しています」と中国語に堪能な隊員が柳下曹長に報告した。

作戦郡隊員のなかには武器や通信、施設、衛生といった特技のスペシャリストの他、中国語、朝鮮語、ロシア語を話す隊員もいる。

このままだと爆破をこの草むらで確認することになる。指向性散弾の放射方向は今の道路上の敵ではなく、追跡を防ぐように滑走路方向に取り付けてあった。道路上の中国兵には指向性散弾が飛んでいかない。

「全員。安全装置解除。撃ち方まて」と柳下曹長は小声で射撃準備を命じた。

「了解」と隊員たちが自動小銃の安全装置を解除しながら小声でいった。

「現在地で爆破を確認した後、前方の敵を撃破して拠点に後退する」と柳下曹長が短く命じた。

時計を確認すると残り時間は10分だった。

人質救出班（多良間空港滑走路東地区）

木村以下6名の隊員は、加藤の道案内で多良間漁港からサトウキビ畑のなかを進み空港管理事務所の近くまできた。サトウキビ畑を出ると幅が15メートルの県道塩川中筋線があり、道路に背を向けるように管理事務所が設置されていた。木村がサトウキビ畑と道路の境界にある側溝を渡ろうとした時に、幅40センチほどの側溝の中に何か黒い大きな物があるのを見つけた。近づいてよく見ると、青い半袖の上着に紺色のズボンを穿いた男性の死体だった。木村の後ろにいた加藤にはすぐに誰の死体なのかわかった。

「駐在の外間巡査部長です」と加藤は木村にいった。

「そうですか。むごいことをする」

「彼らが島にやって来た時、私と村役場の総務課長、そして外間さんがつかまりました。警察官の外間さんだけ外に連れ出されましたが、まさか殺されていたとは……」と加藤は初めて目にする殺人遺体を前にして吐き気をもよおした。外間巡査部長のこめかみには銃で撃たれた傷が確認できた。

管理事務所の道路側には加藤の逃げたトイレの窓と事務所の窓があった。この窓は腰高窓であり地上から1メートル50センチのところに、幅1メートル50センチ、高さ1メートルほどの大きさの引き違い窓だ。窓ガラスはすりガラスであり網入りガラスではない。

「間もなく滑走路で爆破が行われる。爆破と同時に事務所の窓を割り、閃光弾を使用して室内に突入する。斥候班長は現在地で掩護。第1組（2名）は敵の排除、俺と第2組（2名）は人質の保護だ。加藤さんは斥候班長とここにいてください」と木村が小声で命じた。木村は4名の隊員とともに道路を横断すると事務所の窓の下まで進み、建物内にいる人間を確認するため携行していたハートビート・センサーを準備した。

この装置はT型の細長い棒状であり、長さ40センチの機械部と先端に直角に付いている長さ30センチのセンサー部からなっている。性能は、人間の心臓が鼓動する際に発する微弱な電波を感知でき、厚さ2メートルのコンクリート製構造物のなかにいる人員配置などを確認できる。

木村はハートビート・センサーの機械部に付いているモニターを見て、人質が管理事務所の中央に集まっていること、おそらく監視兵である2名が事務所出入り口付近にいること、室外の廊下部分に2名の監視兵がいることを把握した。その情報を他の隊員に知らせるとともに、室外防弾ベストに取り付けていた閃光弾を外してピンに指をかけた。2名の隊員が閃光弾の準備をし、残りの1名は命令と同時に窓ガラスを割れるように、腰に付けていた突入用ハンマーを手にした。木村が時計を確認すると爆破予定時刻まで残り5分であった。

戦闘（多良間島）

9月4日2000、大きな爆発が滑走路上5カ所においてほぼ同時に起こった。

レールガンの射撃統制装置の車両下からの爆発は凄まじく、シェルター車両は閃光と同時に激しい炎につつまれ、火を噴きながら地上から跳ね上がり、半回転して大破した。滑走路上では近くにいた中国兵が負傷してうめいており、また駆け付けた中国兵が怒号をあげるなど阿鼻叫喚の様相になっていた。

井手と松浦准尉は遠隔操縦装置の掩体にいたおかげで爆風からは守られたが、松浦准尉はまだ中国兵と格闘していた。井手は壊れた装置本体を松浦准尉に馬乗りになっていた中国兵の首に叩き付けた。中国兵がひるんだ隙をついて、松浦准尉は相手の銃剣を抜き取り、顎の下から真っすぐ上に突き刺した。中国兵はがっくりと倒れ絶命した。そこに大杉一陸尉が駆けつけた。

「大丈夫か」と大杉一陸尉が2人に声をかけた。

「大丈夫です。井手さんの機転でレールガンに止めを刺しました」と松浦准尉が息を切らせながらいった。

大杉一陸尉は、防弾ベストの左脇部に装着した小型携帯無線機のスイッチをオンにした。

「01。こちら02。任務終了、拠点に後退します」と首に付けているマイクを通して木村に報告した。Aチームは目標の破壊を確認し混乱する滑走路地区を横目に、多良間漁港の拠点を目指し急ぎ後退していった。

この時点で射撃統制装置と遠隔操縦装置を失ったレールガンは射撃不能となった。

電子戦装置の地域では装置4車両の爆破が1度に行われた。柳下曹長は携帯無線機のスイッチをオンにした。

「01。こちら03。爆破成功」と無線機で木村に報告した。

Zチームは、爆発の発生と同時に道路上の中国兵2名をHK416自動小銃でなぎ倒した。ピックアップ・トラックの操縦席にいた中国兵は窓からAK47自動小銃を乱射し、荷台の中国兵は、Zチームの潜んでいる草むら付近にDShK38重機関銃を発射した。その重い発射音と閃光をともなう曳光弾の強烈な火力はZチームに集中し、彼らが伏せる大地の土砂を激しく跳ね上げ雑草を弾き飛ばしていった。Zチームの1名がM26破片式手榴弾をピックアップ・トラックに投げ込んだ。手榴弾の爆発は重機関銃の中国兵を車外に跳ね飛ばすとともに、操縦席の中国兵の首を破片で切断した。

滑走路の中国軍地域では敵襲を知らせる警報のサイレンが鳴り始めた。県道方向に銃撃音と爆発を確認した6名ほどの中国兵が滑走路から駆けつけて来た。柳下曹長は赤外線警戒装置近くに設置した遠隔操作式指向性散弾（地雷）の射撃ボタンを押した。閃光と同時に大きな爆発音が聞こえ、パチンコ玉に似た７００個の鉄球が駆け付ける中国兵に向かって１２０度の角度で扇状に発射された。瞬く間に中国兵は散弾になぎ倒された。

「後退しろ」と柳下曹長は大きな声でチーム員に命じた。

多良間島を覆っていた中国軍の電磁ドームがこの時点で失われた。

木村は爆発音が聞こえると携帯無線機のスイッチをオンにした。イヤホンを通じてすぐにＡ及びＺチームから任務終了の報告が入った。両チームに了解の返信を行うとともに突入ハンマーを持つ隊員に手信号を出した。隊員はすばやく窓ガラスを破り、木村以下３名の隊員がピンを抜いた閃光弾を事務所内に投げ込んだ。白い閃光とともに大きな爆発音が響いた。同時に１名を残して隊員たちが窓から次々に室内に進入し、監視兵２名を９ミリ拳銃で射殺した。異変を察知し通路から飛び込んできた中国兵２名を窓の外にいた隊員が20式小銃で連射し、１名は首に1名は顔面に銃弾を命中させ倒す。事務所内にいた村長以下の人質は閃光弾のショックで何事がおきているのかさえわからず目をつむり、耳をふさいでかがみこんだ。

「皆さん。救出に来ました。こちらの指示に従ってください」と木村は全員に聞こえるようにいった。

宮里村長は頭が混乱していたが、ようやく起き上がり言葉を発した黒い戦闘服姿の男を見た。左肩に小さな日章旗が付いていた。

「ありがとうございます」というのが精いっぱいだった。宮里村長は彼らの戦闘服に付いている日の丸を見て胸に熱いものがこみ上げてきた。

木村は事務所の入口に銃口を向けながら、隊員に人質たちの脱出をサポートさせ急いで窓から外に出した。室外にいた隊員が彼らをサトウキビ畑に誘導した。全員の室外退避を確認し、木村は指向性散弾にワイヤー式の罠線を付けて出入口のドアに仕掛けた。ドアを開くと爆発する仕掛けである。

木村は最後にサトウキビ畑に戻り北の方角を見た。管理事務所内に突入した際に、管理事務所の北側から銃撃と爆発音が聞こえたからである。それは電子戦装置の破壊に行ったZチームの方角だった。柳下曹長を携帯無線で呼び出したが応答がない。その時、管理事務所から大きな爆発音が聞こえた。仕掛けてきた指向性散弾の音である。

Zチーム隊員のヘルメット・カメラを確認するためには多良間漁港まで戻らなければならない。人質の保護もあり、ここにグズグズできない。

「拠点まで後退する」と木村は全員に命じた。

張上校は管理事務所北側の駐車場地域にある指揮所で、爆破の激しい衝撃波の洗礼を受けた。指揮所は、通信機やパソコンなどの機器を折り畳み机などの上に置き、野外用天幕で覆い活動空間を確保しただけの簡易な施設である。激しい爆風を受ければダメージは大きい。覆っていた天幕は固定ペグごと吹き上がり、機器類は天幕内の机やイスなどとともに横倒しになった。10名ほどいた張上校以下の中国兵は風圧で倒れるなど混乱を極めた。指揮所の西側、200メートルほどの所に電子戦装置が展開しており、爆風はその爆発の影響だった。

「ど、どうした。どこの爆発だ」と張上校は爆風で倒れた身体を起こしながら、副長役の杜少校に聞いた。

「電子戦装置の方向です」と杜少校は額から血を流しながらいった。

「日本軍の攻撃だな」といいながら張上校は起き上がると滑走路地区を見た。電子戦装置地域では4両の電子戦装置が残骸と化し、激しい炎を噴き上げて夜空を赤く照らしていた。その電子戦装置の左後方、雷撃砲地域では射撃統制装置が電子戦装置と同じく残骸となり炎と黒煙を上げていた。

「日本軍の航空攻撃やミサイル攻撃、空挺攻撃は電磁ドームにより不可能のはずだ。艦船も雷撃砲により島に近づけない。考えられるのは小型船舶か潜水艇を利用した歩兵の攻撃だ」と張上校は即座に判断して杜少校にいった。

「張隊長。雷撃砲も射撃統制装置をやられました。兵にかなりの死傷者が発生しています」と第2小隊長の曹少校が展開地域から駆けつけてきて報告した。曹少校も巻き込まれたらしく、顔面は血だらけ、迷彩服は砂だらけだった。報告を受けている最中に、指揮所の東北側300メートル付近の県道方向から銃撃音と爆発音が聞こえた。引き続き管理事務所からも銃撃音が発生した。

「曹少校。DF15改の直接警戒を厳重にしろ。負傷者の救助と消火も行え」

「杜少校。捜索用ドローンを使用し敵を発見しろ」

「羅少校。使える兵を集めて攻撃隊を編成しろ。敵兵を逃がすな」

張上校は、部下にてきぱきと指示を出すと50メートルほど離れた駐車場位置にあるピックアップ・トラックまで走り、車両無線機の送受話器を手に取った。

「こちら特別攻撃隊です。敵の攻撃により電子戦装置及び電磁砲に被害が発生しました。現在、交戦中です」と張上校は司令船内の王司令員に報告した。

「爆発音と銃声は確認した。装備を確認して報告しろ」と王は指示しながら愕然とした。日本軍の攻撃なのか、破壊分子の攻撃なのか、まだ判断がつかない。

「拘束した林中校をここに連れてこい」と戦闘指揮所内にいた警備担当士官に命じた。警備担当士官は第二甲板の戦闘指揮所を出ると、林中校を拘束している第四甲板にエレベーターを使用して下り、士官室前にやってきた。林中校は士官室に鍵をかけて拘束されている。廊下には1名の監視兵が立っている。

「王司令員の命令で林中校を戦闘指揮所まで連行する。ドアを開けろ」と警備担当士官が命じた。監視兵がドアの施錠を開けると警備担当士官が部屋に入りドアを閉めた。

「林中校。警備主任の高海英《ガオハイイン》少校です」と高少校は名乗った。

「私に何の用」と林中校は不機嫌にいった。

「林中校、安心して下さい。私は許上将の指示で行動しています」

「なに。同志なの」

「はい。地上部隊に日本軍が奇襲攻撃を行ったようです。張上校の報告によれば電子戦装置と雷撃砲が大きな損害を受けていると思われます」

「日本側に先手を打たれたということね」

「ここに衛星携帯電話があります。許上将に報告をお願いします」といいながら高少校は腰の雑嚢から秘匿機能付衛星携帯電話を出して林中校に渡した。林中校は衛星携帯を受け取ると短縮ボタンを押した。すぐに許上将につながった。

「許だ」

「林中校です。申しわけございません。電磁パルス工作は失敗しました」

「そうか」

「しかしながら、日本軍が奇襲攻撃をかけたようです」

「日本軍の攻撃で作戦を中止にさせられるか」

「損害を確認して王司令員に判断していただきます」

「なんとしても説得して中止させろ。司令船の警備部隊は味方だ、最終的には彼らを使え」

「了解しました」と林中校は報告を終わると、高少校とともに士官室を出て戦闘指揮所に向かった。

　多良間島の中国軍特別攻撃隊は自衛隊の奇襲攻撃から立ち直り、部隊を再編成しつつあった。滑走路東側のサトウキビ畑の方向からは、激しい銃撃音が続いていた。

「張隊長。損害報告を行います。電子戦装置４両、雷撃砲射撃統制装置及び遠隔操縦装置が大破。兵の損耗は死亡22名、重傷４名、軽傷５名です。電磁ドームは消えました」と杜少校が報告した。

「雷撃砲は使用できるのか」

「残念ながら使用できません。司令船から直接射撃指揮なら……」

「くそ。今一歩のところで邪魔された。サトウキビ畑の方向から銃声が聞こえているが、敵と戦闘中なのか」

「はい。２個分隊が追跡中です」

「逃がすな」

「了解しました。なお滑走路南側地域に捜索用ドローンを飛ばして索敵中です」

「島が丸裸だ。電磁ドームは司令船の電子戦装置を使用するように調整しろ。また司令船の予備隊をすぐに上陸させろ」

「了解しました」と杜少校はいって車両無線機の送受話器を手にして司令船の戦闘指揮所を呼び出した。

「こちら特別攻撃隊。司令船の電子戦装置の稼働を要求する。また待機している予備隊をすみやかに上陸させてもらいたい」

「予備隊はすみやかに送る。電子戦装置については司令員の許可をとる」と司令船の通信士官が答えた。

火力誘導班（多良間空港滑走路南側地区）

火力誘導班の高尾一陸尉以下5名は、滑走路南側の少し高くなった砂丘から滑走路地区を監視していた。爆破予定の2000に滑走路上の激しい爆発を確認した。高尾一陸尉は護衛艦「いずも」と連絡をとるためにすぐに無線機のスイッチをオンにした

「こちらドラゴン。7BE（セブン・ブラボー・エコー〔「いずも」のコードネーム〕）、感明よいか送れ」と高尾一陸尉が通信を開始した。

「こちら7BE。感明よし」と「いずも」の火力調整所から応答があった。

「火力要求、航空火力、AA101（対艦弾道ミサイルDF15改の目標コード）」と高尾一陸尉が航空攻撃の要請を行った。

「了解。射撃命令、目標AA101、射撃部隊FB（戦闘爆撃機）、JDAM（統合誘導爆弾）使用。誘導者、ドラゴン」と「いずも」の火力調整所から射撃命令が送られた。

「了解。準備よし」

JDAM（統合誘導爆弾）とは、航空機から投下される爆弾に誘導装置を取り付けて精密誘導が行えるようにした爆弾である。誘導装置は、慣性誘導とGPS誘導システム及びレーザー誘導装置からなる。地上の誘導員が目標に照射したレーザーを受けて精密誘導を可能にした爆弾である。

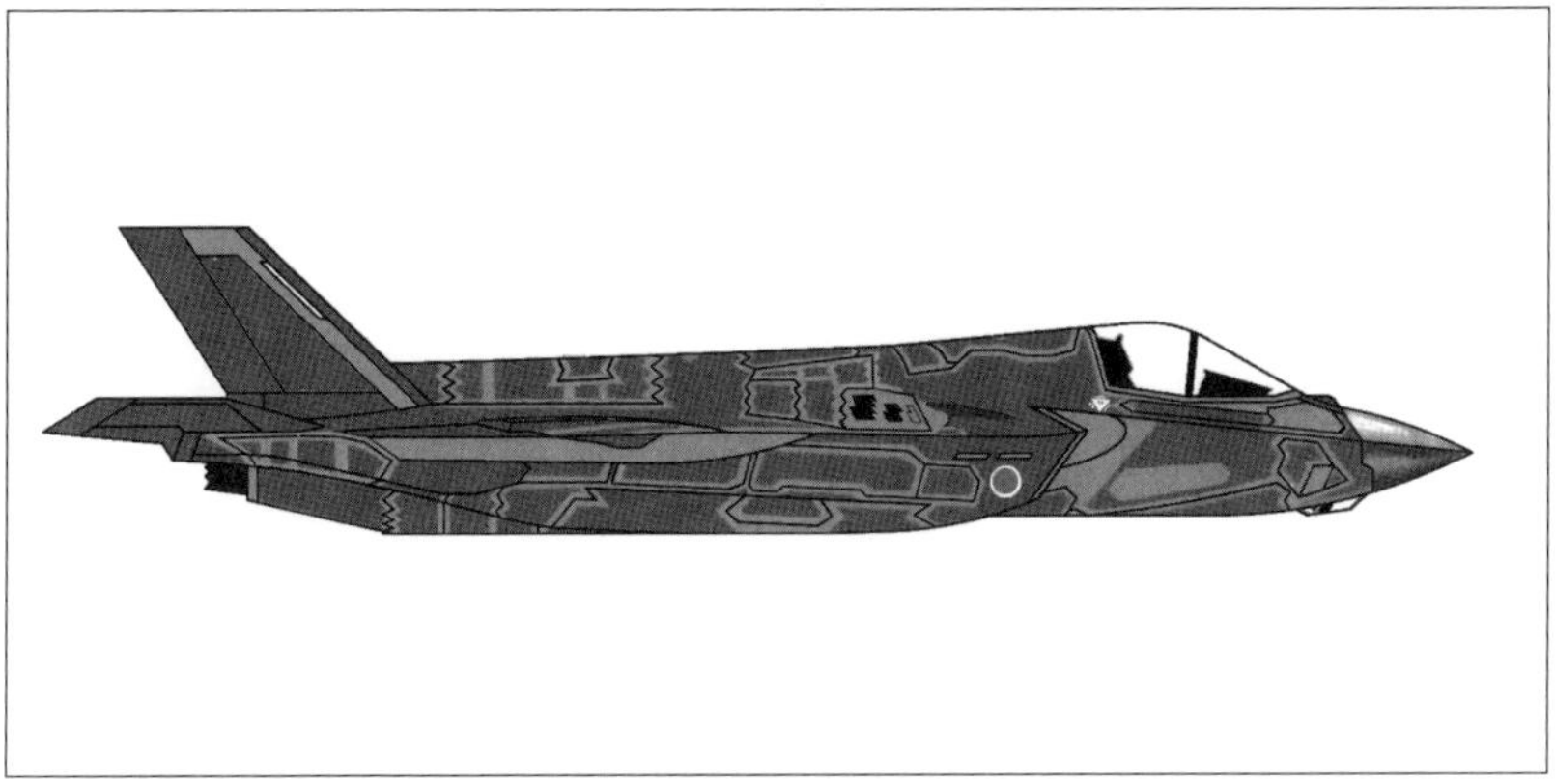

F35B ライトニングⅡ

全長　15.61 メートル、全幅　10.67 メートル、最大速度　マッハ 1.6、エンジン　F135-PW-600

航空自衛隊で運用されるステルス戦闘機。通常滑走路を使用する CTOL 型である A 型に対し、米海兵隊の強襲揚陸艦などで運用されることを目的として、垂直離着陸も可能な STOVL 機として開発された。

護衛艦「いずも」の甲板上に待機していた航空自衛隊所属の3機のF35B戦闘機は、エンジン後方の排気ノズルを下方に向けて、ガスを垂直に噴射して垂直離陸し次々に西の夜空に消えていった。電磁ドームを失った多良間島へのF35B戦闘機の飛行には障害はなく、またステルス戦闘機なので中国軍の対空レーダーでは捕捉できない。

「ドラゴン。こちらファルコン1。攻撃地点まで2分で到達する」とF35Bの編隊長が高尾一陸尉にコンタクトした。

「ドラゴン了解。第1目標にレーダー照射中」

「こちらファルコン1。攻撃はファルコン1、次いでファルコン2が行い、攻撃成果の確認後、必要があればファルコン3が行う」

「ドラゴン了解」

F35Bの戦闘機編隊はマッハ1・2の速度で多良間島に接近していた。各戦闘機はJDAMを装着した全長約4メートルの2000ポンド爆弾Mk・84を1発搭載していた。この爆弾は総重量が925キログラムあり、この中に約430キログラムの高性能炸薬が入っている。その破壊力は大きく、効果は半径500メートルにもおよび、幅15メートル、深さ10メートルの大きなクレーターができる。

戦闘機編隊は攻撃地点に到達し、ファルコン1が2000ポンド爆弾を投下した。地上の火力誘導班の目標照準器が照射するレーザー・ビームの誘導によりDF15改展開地域の南端にいる発射機に正確に着弾した。爆弾が着弾すると同時にすさまじい爆音と強烈な衝撃波となって周囲に爆風が広がった。火力誘導班は着弾を確認すると、第2目標の北端の発射機にレーザーを照射した。ファルコン2が爆弾を投下しレーザー誘導により1弾めと同じく正確に着弾した。2発の2000ポンド爆弾により対艦弾道ミサイルDF15改の発射機5両は誘爆を伴い鉄くずと化した。

張上校は猛烈な爆風により2メートルほど弾き飛ばされた。今度の爆発は電子戦装置や雷撃砲の爆発時の衝撃波の比ではなかった。600メートルほど離れていた車両駐車地域にいた中国兵はすべてなぎ倒され、土煙と硝煙のなかに包まれていた。DF15改に配置されていた操作員15名と警備の5名の中国兵が即死した。

「くそ。今の爆発はなんだ」と張上校は起き上がりながらいった。

「DF15改が跡形もなく……」と杜少校が北側を指差しながらいった。張上校は強い怒りがこみ上げてくるのを抑えきれなかった。

「ファルコン1。こちらドラゴン、目標破壊成功」と高尾一陸尉が攻撃成果を編隊長に報告した。

「ファルコン1了解。帰投する」と編隊長は通信を送ると、戦闘機の機首を沖縄本島の航空自衛隊那覇基地に向け飛び去っていった。

護衛艦「いずも」の甲板上には、新たに3機のF35B戦闘機が対地支援攻撃のために待機していた。
輸送艦「くにさき」はエスコート艦とともに、電磁ドームの消失とレールガンの機能破壊を確認すると水陸機動連隊を上陸させるため、全速力で多良間島沖のＡＡＶ７（水陸両用装甲車）発進海域に向かった。

内閣総理大臣官邸地下危機管理センター（東京都千代田区永田町）

内閣総理大臣官邸は、地上５階、地下１階の鉄筋コンクリート造りであり、５階に内閣総理大臣執務室・官房長官や副長官執務室があり、正面玄関は建物が傾斜地に造られているため３階部分になる。この官邸の地下には学校の体育館ほどの大きさの危機管理センターが設けられており、危機管理担当職員により24時間体制で運営されている。

防衛出動指揮本部が危機管理センターに設置され、多くの自衛官や政府職員が勤務していた。中央のオペレーション・センターには各省庁担当の事務机、連絡用電話やパソコンがあり、壁面には巨大なマルチ・スクリーンが設置されている。そのマルチ・スクリーンが６分割され、多良間島から送られてくるＬ部隊のヘルメット・カメラからの４画像と護衛艦「いずも」と輸送艦「くにさき」からの２画像を映し出していた。オペレーション・センターに隣接して防衛省ブース、情報集約センター、対策本部会議室などが配置されている。

対策本部会議室には、楕円形の20名ほどが着席できる会議用テーブルとパソコン、壁面には4分割が可能な小型スクリーンが設置されていた。この対策本部会議室に万城目総理、森官房長官、石黒防衛大臣、杉本外務大臣、そして田崎統幕長などが入り、小型スクリーンでL部隊の作戦画像を見ていた。電磁ドームが構成されていた間は、画像配信ができなかったが、電子戦装置が爆破され電磁ドームが消滅するとすぐに画像が送信され見られるようになった。

9月4日2005、対策本部会議室に飛び込んできた画像は衝撃的なものだった。それはZチームの赤外線カメラの画像だ。滑走路方向を向いて自動小銃を発射している特殊作戦群の隊員からの視点であり、銃弾になぎ倒される中国兵、自動小銃で応射する中国兵と手榴弾を投げる中国兵が映し出された。万城目たちに衝撃を与えたのは、中国兵の投げた手榴弾が隊員の近くに落ちて爆発し、1名の隊員が爆風で跳ね飛ばされた画像であった。隊員たちは倒れた隊員を肩に担ぐと射撃しながらサトウキビ畑に後退していった。

万城目が最初に見た画像が中国兵の追撃を受けながら後退している隊員たちの姿だ。また、木村たちの画像は室内に突入し、中国兵を排除し人質を救出するものであり、Aチームの画像は防雨林と思われる林のなかを後退する様子がわかるものだった。水陸機動団偵察中隊の隊員の画像は砂浜からサトウキビ畑の方向を見ている隊員の視点であり変化はなかった。

「田崎統幕長。隊員たちは大丈夫だろうか」と万城目が心配そうに聞いた。

「総理。隊員たちも命の危険は覚悟して任務に臨んでいます。彼らを助けるためには、一刻も早く増援部隊を島に到着させることです」と石黒防衛大臣がいった。

「2200頃には水陸機動連隊が島に上陸します」と田崎統幕長がいった。

「あと2時間か、彼らには耐えてもらわねばならない」と万城目は祈るような気持ちでいった。

戦闘（多良間島）

司令船パシフィック・オーシャン号の船内は混乱状態に陥っていた。電子戦装置と雷撃砲射撃統制装置の爆破、次いでDF15改への航空攻撃と連続した状況のなか、船への攻撃を恐れて乗員の一部がパニック状態になったのである。航空攻撃は司令船の対空レーダーでは捕捉できず戦闘機の爆音でわかった。次に攻撃されるのは司令船ではないかとの恐怖が船内を覆いつくした。


「林中校。この状況も貴官の策動か」王は戦闘指揮所に連行されて来た林中校に聞いた。

「いいえ違います。私には関係ありません」

「いったい貴官は誰の命令で工作活動をしているのだ。そんな士官に育てた覚えはない」

「司令員。特別攻撃隊長から電子戦装置の稼働要求が入りました」と通信兵が報告した。

「司令船の電子戦装置を稼働させれば、再び電磁ドームが作れる。雷撃砲も船からのコントロールで射撃可能になるだろう。船内にはDF15改発射機がまだ5両ある」と王はいった。

「王司令員、やめて下さい。パシフィック・オーシャン号はあくまで故障停船中の民間船舶です。この船を作戦に直接使用すれば、わが国が日本に攻撃を行ったことが白日のもとに晒されます」と林中校が悲壮な声を発した。島からは銃声や大きな爆発音が続いていた。

「林。賽《さい》は投げられている」

「違います。聯合参謀部は台湾軍の組織的抵抗を甘く見ています。また米軍の反撃速度も。その後に予想される国際的な経済制裁はわが国の体制崩壊を加速させます。王教官が士官学校で私に教えてくださった〝軍人は将来を読み、人民の幸福を考えよ〟です」と林中校は必死に王を説得した。


電子戦装置を破壊したZチームは中国兵の執拗な追撃を受けていた。柳下曹長は手榴弾攻撃を受け負傷した村上二曹を肩に担ぎ、サトウキビ畑を多良間漁港の拠点に向けて後退していた。

「村上。がんばれ、もう少しだ」と柳下曹長は村上二曹に声をかけながら走った。彼は気づかなかったが、村上二曹の首からは多量の血が流れ出ていた。先頭に柳下曹長と村上二曹、後方に4名の隊形で後退していた。後方の隊員たちは中国兵の射撃に応戦しながらの後退である。間もなくサトウキビ畑を抜けて県道に出る。その道路を渡れば味方の防衛線が構成されている。そう思いながら柳下曹長は走っていた。その時、中国兵の放ったRPG7（対戦車ロケット発射筒）のロケット弾が後方の3名の隊員たちを襲った。爆発と同時に3名の隊員は、爆風でなぎ倒されたサトウキビの茎や葉とともに県道のアスファルト上に投げ出された。ロケット弾の破片の嵐が隊員たちを襲い１名が即死し２名は重傷を負った。爆風で柳下曹長も村上二曹を抱えたまま道路上に倒れ込んだ。後方50メートルほどの所に追手の中国兵が迫っていた。

木村が人質たちとともに拠点に後退して来ると、すでに大杉一陸尉のＡチームが戻っていた。火力誘導班は潜伏斥候として防風林内にとどまる計画であり、後はＺチームを収容するだけである。Ｌ作戦部隊にとって、ここまでの作戦は上手くいったが、これからが正念場だ。

彼らはなみの中国兵ではない、日本と同じく特殊部隊だと木村は考えた。緒戦の奇襲から立ち直り猛烈に反撃してくるだろう。増援部隊が駆け付けるまでの約２時間、持ち堪えられるかどうかわからない。

Ｚチームが戦闘しながら後退していることは銃声や手榴弾の爆発音でわかっていた。木村は人質たちと加藤、井手を漁港の建物後方の安全な所に避難させ、彼らの護衛を米海軍シールズと松浦准尉に任せた。

「浅野三佐。サトウキビ畑方向からＺチームが後退してくる。防衛線を漁港建物から県道の線まで進めて収容しよう」と木村は掩護隊長の浅野三陸佐に指示した。

浅野三陸佐以下11名の水陸機動団の隊員と大杉一陸尉以下６名の特殊作戦群の隊員は、県道脇の深さ１メートル、幅50センチほどの水路に入り横一線に展開し96式40ミリ自動てき弾銃（リンクベルト給弾式。三脚架に取り付けて毎分約３５０発の発射速度で40ミリてき弾を連射できる対歩兵戦の強力な兵器）を設置した。

収容部隊が防衛線の配置についた時、目の前のサトウキビ畑が爆発すると同時に数名の自衛隊員が道路上に投げ出された。すばやく防衛線にいた隊員が倒れている隊員の防弾ベストを摑んで引きずるように水路内に収容した。Zチームの最後の1名はサトウキビ畑から走って道路上に出てくると水路内に飛び込んだ。

Zチーム全員を収容すると、時間をおかずに追手の中国兵がサトウキビ畑から県道に現れた。その数は10名ほどであり自動小銃とRPG7を携行していた。すぐに両軍による戦いの火ぶたが切られた。防衛線の自衛隊は水路で身を隠しての伏撃による射撃、中国軍は路上に身をさらしての射撃であり、最初から結果はみえていた。防衛線から放たれる自動小銃と機関銃の一斉射撃により、3名の中国兵がなぎ倒され絶命した。残りの中国兵たちは自動小銃を射撃しながらサトウキビ畑のなかに後退していった。それを見た40ミリ自動てき弾銃の射手は、サトウキビ畑に向けて射撃を開始した。てき弾の連続着弾の爆発威力はすさまじく砲撃なみの効果を中国兵に与えた。中国兵の応戦がなくなったのを確認した木村が、浅野三陸佐に射撃を中止するように命じた。

「撃ち方止め」と浅野は射撃を止めた。

「負傷者を下げます」と大杉一陸尉がいった。これまでにZチームの2名が死亡し2名が重傷を負っていた。漁港の建物後方に遺体と負傷者を下げ、Aチームの衛生救護隊員が止血や痛み止めなどの応急処置を行った。

多良間漁港を上から見るとほぼ四角形であり、北側が県道に、東側と南側に係留岸壁が造られており、西側が砂浜に面していた。係留岸壁には数隻の漁船があり、その漁船の陰に隠れる様にSDV（潜水兵員輸送艇）と無人潜水艇が係留されていた。

木村は特殊作戦群大杉一陸尉以下8名を県道側の防衛線に、水陸機動団偵察中隊浅野三陸佐以下8名を砂浜側にそれぞれ配備した。漁港にはコンクリート造りの事務所があり、ここを指揮所として特殊作戦群の塩見三陸佐が5名の隊員とともに陸上総隊司令部前方指揮所の置かれている輸送艦「くにさき」との連絡をとっていた。また隣接したコンクリート造りの漁具倉庫に、宮里村長以下8名の村民と井手が3名のシールズ隊員に守られて待機していた。加藤は島の地形、敵情を承知していることから松浦准尉とともに指揮所内にいる。

指揮所に戻った木村は腕時計を見た。時刻は2100を少しすぎていた。近接航空支援は要請できるが夜間であり、敵と接近しすぎており航空攻撃はできない。増援部隊が到着するまであと1時間、それまではこの勢力で持ち堪えなければならない。

木村は気づかなかったが、漁港の上空には中国軍の赤外線センサーを装備した偵察用ドローンが飛行していた。

張上校はピックアップ・トラック4台を向かい合わせに十字型に配置し、中央がライトに照らされる野外指揮所を作り戦闘指導を行っていた。ボンネットに多良間島の地図を広げ、ドローンの送って来る画像や座標を地図上で確認した。

「ドローンの画像によると日本兵は漁港に集まっている。生かしては帰さない」と張上校はいきり立っていった。

「現在、漁港北側のサトウキビ畑に5名の兵が接触線を維持しています。掃討に使用できる兵力は司令船の予備隊を含めて100名ほどです」と杜少校が報告した。

「よし、北側の県道方向と西側の海岸方向から同時に攻撃しろ」

「曹少校に北側、羅少校に西側を担当させます」

「電磁ドームはどうなった。司令船からの返答はまだないのか」と張上校が通信兵に聞いた。

「要請しましたが回答はまだです」

「催促しろ。このままでは敵に制空権を取られる」

掃討部隊は車両に乗車して自衛隊攻撃のため滑走路駐車場から出ていった。司令船から小型高速艇が発進し、島に続々と増援部隊を送り込んでいた。


王は決断を迫られていた。明日、9月5日0600から台湾軍の各施設に航空攻撃が行われ本格的な上陸作戦が開始される。その作戦の前提条件である雷撃作戦が危機に瀕している。司令船であるパシフィック・オーシャン号と積載した装備を使えば作戦は続行できる。しかしながらハイブリッド戦を放棄することになり、中国が日本に攻撃を仕掛けたことが全世界に知られてしまう。航空・水上からの脅威は電磁ドームで防げるが、潜水艦の脅威は残る。本船が作戦に参加していることがわかれば日本の潜水艦が魚雷攻撃を仕掛ける可能性がある。

島で戦闘中の張上校からは、繰り返し電子戦装置の稼働について要請が入っていた。

「王司令員。中華人民共和国を崩壊させる気ですか」と林中校は力を込めていった。

王の思考は、林中校の背後の勢力が国家の命運を託せる組織なのか、作戦を中止すべきか続行すべきか……と激しく回転していた。


「林中校。もし作戦を中止したらどうなる」と王は聞いた。

「雷撃作戦失敗の報告が入れば、海路前進中の上陸部隊は東部戦区司令員の命令で、ただちに寧波海軍基地に引き返します」と林中校は自信を持っていった。

「王司令員。レーダーに日本の艦隊らしき船影が近づいているのが確認できます」とレーダー担当士官が報告した。

「増援部隊だな。潜水艦についても十分に警戒しろ」

「了解しました」とソナー担当士官がいった。

「林中校。それから先はどうなる」さらに王は林中校に質問した。王は林中校の自信に満ちた説得の裏にいる勢力について探っていた。

「政権が変わります。李主席から呂総理へ」と林中校はここが正念場だと判断して核心部分を答えた。土壇場で王にどちらに側につくかを迫ったのである。

「そういうことか……」と王はいいながら、林中校にすべてを賭けてみることにした。

9月4日2110、多良間島沖1マイル地点に輸送艦「くにさき」が到着した。輸送艦からは前方3マイル付近、多良間島西側の洋上に故障停船をしめす全灯火状態のパシフィック・オーシャン号が確認できた。

輸送艦は停船後、後部のウエルドック（ドッグ式格納庫）を開きAAV7（水陸両用装甲車）を海上に発進させた。水陸機動連隊の3個中隊400名が乗車する16両のAAV7は、海上で隊形を整えて時速10キロの速度で多良間島を目指して進んでいった。

多良間漁港では激しい戦闘が始まっていた。緒戦の劣勢から立ち直った中国軍は、県道方向から93式60ミリ迫撃砲を自衛隊の防衛線に撃ち込み、その火制下にジリジリと近迫してきた。海岸方向からはRPG7のロケット弾の攻撃を受けていた。加藤はコンクリート造りの建物にいたが、近くに迫撃砲弾が着弾するたびに衝撃と室内に流れ込む砂塵に生きた心地がしなかった。双方が撃ち合う銃声や爆発音、負傷した兵士の叫び声なども重なり漁港は修羅場と化した。

県道側の防衛線は水路という掩蔽《えんぺい》施設が利用できたが、海岸側は掩蔽施設が何もなく地形が頼りの防衛線である。配備についた偵察中隊の犠牲は多かった。中国兵の撃ったRPG7のロケット弾が着弾し、自動てき弾銃が破壊され射撃手が破片を受けて即死した。中国兵の80式機関銃の銃撃により1名が斃れた。海岸側の危機を察知した木村は、指揮所に塩見を残し4名で応援に向かった。

「よしがんばれ。間もなく援軍が到着するぞ」と到着した木村は大声で隊員たちに声をかけた。

ふと振り返ると加藤が拳銃を持ち追いかけてきた。

「加藤さんここは危険です。指揮所に戻ってください」と木村は大声でいった。

「射撃はハワイの射撃場で体験しています。任せてください」と加藤はいいながら、中国兵に向けて9ミリ拳銃を発射した。戦場の異常な興奮状態が加藤の恐怖心を吹き飛ばしていた。

中国軍の攻撃はやむことを知らず、勢いを増すばかりだった。その時、上空の暗闇が赤く光ったと同時に、火炎の帯が防衛線を覆った。それはまるで漆黒の闇にいる竜が炎を細長く吐いたように見えた。中国軍の火炎放射器搭載型ドローンの攻撃だ。防衛線にいた1名の隊員が火だるまになり、立ち上がったところを中国軍の射撃により斃された。偵察中隊の隊員たちも懸命に応戦し、RPG7の射手を手榴弾で斃すとともに、火炎放射器ドローンを狙撃して破壊した。そこに後方にいた3名のシールズ隊員が応援に駆けつけてきた。

「木村隊長。我々も闘います」とレオン大尉がいった。

「ありがとう。命の保証はできない」と木村が英語でいった。シールズの増援を受けて防衛線にいる隊員の士気は上がった。彼らの射撃は正確であり次々と中国兵を斃していった。

中国軍はひるまずに、迫撃砲の射撃を増し弾幕を自衛隊の防衛線に敷くとともに、予備隊の戦力を投入して激しい攻撃を加えてきた。海岸側の防衛線では頭を上げられないほどの火力の集中を受けていた。このままでは傷つく隊員が増えていくばかりだ。県道側の大杉一陸尉からも携帯無線により、負傷者が続出しており増援が必要だとの要請が入っていた。

木村は、中国軍の火力のあまりの大きさに、現状では長くは持ちこたえられないと覚悟を決めた。

「王司令員。日本艦から小型船舶が多数発進しています」とレーダー担当士官が報告した。

「日本の陸戦隊だな」と王がいった。

「王司令員。引き際です」と林中校が王に決心を迫った。

「林中校。ひとつ聞きたいことがある。本船は無事に帰国できると思うか」

「大丈夫です。私から本国に連絡を取らせてください」

「そうか。張上校と話す」といいながら王は無線機の送受話器をとった。

「こちら張です」と張上校が無線機に出た。

「王だ。作戦を中止して滑走路地区に部隊を集結させろ」

「なんですと、作戦中止ですか」

「そうだ」

「司令船の装備を使用すれば雷撃作戦が続行可能です。もう少しで日本兵も殲滅できます」と張上校は激しい怒りを抑えていった。

「間もなく日本の陸戦隊も上陸して来るだろう。本船が作戦に参加すれば日本の潜水艦の脅威下に入る。島の形勢は逆転するぞ」と王は諭すようにいった。

「しかし、ここまできて」

「命令だ」

「台湾解放も目前です。王司令員、作戦を続行させて下さい」

「くどいぞ」

「……だめですか」

「張。捲土重来を期す」

「……残念です」と張上校はいいながら、急に力が全身から抜けていくような感覚にとらわれた。

林中校は手錠を外されて拘束が解除されると、警備担当の高少校から衛星携帯電話を受け取り、短縮ボタンを押した。すぐに相手が出た。

「許だ」

「林中校です。王司令員が作戦中止を判断されました」

「そうか。予定の計画とは違ったが結果は同じだ。ただちに台風作戦を中止させる」

「許上将にお願いがあります。王司令員から司令船パシフィック・オーシャン号を安全に帰投させていただきたいとのことです」

「兵の犠牲は多いのか」

「かなりの死傷者が出ています」

「残念だ。しかし好都合かもしれない。〝日本軍に作戦の龍骨を断たれた〟結果により、李主席の目論見は失敗したことになる。党へ李主席の稚拙な判断だったと説明できる。部隊が安全に帰国できるように手配する」と許上将はいって通話を切った。

「そうか。中央軍事委員会政治工作部主任の許上将の差し金か」とすべてを察した王は速やかに地上部隊と装備を司令船に収容し、証拠物の破壊を作戦担当士官に命じた。


9月4日2150、木村は急に中国軍の射撃がやんだことに気づいた。目の前にいた中国兵の姿が見えない。県道方向の銃声も聞こえない。

「木村さん。どうしたのでしょうか」と加藤が聞いた。

「わかりません。我々の増援部隊への態勢固めでしょうか」と木村は混乱した頭を整理しながらいった。木村は加藤と指揮所に戻り、現在の防衛線の警戒を厳重にするとともに、負傷者の手当てをするように指示を出した。海岸方向の戦闘で3名が死亡し4名が重傷を負っていた。県道方向の戦闘では2名が死亡し4名の重傷者を出している。残りのほぼ全員も傷を負っていた。


内閣総理大臣官邸地下危機管理センター（東京都千代田区永田町）

対策本部会議室のスクリーンで激しい戦闘状況を見ていた閣僚で言葉を発する者は誰もいな

かった。多くの隊員を失い負傷者を出した作戦をまるで映画でも見るような感覚で見ていたが、これが現実に沖縄県で行われていることだと再認識すると沈痛な気持ちになった。重い空気が室内に漂っていた。

「総理、在日中国大使からお電話です」と総理秘書官がいった。万城目は机上の専用電話器の受話器をとった。

「総理の万城目です」

「中国大使の岳希明《ユエシーミン》です」

「ご用件は何でしょうか」

「じつは報道されている多良間島近くの海域に、わが国の〝民間自動車運搬船〟が故障して停船しています。できれば巻き込まれないうちに、本国に帰国させたいと思いまして閣下にお電話をいたしました」

「民間船の故障はどうなりましたか」

「はい。先ほど修理できましたので、すみやかに問題の海域から出したいと思います」

「我が国に保護しろというのですね」といいながら万城目は、大使を相当な古狸だと思った。

「いいえ。護衛などは不要ですので」

「今から、〝平和的に帰る〟ということですね」と万城目は中国政府の停戦意思を汲み取って確認した。

「そのとおりです。〝準備〟ができましたら帰国します」

「……承知しました」と万城目はいった。

「中国政府としても〝武装組織〟がすみやかに鎮圧されることを希望します。閣下のご高配に感謝申し上げます」といって岳中国大使は電話を切った。


「総理。情報本部によれば、台湾海峡に向かっていた上陸船団に帰投命令が出されました」と田崎統幕長が報告した。

「台風作戦をどうやら中止したらしいですね。多良間島の自衛隊の作戦が功を奏しました」と杉本外務大臣がいった。

「多くの犠牲を払った」と沈痛な表情で万城目はいった。

「それにしても手回しのいい中国大使だ」と杉本外務大臣が憮然としていった。

万城目総理が岳大使と話している間に、土井内閣情報官が森官房長官の耳もとでささやいているのを増本審議官は見逃さなかった。彼が何を話しているのかは予想ができた。おそらく福島参事官のスパイ事件のことだろう。


多良間島の中国軍の動きはすばやかった。司令船の輸送ヘリで負傷者を収容するとともに、レールガンの砲塔部及び電源部をエアクッション揚陸艇で回収し、残った使用不能装備を爆破して証拠を消していた。その間、自衛隊側は水陸機動連隊のＡＡＶ７が次々と漁港西側の砂浜に達着し、多くの隊員たちが上陸していた。

２４００を過ぎて9月5日に入った。自衛隊には陸上総隊司令部から県道の線での前進停止命令が出ていた。これまでのところ中国軍と自衛隊との間には交戦は発生していない。滑走路地区からはエアクッション揚陸艇の出す爆音や装備を爆破する音などが聞こえていた。

井手は、松浦准尉と数名の護衛役の水陸機動連隊の隊員とともに、滑走路近くの防風林内に潜んでいた。滑走路上では中国軍が慌ただしく撤収作業を行っている。

「井手さん。早くしてくださいよ。停止ラインを越えていますから。カメラ、ちゃんと使えるんでしょうね」と松浦准尉が困ったようにいった。

「任せてください。これでも写真撮影は趣味でプロ並みの腕ですから」と井手はいいながら、赤外線望遠カメラを駆使して実用化されたレールガンを撮影していた。砲塔部、コンデンサ部、小型核融合炉式発電装置の順に正確に撮影していた。レールガンの研究開発のためにどうしても撮影したいとの井手の申し出があり、木村の判断で許可した。

それまでの激しい日中両軍の闘いがうそのように、島では時間が静かにゆっくりと流れていった。中国軍の司令船パシフィック・オーシャン号が多良間島沖を離れたのは、東の空が明るくなってきた頃だった。船はゆっくりと北西を目指して去っていった。

「木村隊長。第1水陸機動連隊長の水口一佐です」

「お待ちしていました」と木村はいった。

「本当にご苦労様です。ここからは我々が引き継ぐように命令されています」

「ありがとうございます。L作戦部隊の6名が戦死、多くの隊員が負傷しています。負傷者の治療後送をお願いします」

「わかりました」といいながら水口連隊長は目礼をして、自分の連隊本部指揮所のある防風林のほうへ帰って行った。

「木村さん。一服どうですか。ゴールデンバットしかないですが」と加藤が木村のいる岸壁にやってきた。

「おお、煙草ですか。ありがとうございます」といいながら木村は煙草を1本受け取ると、加藤の煙草から火をもらい口にくわえた。そして大きく吸い込んで吐き出した。2人は黙って岸壁に腰をかけ明るくなった空を見上げた。

「木村さん。私はこの事件に巻き込まれて大事なことに気づきましたよ」

「今回の作戦の特ダネですか」

「いいえ。家族が大切だということです」

「どういうことですか」

「先ほど毎朝テレビの沢田記者から連絡が入り、テレビ局に家内と娘が心配して来ていたそうです。帰ってくるのを自宅で待っていると……。別居していたものですから」

「そうですか。よかったですね」と笑いながら木村はいった。

「……これは特ダネか」と加藤の記者魂が覚醒してきた。

「記事にはできませんよ。武装組織の鎮圧と報じるのがせいぜいでしょうね」

「でしょうか……」と加藤はあきらめきれずにいった。

「中国軍が上陸していたとは発表できないと思いますよ。多分、防衛出動だったことも治安出動に変えられますよ」

「絶対に記事にしてみせますよ」と加藤は力を込めていった。

「応援しています」と木村は笑いながらいった。

「ところで木村さん。私の射撃の腕前はすごかったでしょう」

「それもアウトです。銃刀法違反です」

「そんな……」

何ごともなかったかのように、夜明けの海は日の光に照らされて輝き、西風が潮の匂いを2人のところに運んできた。

エピローグ

米国ＣＮＮなど世界中のマスコミは、中国政府の政変をトップ・ニュースで伝えていた。李学軍主席が失脚し、呂洪文国務院総理が臨時代理に就いたことである。表向きは健康上の理由と発表されていた。また、中国軍の台湾海峡への船団派遣は、台湾政府への恫喝として国際的な非難を浴びていた。さらに中国政府は否定したが、同時期に発生した台湾政府機関への大規模なサイバー攻撃についても、中国軍の攻撃ではないかと疑われていた。

国家安全保障局の福島兼次参事官は、沖縄危機管理官室勤務時に急病で倒れたとされ、自衛隊那覇病院に入院した。その後回復し、不定期異動で古巣の外務省に戻り、在コンゴ日本大使館勤務の発令を受け日本を離れた。

三木和夫は彼らに遅れずに歩くのが精いっぱいだった。標高４０００メートルを超えており、空気が薄いなかでの逃避行は日本人にはきつい。

三木は旅順で逮捕され大連市安全部の拘置所に収監された。拘置所の部屋は2人部屋だったが生活に不便はなかった。中国側の取り調べは連日行われた。その後、航空機でチベット自治区のラサまで、そこから護送車で約300キロ南の林芝にある政治犯収容所に運ばれる途中、チベット解放同盟の武装グループに襲撃された。激しい戦闘の後、護衛の中国兵は全員殺され政治犯8名は解放された。政治犯のなかに解放同盟の幹部がいたらしく、救出作戦が行われたのだった。

「君は日本人らしいが、我々と行動をともにするか」と武装グループのリーダーが聞いた。

「同行したい。日本に帰国できればいいが……」と三木はいった。

「我々は、ここから山を越えてインド領のアルナーチャルプラデーシュに入る。そこまでは案内する」

「ありがとう。そこからは大丈夫だ」

三木は歩きながら思い出していた。それは、大連で同じ部屋に入れられていた朝鮮族の政治犯から聞いた奇妙な話のことである。金委員長の命令により、冷戦時代に事故により閉鎖されたソ連南極観測基地について北朝鮮が調べているという話だ。

何かがあると直感した三木は帰国後すみやかに調査を開始することを決意した。

「今回、命がけの仕事だったのに。俺も懲りないなあ」と三木は笑いながらひとり言をいった。

三木の目の前には、インドと中国を分ける天然の城壁であるヒマラヤ山脈が立ちはだかっていた。

本書はフィクションです。
登場する団体、組織、個人名は、
現実のものとは一切関係がありません。

山下裕貴（やました・ひろたか）
1956年、宮崎県生まれ。1979年、陸上自衛隊入隊。
自衛隊沖縄地方協力本部長、東部方面総監部幕僚長、第三師団長、
陸上幕僚副長、中部方面総監などの要職を歴任。
特殊作戦群の創設にも関わる。2015年、陸将で退官。
現在、千葉科学大学及び日本文理大学客員教授。
本書が初めての書き下ろし小説である。

オペレーション雷《らい》撃《げき》

2020年11月20日　第1刷発行

著　者　山《やま》下《した》裕《ひろ》貴《たか》
発行者　島田　真
発行所　株式会社 文藝春秋
〒102-8008
東京都千代田区紀尾井町3-23
電話　03(3265)1211

印刷所　精興社
製本所　大口製本

ISBN 978-4-16-391301-8